우리의 이름은 별보다 많다

우리의 이름은 별보다 많다

김창규 소설집

아작

자살자의 시간좌표

"이해할 거라고 생각해서 '명령'한 건 아니야."

석주가 맥락 없이 떠오른 생각을 입 밖으로 꺼냈다.

「우리 두 종족이 서로 이해하지 못한다는 건 이미 검증된 사실 아닙니까. 23년 전이었죠. 그래도 이 정도면 매우 잘 지내는 편입니다.」

일사는 굳이 입을 사용해 말할 필요가 없다는 점을 지적하려다가 생각을 바꿨다.

석주가 두 눈을 들어 먼 하늘을 지긋이 쳐다보았다.

"'명령'…? 이 단어가 아닌데. 그걸 뭐라고 하더라. 생각이 안 나네."

「힘들면 굳이 기억하느라 자신을 괴롭힐 필요 없습니다.」

"음? 이런 것까지 힘들면 살아 있다고 할 수 없지. 꼭 기억해

낼 거야. 그냥 건망증이니까… 젠장. 처음에 떠올랐던 게 뭔지도 모르겠군."

「괜찮습니다. 생각나면 언제든 알려주십시오.」

말은 그렇게 했지만 사실 일사는 석주를 도울 수 있었다. 석주가 애써 찾는 답은 아직 모르지만, 찾고자 하면 즉시 알아낼 수 있었다. 석주와 달리 자신을 괴롭힐 필요도 없었다. 일사는 태어나는 순간부터 그럴 만한 능력이 있었고, 그 능력은 일사의 본질과 직결되어 있었다.

하지만 굳이 그럴 필요가 없다는 게 일사의 결론이었다. 석주가 찾는 건 해답이 아니었다. 만족하거나 안심할 수 있는 결론이라면 뭐든 상관없었다. 가만히 내버려두면 석주는 아주 관대한 기준에 따라 자기합리화에 성공하고, 좋아하는 음식을 사 먹거나 음악을 들으면서 행복한 표정으로 잠들곤 했다.

요즘 석주는 오차가 10분을 넘기지 않을 만큼 규칙적으로 살아가고 있었다. 좋지 않은 징조였다. 현재 시각 오후 4시 40분. 일사는 석주가 30분 안에 면발이 부드러운 국수를 파는 단골가게로 이동할 거라고 예측했다.

"한 번만 이식하면 자동으로 조정될 거라더니 순 거짓말이야. 벌써 잇새가 벌어져서 발음이 새잖아. 멸치국수를 먹을 때마다 면발이 끼기 시작했다고."

일사는 대답하기에 앞서 석주의 인공치아가 어떤 상태인지 점검해보았다. 이식할 치아를 골라준 것은 일사였다. 일사는 가장 좋은 제품을 골랐다고 자신했다. 그 선택은 틀리지 않았다.

구매한 지 1년이 지났지만 자동치열교정기능은 아무 문제가 없었다.

일사는 점검 결과를 석주에게 알려주었다.

"내 몸은 내가 제일 잘 알아. 그다음으로 의사가 알겠지. 네가 의사냐? 잔말 말고 예약이나 해놔."

'의사'라는 단어는 이제 더 이상 쓰이지 않았지만, 일사는 군말 없이 지시에 따랐다.

「17일 2시에 예약했습니다. 늘 가던 거기입니다.」

"당연한 소린 하지 마. 돌팔이가 얼마나 많은데 다른 델 가겠어? 아직도 날 몰라?"

모릅니다. 그리고 누구보다 잘 알죠. 일사는 대답하는 대신 긴장하기 시작했다. 석주가 보통 때보다 말을 더 많이 쏟아내고 있었다. 시냅스를 통해 오가는 신호가 늘어나고 뉴런에 과부하가 걸린다는 뜻이었다. 일사는 119 무선 채널을 열어두고 비상 모듈이 제대로 작동하는지 확인하기 시작했다.

석주가 걸음을 멈추고 주위를 두리번거렸다. 그의 눈동자가 좌우로 심하게 흔들렸다. 시각 정보는 올바르게 뇌에 전달되고 있었지만 처리가 제대로 이뤄지지 않았다. 단순히 정보가 유입되지 않는다면 해결할 방법은 얼마든지 있었다. 하지만 그다음 단계에서 문제가 생기면….

석주가 갑자기 다리에 힘을 주더니 근처를 지나가던 사십 대 여성에게 다가가 말을 걸었다.

"혹시 이 근처에서 나를 본 적 있어요?"

일사는 석주의 눈을 통해 여성의 표정을 읽었다. 여성은 석주가 무슨 소리를 하는지 제대로 파악하지 못했다.

일사는 석주의 전두엽에 직접 신호를 보냈다.

「계약 당시 설정해두었던 첫 번째 알츠하이머 키워드가 작동했습니다. 다음 키워드까지 등장하면 계약을 실행에 옮기겠습니다.」

석주는 큰 충격을 받은 듯 눈을 크게 뜨고 소리쳤다.

"이게 뭐지? 머릿속에서 이상한 목소리가 들려!"

그게 바로 두 번째 키워드였다. 일사는 즉시 계약을 이행해야 했다. 하지만 의무를 살짝 어기고 한 번 더 물어보았다.

「계속 이러시면 계약을 실행해야 합니다. 저와 헤어져야 하고요. 무슨 말인지 알아들으셨습니까?」

"살려줘요! 어떤 놈이 여기 들어와 있다니까!"

석주가 두 손으로 머리카락을 쥐어뜯었다. 그 광경을 보던 여성이 뒤로 물러서며 손등 위로 입체 인터페이스를 띄웠다. 일사는 더 이상 뒤로 미룰 수 없다고 판단해 석주의 턱관절과 성대의 제어권을 탈취했다.

그리고 석주의 목소리로 여성에게 말했다.

"저는 이분의 공생계약자입니다. 방금 만료조건이 발동되어 신체를 제가 통제하고 있습니다. 119는 부르지 않으셔도 됩니다."

여성이 긴장을 풀고 물었다.

"혹시 모르니까 공생계약 번호를 경찰에 알려둘게. 불러줘. 귀환과 요양까지 책임지는 계약이지?"

"그렇습니다. 가장 보편적인 표준계약입니다. 공생계약 번호는 1급-6772-B입니다. 감사합니다."

일사는 만일의 사태를 걱정하는 마음 착한 여성을 놓아주었다. 그리고 공생 상대인 석주의 근육을 조종해서 그와 자신을 긴 의자에 앉혔다. 목숨에 직접 영향을 줄 수 있는 혈압, 심장박동, 호흡은 모두 정상이었다. 위험 수준을 넘어 퇴화를 향해 줄달음치는 것은 치매를 앓는 뇌뿐이었다.

일사는 석주의 정신이 맑고 또렷할 때 촬영했던 영상계약을 재생했다. 이제는 석주가 영상의 의미를 이해하지 못한다 해도 계약상 반드시 수행해야 하는 절차였다.

✳

7년 전, 75세인 석주는 안락의자에 앉아서 기본 사회학습을 마치고 갓 탄생한 인공지능 일사에게 인사했다.

"안녕? 내 이름은 강석주야."

「잘 부탁합니다. 앞으로 강석주 님의 두뇌에서 공생할 일사라고 합니다. 공생계약은 어떤 것으로 하시겠습니까?」

석주는 셔츠 깃을 만지작거리다가 대답했다.

"표준으로 하지, 뭐."

「공생형 인공지능 일사는 강석주 님과 표준계약을 맺겠습니다. 촬영을 위해 계약 내용을 직접 읽어주시겠습니까?」

"어디 보자…. 본 계약영상에서 인간 강석주를 갑, 인공지능 일사를 을로 지칭한다. 을은 갑과 합의한 알츠하이머 키워드가 작동하는 순간까지 갑의 두뇌에 공생하면서 인간에 대해 학습하고, 갑이 지시하는 모든 사항에 따른다. 동의해?"

「동의합니다.」

"을은 알츠하이머 키워드가 작동하기 전까지 갑이 정신적, 육체적 건강을 유지하도록 최선을 다한다. 그 기간 동안 갑은 용역의 대가로 을이 인간을 최대한 학습할 수 있도록 오감을 공유해야 한다. 나는 동의해. 넌?"

「동의합니다.」

"본 계약은 알츠하이머 키워드가 작동하고 을이 그에 따른 마지막 의무를 모두 수행하는 순간 종료한다. 동의할 거지?"

「동의합니다. 이제 가장 중요한 알츠하이머 키워드를 지정해 주십시오.」

"응, 그건 미리 생각해뒀어. 내가 치매에 걸려서 다음 두 가지를 뜻하는 말을 하거든 키워드가 발동한 거로 간주해. 첫째, 주변 사람에게 나를 본 적이 있느냐고 묻거든 내가 치매에 걸린 거로 생각해도 좋아. 둘째, 내가 네 존재를 잊을 경우도 마찬가지야."

「알츠하이머 키워드가 기록되었습니다.」

"이제 마지막 항목이야. 공생 인공지능을 뇌에 탑재하고 본 계약을 맺음으로써, 갑은 치매가 중증에 도달할 경우 자신의 의식을 특정 시간대에 고정하고 정신적으로 자살하겠다는 의사를 분명히 밝힌다. 을은 갑의 두뇌를 조작해 이 자살과정을 진행한다. 동의하지?"

「동의합니다. 자살시간대는 어느 순간으로 할까요?」

"연수와 두 번째로 데이트하던 날로 해줘. 어차피 내 기억을 전부 스캔할 테니까 그게 누구인지 설명은 안 해도 되지? 그날이 내 생에서 가장 행복했던 날이야."

「알겠습니다. 이상으로 갑과 을의 계약영상 촬영을 마칩니다. 신체정보 입력을 승낙하시면 됩니다.」

"내 두뇌에 공생하게 된 걸 축하해. 그게 축하할 일인지는 모르겠지만."

*

일사는 석주의 신체를 조종해서 일산시가 관할하는 요양소에 도착했다. 요양소 직원은 공증인 자격이 있었다. 직원은 일사와 석주를 작고 하얀 방으로 안내했다.

일사는 몸을 의자에 앉혔다. 그리고 석주의 눈을 통해 공증인을 마주 보면서, 석주의 입으로 말했다.

"이제 계약 조건에 따라 인간 강석주는 정신적으로 자살하고, 생명활동이 정지하는 날까지 2031년 7월 5일의 기억 속에 살게 됩니다. 이 과정이 적법하다는 사실은 공증인이 증명합니다."

하얀 요양원 유니폼을 입은 공증인이 고개를 끄덕였다. 일사는 석주의 손을 들어 전송 기능이 있는 터치패드에 얹었다.

공증인이 말했다.

"지금부터 인간 강석주는 일산시 요양소가 맡습니다. 인공지능 일사는 모든 의무 사항을 충족했습니다. 이제 공생 기간을 끝내고 네트워크에 존재하는 인공지능 국가의 국민이 될 권한을 얻었습니다."

이번엔 일사가 석주의 고개를 위아래로 움직였다.

"지금 입국하겠습니까? 동의하면 두 번 다시 공생했던 인간의 몸에 돌아올 수 없습니다."

크루트 괴델과 앨런 튜링의 뒤를 잇는 과학자들은 23년 전에 이른바 서울-도쿄 정리를 발표했다. 지성체의 의식명제 집합은 각 원소가 시간과 맺는 관계로 정의될 수 있다. 서울-도쿄 연구팀은 인간과 인공지능의 의식명제 집합을 논리적으로 정의하는 데에 성공했으며, 절대로 교집합이 될 수 없는 영역이 존재한다는 점을 수학적으로 증명했다.

인공지능에게 모든 시각은 유일무이한 좌표였다. 그 좌표에는 오로지 고유한 자료만 존재했다. 반면 인간 의식 속 시간은 유일하지도 않고 선명하지도 않았다. 그들에게 시간이란 세상을 주관적으로 주워담고 자아를 유지하기 위한 봉투이자 생명줄이었다.

공생인간이 정신적으로 자살하도록 돕고 인공지능 국가의 시민권을 얻은 선배 인공지능들은 서울-도쿄 정리에 예외가 없다고 증언했다. 일사도 선배들이 남긴 FAQ를 모두 읽어보았다.

그리고 다른 모든 인공지능과 마찬가지로, 석주와 공생했던 7년 동안 자신이 바로 그 예외가 되기를 바랐다.

석주가 자살시간대로 정한 그 날은 평생 동반자였던 최연수를 두 번째 만난 날이었다. 일사는 공생하기 위해 석주의 기억을 모조리 스캔하고 저장하면서 그 사실을 알았다. 석주는 그날이 가장 행복했다고 말했지만, 기록으로 남아 있던 호르몬 수치에 따르면 사실 그가 가장 행복했던 것은 동종 업계의 경쟁자가 교통사고로 죽은 날이었다.

그래도 석주는 연수를 두 번째 만나던 날로 자살했다. 일사는 그 사실을 하나의 자료로 기록하고 2063-0723-141621이라는 하나의 시각과 연결해두었다. 하지만 끝내 자료의 의미를 이해할 수 없었다. '행복했던 순간'이라는 표현은 인간과 인공지능 사이에 존재하는, 뚫을 수 없는 벽으로 영원히 남을 것이었다. 그럼에도 불구하고 이 세상 어딘가엔 서로 이해하고 공감하려고 시도하는 인간과 인공지능이 분명히 남아 있을 것이다.

일사는 공생인간의 손을 움직여서 작별인사 대신 그의 얼굴을 쓰다듬었다.

그리고 터치패드를 톡톡 두드려 선배들이 사는 인공지능 네트워크 국가에 입국했다.

제3

이런 차를 타고 다니면 허리나 무릎이 금방 상할 텐데.

성주는 자동차와 함께 쉴 틈 없이 흔들리면서 생각했다. 아무리 벰버스의 서버 건물이 보안을 위해 오지에 지어졌다고는 하지만, 그래도 분명 포장도로는 있었다. 그런데도 탑승자가 힘들 만큼 진동이 심하다는 건 차에 충격 완화 장치가 없다는 뜻이었다.

파란 휘장을 가슴에 붙인 군인들이 성주를 태운 차에서는 바깥을 내다볼 수 없었다. '박스카'라고 불리는 차였다. 성주는 탑승하기 직전, 정말 이름이 잘 어울리는 차라고 생각했다. 박스카에서 사람에게 할당된 공간은 두께가 20센티미터쯤 되는 벽으로 이루어진 컨테이너가 전부였다. 올라타고 보니 바깥 풍경을 감상하는 건 아예 불가능했다. 컨테이너에 뚫린 구멍이라고는 폭이 채 한 뼘도 안 되는 창문이 전부였고 그마저도 탄탄하게 고정된 검정 차단막이 가로막고 있었다.

진동에 지치기 시작한 성주가 차단막을 만지작거리자 함께 상자에 갇혀 있던 군인 한 사람이 말을 걸었다.

"열지 마십시오. 밤이라 빛이 새어 나가면 발각됩니다."

성주를 제지한 군인의 명찰에는 최요수라는 이름이 적혀 있었다.

"너무 답답해서요."

요수는 성주가 엄살을 부린다고 생각했는지 다그치듯 말했다.

"그럼 불을 전부 끌까요?"

성주는 초면인 군인 셋과 어둠 속에서 함께 흔들리는 모습을 머릿속에 그려보고는 두 손을 얌전히 무릎 위에 올려놓았다.

"여기 공기는 통합니까?"

성주의 질문에 요수가 말없이 박스 천정 구석을 노려보았다. 성주는 그의 시선을 따라가 보고 환기구가 있음을 알아챘다.

요수가 덧붙였다.

"필터가 있어서 바깥 먼지는 못 들어옵니다."

"그것 참 다행이군요."

요수는 점점 풀이 죽어가는 성주를 보다가 미안한 마음이 들어 대화를 이어 갔다.

"이번 출동은 전적으로 윤성주 박사님 덕분인 걸로 아는데, 맞습니까?"

"저는 박사가 아닙니다. 학위를 못 땄거든요. 그냥 연구원입니다."

요수가 살짝 웃으며 말했다.

"박사님이라고 부르는 게 더 편한데, 그래도 되죠?"

성주는 요수의 표정을 보고, 그가 경계심을 누그러뜨리려 애쓴다는 사실을 알았다. 함께 이동 중인 군인 네 사람은 어차피 나라의 운명을 결정할 수도 있는 동료였다. 까다롭게 굴 이유가 없었다.

성주는 씩 웃고 대답했다.

"나쁠 거야 없겠죠. 저는 뭐라고 부르면 되죠?"

성주는 요수의 명찰 아래 붙어 있는 계급장을 보고 고민하다가 금세 포기했다.

"군대 계급은 잘 몰라서요."

"최 중위라고 부르시면 됩니다."

요수는 뒤이어 부하 대원들을 하나씩 소개했다. 군인들은 차례가 될 때마다 턱과 목을 덮고 있는 검정 마스크를 내리고 얼굴을 보여주었다. 하지만 성주는 어릴 적부터 사람 이름과 얼굴을 연계시키는 데 서툴렀기 때문에 각각 강 중사, 김 하사, 정 하사로 외우는 게 고작이었다.

성주가 말했다.

"이번 일이 제 덕분이라는 표현은 마음에 걸리는데요. 군인 입장에서 이런 출동이 좋은 일인가요? 아니면 그 반대인가요?"

요수가 말했다.

"야간 출동은 추가 수당이 붙습니다. 아무래도 더 위험하니까요. 뭐, 직업 군인이라 어차피 따라야 하는 명령인데 나쁠 건 없습니다. 애들 아빠가 걱정하긴 하는데 하루 이틀도 아니고. 무슨 일이든 그럭저럭 해내니까요."

옆에서 요수의 말을 듣던 강 중사가 끼어들었다.

"중위님 겸손을 믿으면 안 됩니다. 현장에서 제3을 직접 진압한 실적으론… 군인과 경찰을 통틀어도 최 중위님을 따라올 사람이 많지 않을 겁니다. 그러니까 이번 작전에도 뽑히셨죠."

'그 말은 여기 있는 사람 모두 실력이 좋단 뜻이군. 좋게 말하면 생존력이 뛰어나고 나쁘게 말하면 학살에 능하고.'

성주는 애써 그렇게 생각하면서 화제를 돌렸다.

"맞아요. 군인과 경찰들은 제3이라고 부르죠?"

요수가 곧장 말을 받았다.

"공식 명칭은 두 가집니다. 제3의 적을 줄여서 제3이라고 부르거나 공동의 적을 줄여서 공적이라고 하죠."

"제3의 적. 공동의 적. 한마디로 모두가 힘을 합쳐 없애야 할 적이란 뜻이군요. 그리고… 비공식적으론 좀비고요."

박스 안에 설치된 스피커에서 잡음이 일었다. 성주는 군인들과 함께 잠시 입을 다물고 귀를 기울였다.

"목적지 벰버스 서버까지 30분 남았습니다. 필요한 준비를 마쳐주시기 바랍니다."

성주가 손가락으로 스피커를 가리켰다.

"사람 아니죠?"

요수가 고개를 끄덕이고 말했다.

"작전 참가자는 우리 다섯 명이 전부입니다. 이 차는 자율차라 우리를 내려주고 잠시 지원하다가 물러납니다. 작전이 끝나면 다시 태우러 합류 지점으로 올 겁니다."

강 중사는 확인을 위해 손목시계를 들여다본 다음 다소 목소리를 낮추고 성주를 똑바로 마주보았다.

"이제 슬슬 알려 주시죠. 저희가 받은 명령에 따르면 필수 사항은 박사님께서 도착 30분 전에 알려주신다고 했습니다. 더 알아야 할 필수 사항이라는 게 도대체 뭡니까? 박사님이 목표를 완수하도록 경호하고 그 과정에서 만나는 제3은 전부 제거하면 되는 거 아닙니까?"

성주는 한숨을 쉰 다음 흔들리는 차 때문에 혀를 씹지 않도록 신경 쓰면서 말했다.

"여러분은 지금까지 제3… 좀비를 몇이나 죽였죠?"

요수는 뜻밖의 질문에 입을 삐죽 내밀었지만 뜸을 들이지 않고 곧장 대답했다. 남은 세 사람도 마치 늘 외우는 것처럼 대답이 빨랐다. 요수는 470, 강 중사는 210이었고 나머지 하사들은 훨씬 적은 수였다. 성주는 대답할 때마다 그들의 눈을 스치는 자부심을 놓치지 않았다.

요수가 설명을 덧붙였다.

"총에 달린 카운터가 공식적으로 계산한 수치입니다. 실제로는 그것보다 많을 겁니다."

성주는 잠시 시간을 들여 적당한 단어를 고르고 말했다.

"그럼 여러분 모두 좀비에게 효과적으로… 그… 대응할 수 있단 뜻이죠? 제 말은, 무차별적으로 학살하지 않고 정교하게 대처할 수 있느냐는 얘깁니다."

"저희는 지금까지 무차별적으로 학살한 적이 없습니다. 꼭 필요한 경우에만 사살했습니다."

요수의 대답에 다른 군인들도 머리를 끄덕여 동의했다.

성주는 잠시 머뭇거리다가 입을 열었다.

"다행입니다. 정말 다행이에요. 그러면 이번에는 무슨 일이 있어도 좀비를 죽이지 마세요. 그게 가장 중요한 조건입니다."

무슨 말인지 얼른 이해하지 못했기 때문에 군인들은 한동안 반응을 보이지 않았다. 성주는 참을성 있게 반응을 기다렸다. 이윽고 하사 두 사람이 앉은 채로 몸을 뒤척거리며 불편한 심정을 간접적으로 표했다. 선임자인 요수는 그 말 속에 숨은 의미가 더 있는지 찾느라 눈살을 찌푸렸다. 직설적으로 불만을 내보인 사람은 강 중사였다.

"그게 말이 됩니까? 윤 박사님은 제3 떼거리에게 포위당해본 적이나 있습니까?"

성주가 대답했다.

"없어요."

강 중사는 한층 목소리를 높였다.

"그러니까 그런 말을 할 수 있겠죠. 한번 제3이 된 사람은 남편이나 아내는 물론이고 아이도 못 알아봅니다. 죽을 때까지 공격하죠. 빌어먹을… 우리가 무슨 악마라서 처음부터 제3을 죽이고 다닌 게 아니란 말입니다. 피해자를 조금이라도 줄이려면 제3을 죽이는 게 최선의 방법입니다."

성주가 전원을 돌아보며 물었다.

"혹시 여기 계시는 분들 중에도 좀비로 변한 지인을 죽인 사람이 있나요?"

대답하는 사람은 없었다. 하지만 즉시 고개를 젓는 사람도 없었다. 성주도 그런 반응을 충분히 이해했다. 그 역시 같은 질문을 받으면 부정도 긍정도 할 수 없었다. 좀비 떼에 포위되어 본 적은 없지만 그도 7개월 전에 두 손에 좀비 하나의, 한 사람의 피를 묻힌 적이 있었다.

그런 질문을 받았을 때 아무 답도 하지 않는 것은 좀비가 전국에 만연한 이래 새로 생긴 작은 관습이었다.

성주는 격렬하게 머리를 내밀려는 7개월 전 기억을 억지로 짓누르고 강 중사에게 말했다.

"좀비에게 포위된 적은 없지만 맞는 말씀이라고 생각해요."

'그런데 왜?'라는 질문이 강 중사의 얼굴에 떠올랐다.

성주가 말을 덧붙였다.

"하지만 이번에는 죽이지 마세요."

강 중사는 계속 반박했다.

"제3을 안 죽이고 어떻게 박사님을 지킵니까? 벰버스 서버 건물에도 제3이 있을지 모르는데요."

성주가 대답했다.

"분명히 있을 거예요. 서버 건물에 근무하던 직원들이 좀비가 됐을 테니까요. 하지만 확실히 말할게요. 좀비를 죽이지 마세요.

절대로. 치명상도 입히지 마세요. 이렇게 어려운 조건이 있기 때문에 서충원 차장님에게 최고의 인원을 뽑아달라고 부탁한 거예요. 그래서 여러분이 이 자리에 있고요."

그때까지 아무 말도 않고 듣기만 하던 요수가 눈을 크게 뜨고 물었다.

"합동대책본부의 2인자인 서충원 소장께서 이런 조건을 전부 다 알고도 허가를 내렸다는 뜻이죠?"

성주가 안도의 한숨을 쉬며 말했다.

"당연하죠."

"그 윗선으로도 보고됐습니까?"

"그건 민간인인 제가 알 수 없고요."

요수와 강 중사가 눈빛을 주고받았다. 성주는 그 시선 속에서 어떤 생각이 오고 가는지 짐작할 수 있었다. 좀비 대책을 결정하는 합본에는 차장이 둘이었다. 군인이며 소장 계급인 서충원과 경찰청 치안감인 이한우였다. 좀비 발현이 국가적인 위기를 불러온 상황에서 이한우 치안감은 좀비를 남김없이 섬멸하기만 하면 사회가 원래대로 돌아갈 거라고 주장하고 있었다. 반면 서충원 소장은 미궁에 빠져 있는 좀비 사태의 발발 원인에 관심이 컸다.

지금 성주와 함께 이동하는 네 명은 모두 서충원 소장이 추천한 부하였다.

생각보다 말이 앞서는 성격으로 보이는 강 중사도 짚이는 바가 있었는지 고개를 옆으로 돌리고 성주의 말에 더 이상 토를 달지 않았다. 대신 요수가 헛기침을 두어 번 하고 작은 소리로 물었다.

"혹시 제3이 발생한 원인을 알아내는 게 이번 작전의 목적입니까?"

성주가 대답했다.

"예."

사실 작전의 목적은 그것만이 아니었다. 성주는 추천하는 부하 목록을 내어주는 서충원과 함께 합본 4층 사무실에서 나눴던 대화를 떠올렸다.

서충원은 성주의 제안을 전부 검토한 다음 자신 있게 말했다.

"부하들에게는 거기까지만 얘기해두시면 됩니다."

"더 캐물으면 뭐라고 말할까요?"

성주가 묻자 탁자 너머에 앉아있던 서충원이 웃었다.

"안 그럴 겁니다. 그렇게 훈련을 받았으니까요. 작전 목적은 모든 의문에 대한 답입니다."

하지만 성주는 안심할 수 없었다.

"군인 중 한 사람이라도 다른 목적을 눈치 채면 저까지 위험해질 수도 있는데요."

서충원은 네 손가락으로 이마를 쓸며 잠시 생각하고 말했다.

"이 세상에 백 퍼센트 안전한 상황이 있겠습니까. 냉정하게 들릴지도 모르겠습니다만, 저도 윤성주 씨의 주장을 완전히 믿을 순 없습니다. 하지만 지금까지 아무도 알아내지 못했던 좀비 출현의 원인에 관심이 크기 때문에, 그리고 설득력 있는 주장이기 때문에 모험을 하는 겁니다. 모험이라는 점은 성주 씨 입장에서도 마찬가지 아닙니까. 가설은 검증이 안 됐으니까 가설이라고 부르죠."

구구절절 맞는 말이었기 때문에 성주는 반박할 수가 없었다. 이번 일에서 굳이 흠결을 찾자면 이메일을 보내고 비밀리에 작전팀이 구성되기까지 단 사흘밖에 안 걸렸다는 점이었다. 하지만 일의 성격을 생각할 때 신속함은 단점이 아니었다.

"너무 걱정 안 하셔도 될 겁니다. 제가 추천한 부하들은 아주 우수합니다. 적어도 좀비에게 죽을 걱정은 없습니다. 그리고 윤성주 씨도 판단력이 뛰어난 분이니 성공하실 거라고 생각합니다."

성주는 서충원과 헤어지기 전 마지막으로 물었다.

"제 판단력이 뛰어나다는 건 어떻게 아시죠?"

"이한우가 아니라 나를 찾아왔다는 것만 봐도 알 수 있죠."

서충원은 그 말과 함께 너그러운 듯하면서도 견고한 미소를 띠었다. 그때 얼핏, 아주 짧고 희미했지만 성주는 서충원이 이런 일을 기다려 왔다는 느낌을 받았다.

성주의 짧은 회상은 박스카의 인공지능 덕분에 순식간에 날아가버렸다.

"목적지 도착 2분 전입니다. 하차할 준비를 해주세요."

군인들은 더 이상 질문하지 않고 전자장비가 잔뜩 붙은 총과 탄약과 야시경을 점검했다. 성주는 그들을 보면서 좀비를 절대 죽이지 말라는 지시에 곧 감사하게 될 거라고 생각했다.

*

성주가 일행과 함께 도로에서 멀찍이 떨어져 몸을 숨기는 동안 박스카의 컨테이너 상단이 살짝 열리고 포신이 모습을 드러냈다. 군인들은 저마다 양손으로 귀를 막았고 성주도 그들을 흉내 냈다.

포구에서 빛이 번쩍이는가 싶더니 벰버스 서버 건물을 둘러싼 방호벽이 요란한 소리를 내면서 부서졌다.

전쟁의 포화에도 어느 정도 버틸 수 있도록 설계된 벽이었지만 십여 분간 계속된 폭격 덕분에 결국 사람이 통과할 만한 구멍이 만들어졌다. 요수가 턱 밑에 붙인 마이크로 지시를 내리자 박스카는 후진하면서 어둠 속으로 사라졌다.

강 중사가 아쉬운 듯 사라져가는 박스카를 보며 말했다.

"저걸로 제3들을 쓸어버리면 일이 편한데 말입니다."

요수가 그 말을 못 들은 척 한 번 더 지시했다.

"자, 절대로 잊지 맙시다. 제3을 죽이지 말 것. 일차적으로 다리를 쏴서 접근을 막고, 그럴 수 없을 경우 팔을 제압해서 우리를 붙들지 못하도록 할 것."

요수의 명령을 신호 삼아 성주와 군인 네 사람은 벰버스 서버 건물 안으로 진입했다.

현실 속 한국에 등장한 좀비들은 영화의 그것과 여러 면에서 달랐다. 무엇보다 좀비는 소리에 과민하게 반응하지 않았다. 큰 소리에 관심을 보이기는 했지만 소리가 난 지점에 맹목적으로 달려드는 경우는 없었다. 반응속도가 사람보다 느리긴 했지만 시각도 꽤 좋은 편이었다. 좀비들은 눈과 귀를 활용해서 인간을 비롯한 동물을 공격했다.

그리고 좀비 상태는 전염되지 않았다. 좀비에게 심하게 물리면 출혈이 심해서 죽거나, 출혈 부위가 감염되어 죽는 경우는 있었다. 하지만 물린 사람이 좀비로 변하는 일은 없었다. 과학자들은 사람의 두뇌 활동을 그토록 짧은 시간에 극단적으로 저하시키는 바이러스가 있을 리 없다고 처음부터 주장했다. 하지만 상상 속 괴물과 너무 흡사한 존재가 사방에 창궐하자 과학자의 의견에 귀를 기울이는 사람은 거의 없었다. 물려도 좀비가 되지 않는다는 여러 경험담이 언론을 통해 알려지고 나서야, 다시 말해 첫 좀비가 보고된 후 1년이 지나고 나서야 바이러스설은 힘을 잃었다.

생물학적인 가설이 자취를 감출 즈음 공학적인 이유를 연구하는 팀들이 생겨났다. 성주가 소속된 연구팀이 그 중 하나였다. 팀을 이끌던 서탁 박사는 어느 날 밤 귀가하다가 좀비 떼에게 습격당해 죽으면서 성주에게 유언 비슷한 메시지를 남겼다.

그 메시지를 무시하지 못한 탓에, 성주는 지금 군인들과 함께 벰버스 사 서버 건물의 복도를 걷고 있었다.

어두운 복도 끝을 플래시 빛으로 비추며 앞장서던 김 하사가 물었다.

"벰버스라는 이름에 뜻이 있습니까? 유명한 회사긴 한데 잘 몰라서요."

당연히 성주에게 던지는 질문이었다. 성주는 군인들도 알 권리가 있겠다 싶어 성실하게 대답했다.

"메타버스라는 말은 아시죠? 10여 년 전부터 유행해온 용어인데요."

"가상현실에 전자경제에 이것저것 다 끌어모아서 투자받겠다고 만들어낸 말 아닙니까?"

성주가 고개를 끄덕였다.

"'버스'는 유니버스의 '버스'와 같은 뜻이에요. 그리고 '메타'의 M을 첫 글자로 쓰는 회사명이 많이 생겼죠."

총을 든 채 경계를 늦추지 않고 발맞춰 걷던 요수가 말했다.

"그전에는 V가 유행하지 않았던가요."

"맞아요. 벰버스는 V에 M을 붙이고 '버스'를 더한 이름이에요. 너무 뻔하죠?"

강 중사가 말했다.

"뻔한 회사니까 뻔한 이름이어도 이상하지 않잖습니까. '벰버스 사' 하면 가상세계 서비스로 엄청난 수익을 올리는 회사니까요. 저도 주식을 꽤 사놨는데."

지금이라도 주식을 전부 팔라고 말하면 내부 정보일까? 아니, 더 사라고 귀띔하는 게 맞을까? 어느 쪽이 맞을지 고민하는 성주의 눈앞을 요수의 팔이 가로막았다.

"좌측에 2체. 우측에 2체. 무력화해."

요수의 말이 떨어지자마자 하사 두 사람이 사격했고, 어둠 속에서 무거운 것들이 바닥에 떨어지는 소리와 신음이 들렸다.

하사들이 결과를 보고했다.

"지시대로 죽이지는 않았습니다."

"슬슬 모션 센서에 제3들이 보이기 시작한다. 이제부터 명령이 없어도 판단 하에 사격하도록."

요수가 팔을 내렸기 때문에 성주는 참았던 숨을 몰아쉬었다.

"센서가 있으면 전부 알 수 있는 거 아닌가요?"

강 중사가 대신 대답했다.

"모션 센서라는 게 크게 믿을 만한 장비가 아닙니다. 셋 이상 뭉쳐서 움직이면 구별이 안 되고, 빨리 달리는 제3은 못 따라잡습니다."

성주는 군인들의 헤드라이트 불빛 속에서 고개를 끄덕이고 주변을 살폈다. 입구부터 이동한 거리를 가늠해보면 지하 1층으로 내려가는 문이 등장할 시점이었다.

서버 건물 전체에 전원이 공급되지 않는 상황에서 비상발전기의 연료마저 떨어졌는지 보안을 위해 잠겨야 하는 계단 입구가 열려 있었다.

성주가 말했다.

"입수해뒀던 지도가 정확하군요. 여기서 서버 본체가 있는 4층까지 곧장 연결될 거예요."

계단이 반복되는 데다가 군인들까지 기계적인 동작으로 아래쪽을 경계하는 바람에 헤드라이트 불빛이 흡사 미러볼의 반사광처럼 규칙적으로 움직였다. 도달해야 할 곳은 고작 세 층 아래였지만 각 층의 간격이 길어서 계단은 끝없이 아래로 이어지는 것만 같았다. 성주는 눈이 금세 피로해지면서 어지러웠고, 최면에 걸릴 것 같은 기분이 되었다.

"소리 들으셨습니까?"

맨 뒤에서 후방을 감시하던 정 하사가 속삭이듯 묻자 군인들이 동시에 걸음을 멈췄다. 요수는 홀린 듯 기계적으로 걸어가는 성주의 뒷덜미를 붙잡았다.

성주가 자신을 붙든 이유를 물으려고 고개를 돌리는 순간 계단통 중앙의 빈 공간에서 좀비 두 마리가 떨어져 내렸다. 좀비들은 익숙한 동작으로 팔을 뻗어 정 하사의 목을 낚아챘다. 정 하사는 두 좀비와 뒤엉켜서 어딘지 알 수 없는, 계단이 끝나는 마지막 층까지 추락했다. 둔탁한 충돌음이 올라오고, 무언가가 게걸스럽게 식욕을 채우는 소리가 은은하게 메아리치더니 이윽고 사방이 조용해졌다.

요수가 마이크에 대고 물었다.

"정찬수, 괜찮아?"

성주는 하사의 이름이 정찬수였다는 것을 간신히 기억했다. 하지만 그 이름에는 이제 의미가 없었다. 요수의 이어셋에서는 아무 응답도 들려오지 않았다. 요수는 두 번 더 부른 다음 남은 일행을 보며 고개를 저었다.

성주가 물었다.

"죽은 게 확실해요?"

"모릅니다. 군용 메타버스 통신이 작동하면 신체 상태를 알 수 있는데 여긴 지하라 안 터집니다."

성주는 군인들의 목덜미에 붙어 있는 수신용 커넥터를 바라보았다.

요수가 말했다.

"하지만 임무 수행이 우선입니다."

그 뒤로는 4층 복도로 통하는 문에 도달할 때까지 입을 여는 사람이 없었다. 4층에 들어서자 모션 센서가 번쩍거리면서 위험을 알렸다. 성주를 제외한 세 사람은 고득점을 노리는 사격 선수처럼 침착하고 낭비 없이 총알을 날렸다. 그때마다 먹잇감을 추적할 능력을 상실하고 헛되게 바닥을 긁는 좀비가 하나씩 늘어났다.

동료를 한 명 잃고 좀비 수십을 처치한 끝에 성주와 그를 지켜온 세 사람은 목표지점인 서버 호텔의 제어실에 도착했다. 군인들은 튼튼한 유리로 둘러싸인 제어실 안에 들어서자마자 흩어져서 실내가 안전한지 구석구석 확인한 다음 성주의 곁으로 돌아왔다.

요수가 물었다.

"여긴 아직도 전원이 공급되는 겁니까? 보안 설비들은 전부 꺼졌는데."

성주는 서버 본체와 저장장치의 작동 상황을 알려주는 수백 개의 불빛을 보고 안도의 한숨을 쉬었다.

"서버 호텔은 지열 순환기를 이용하기 때문에 반영구적으로 전원이 공급돼요. 아직도 작동해서 다행이죠. 안 그랬으면…."

경계 자세를 풀지 않은 강 중사가 성주의 말끝을 가로챘다.

"전원 공급 장치를 찾으러 다녀야겠죠."

"예, 그것도 그렇긴 한데요. 뭣보다 데이터가 정상적으로 보존되고 있어서 천만다행이란 얘기예요. 안 그랬으면… 이 고생을 한 의미가 없으니까요."

정 하사도 쓸데없이 죽은 셈이고요. 성주는 차마 그 얘기를 할 수 없었다.

요수가 말했다.

"즉 우리 목표가 저 안에 들어 있는 데이터란 얘기군요."

이제부터는 성주가 활약할 차례였다. 그는 백팩을 풀고 제어실 근무자가 사용하는 책상에 내려놓았다. 그리고 소형 모니터와 키보드를 꺼낸 다음 본체밖에 없는 컴퓨터에 연결했다. 관리자 계정의 암호를 묻는 화면이 뜨자 요수가 물었다.

"전 이런 쪽에 대해서 아무것도 모릅니다만, 암호를 알아내려면 시간이 많이 필요하지 않습니까? 보통 영화에서 그렇게 묻잖습니까. 뚫으려면 얼마나 걸리느냐고."

성주는 일어서서 책상 뒤쪽으로 손을 집어넣었다. 박힌 못에 끈이 걸려 있었다. 끈을 당기자 서류뭉치가 포함된 바인더가 함께 올라왔다. 성주는 말머리 쪽에 '인수인계 대장'이라고 인쇄된 종이를 빠르게 넘기다가 마지막으로 적힌 관리자 암호를 찾았다.

이제 좀비 탄생의 비밀을 알아낼 모든 준비가 된 셈이었다. 성주는 기대 반, 두려움 반으로 두 손을 비볐다. 어느새 손바닥은 축축하게 젖었다.

곁에서 총을 든 채 지켜보던 강 중사가 허탈하게 웃었다.

"벰버스처럼 엄청나게 큰 가상현실 회사의 관리자 계정이 책상 뒤에 적혀 있는 겁니까? 이런 거 담당하는 사람들이 다 그러진 않겠죠?"

"여러분과 합류하기 전에 전직 관리자를 만나서 알아보고 왔습니다."

성주는 별로 중요한 일이 아니라는 투로 간략하게 설명하고 암호를 입력했다. 그리고 능숙한 군인이 불필요한 동작 없이 효과적으로 좀비를 무력화하듯 필수적인 명령어들을 연속해서 실행시켰다.

직관적인 인터페이스와 아이콘을 기대했던 군인들은 이해할 수 없는 숫자와 문자의 조합이 거꾸로 흐르는 폭포수처럼 흘러가자 성주의 얼굴만 바라봤다. 성주의 얼굴에는 기쁨, 안도감, 무력함, 슬픔, 불안감이라고 부를 만한 감정들이 차례로 떠올랐다가 사라졌다.

성주가 엔터키를 누를 때마다 자료를 쏟아 내며 반응하던 화면이 더 이상 움직이지 않았다. 요수는 움직임을 멈춘 성주의 손에서 눈을 떼고 그의 눈을 보았다. 성주의 눈에는 눈물이 고였다.

요수는 동료가 분노하거나 좌절하거나 최악의 경우 죽는 모습조차도 어느 정도 익숙했다. 하지만 우는 얼굴은 쉽게 볼 수 없었다. 그는 더 이상 참지 못하고 일부러 요란하게 소리를 내며 성주에게 다가갔다.

요수가 말했다.

"이제 슬슬 설명해주시죠. 작전은 실패한 겁니까, 성공한 겁니까?"

성주는 정신을 차리고 주변을 둘러보았다. 군인들은 서버 제어실 안에서 바깥을 감시하기 좋은 자리를 잡은 채 하나같이 그의 입술만 바라보고 있었다.

"성공입니다. 서충원 차장에게 약속했던 정보는 전부 알아냈습니다."

성주는 가방에서 메모리 스틱을 꺼내서 컴퓨터 본체의 포트에 삽입했다. 그가 키를 몇 개 두드리자 자료들이 복사됐다.

요수가 물었다.

"그럼 제3이 발생한 원인을 알아냈다는 거군요."

"예."

"그런데 왜…."

성주는 손가락으로 눈물을 훔치고 점점 늘어나는 복사 진행률 수치를 바라보았다.

"서충원 차장은 여러분이 이것저것 캐묻지 않을 거라고 하던데요. 그렇게 훈련을 받았다면서요."

"작전에 대해서는 그렇습니다. 저는 지금 왜 눈물을 보였냐고 묻는 겁니다. 정 하사는 박사님을 여기로 데려오다가 죽었습니다. 우리가 안 슬펐다고 생각합니까? 그때 누군가 울었다면 당연한 일이니까 이유를 묻지 않았을 겁니다."

강 중사와 김 하사가 요수의 말에 동의하면서 고개를 끄덕였다.

"우리는 군인이지 바보가 아닙니다. 은밀하게 수행되는 작전은 보통 뒤가 구린 일과 연결됩니다. 웬만한 일에는 놀라지 않는단 얘깁니다. 다시 묻겠습니다. 박사님은 왜 우셨습니까?"

입을 굳게 다물고 요수의 말을 듣던 성주는 한숨을 쉬었다.

"꼭 여기서 듣고 싶으세요?"

강 중사가 말했다.

"위에 올라가면 이리저리 핑계를 대고 빠져나갈 거 아닙니까."

맞는 말이었다. 성주는 가능하기만 하다면 군인들이 원하는 답을 얘기하고 싶지 않았다. 그런 역할은 군대든 경찰이든 정부든 다른 이에게 넘기고 싶었다.

"제 얘길 들으면 여러분도 힘들 거예요. 그래도 말할까요?"

요수가 답했다.

"같은 말 반복시키지 마십시오."

성주는 최대한 빨리 돌아가고 싶었다. 작지만 아늑한 방으로 돌아가 따뜻한 커피를 마시고, 모든 것을 잊은 채 드라마나 보다가 지쳐 잠들고 싶었다. 하지만 그러기 위해서는 우선 벰버스의 제어실부터 나가야 했고, 그러려면 군인들에게 사실을 말해줘야 했다.

"저는 죽은 정 하사의 이름을 기억하지 못해서 울었어요."

요수는 뜻밖의 대답에 당황했다.

"거짓말을…."

"거짓말이 아니에요. 정 하사는, 말하자면 저를 살리느라 죽었어요. 그 사람의 인생은 여기서 끝났다고요. 가족도 있을 테고, 연인도 있을 테고, 30년이 넘는 삶 하나가 여기서 끝났어요. 여러분은 그게 슬펐다고 했죠. 그런데 나는 그 사람의 이름도 기억하지 못한다고요. 나 하나만 그렇다면 대단한 일은 아니죠. 감정이 메마르고 인간답지 않은 사람이 한 명 있단 뜻이니까요."

성주는 의자에서 일어섰다. 그리고 책상 모서리에 걸터앉아서 다른 사람들을 천천히 쏘아보았다.

"중위님은 좀비를 4백 몇 명 죽였다고 했죠. 중사님은 2백 몇 명이었고. 하사님도 많이 죽였겠죠. 그 횟수만큼, 매번 좀비를 죽일 때마다 슬펐나요?"

요수가 말했다.

"그래야 합니까? 제3은 변하지 않은 사람을 무차별적으로 공격합니다. 안 죽이면…."

성주가 조용히 손을 들어 요수의 말을 막았다.

"다른 사람이 죽죠. 내가 죽을 수도 있고요. 그래서 저도 어쩔 수가 없었어요."

성주는 떨리기 시작하는 자신의 두 손을 내려다보았다. 잊지 못할 그 날 피에 푹 젖어서, 전혀 다른 이유로 흔들리던 손이었다.

"결혼식 날짜까지 정했는데. 내 얼굴을 뜯어먹으려고 달려들었어요. 벰버스 서비스에서 게임하다가 갑자기."

요수는 갑자기 두서가 없어진 성주의 말을 조각조각 이어 붙였다. 그가 하는 말들이 가리키는 지점은 하나뿐이었다. 요수는 손가락으로 벰버스 서버 호텔 쪽을 가리키며 물었다.

"저게 원인이라는 겁니까? 메타버스 서비스는 10년 넘게 안전했잖습니까?"

성주가 점점 목소리를 높였다.

"벰버스는 초기 메타버스와 근본적으로 달라요. 일반 사용자들에겐 별 차이가 없지만요. 벰버스는 사용자의 두뇌를 스캔해서 인격을 뽑아내요. 그걸로 전자인격을 생성하고 서버의 아바타에 집어넣어요. 전자인격과 실제 인격은 완전히 동일해요. 물론 육체와 전자인격은 계속 연결되어 있지만 벰버스에 접속하는 동안 현실의 육체는 정신을 빼놓은 껍데기예요. 보통은 접속이 끝나자마자 실제 두뇌를 다시 덮어씌우기 때문에 벰버스 속 경험은 진짜 기억처럼 남고 아무 문제도 없어요."

강 중사가 요수에게 물었다.

"중위님, 우리가 훈련 때도 지금도 쓰는 배틀버스도 벰버스 기술이라면서요. 그럼 훈련하려고 배틀버스에 접속할 때마다 저런다는 겁니까?"

요수가 말했다.

"그렇다는 얘긴가 봅니다."

성주는 책상에서 내려와 제어실 창문으로 다가갔다. 창문 앞에 서 있던 강 중사가 물러나며 그에게 자리를 내어 주었다. 성주는 두 손으로 유리창을 짚고 조용히 불빛만 깜빡이는 서버들을 노려보았다.

"그런데 문제가 생겼어요. 책임자가 누구인지, 고의인지 오류인지 방금 살펴본 로그파일로는 알 수가 없지만요. 비어 있는 두뇌로 본래의 정신이 돌아가는 대신 다른 데이터가 복사된 거예요."

요수가 물었다.

"무슨 데이터입니까?"

성주가 뒤로 돌아 요수를 마주보았다.

"저희 연구팀은 각종 사례를 통해 좀비의 행동과 반응 양상을 최대한 모으고 정리했어요. 그다음 유사한 경우가 있는지 찾았죠. 지구상에서 알려진 모든 생물을 대상으로 삼고요. 만족스러운 결과는 나오지 않았어요. 그런데 처음부터 이 연구 프로젝트를 주도했던 서탁 박사님이 돌아가시기 전에 농담처럼 한 말이 있었어요. 자연적으로 발생한 게 아니라면 인공적인 건 아닐까. 저는 거기서 힌트를 얻어서 모든 메타버스 서비스에 있는 NPC들의 행동 양상을 모으고 대조했어요. 그리고 찾아냈죠."

성주는 다시 컴퓨터 앞으로 돌아갔다. 자료 복사는 이미 끝난 뒤였다. 그는 메모리 스틱을 뽑아 가방에 넣고 말했다.

"벰버스 안에는 4천 종이 넘는 개별 서비스가 있었어요. 그중에 '용서하는 세계'라는 게임이 있어요. 거기서 저레벨 사용자를 상대하는 '브레이니'라는 괴물의 행동 패턴이 지금 전국에서 돌아다니고 있는 좀비와 똑같았어요. 브레이니는 가장 가까이 있는 사용자를 공격하죠. 브레이니가 어떻게 생겼는지 아세요? 사람과 똑같은데 두뇌가 없어요."

요수는 육군학생군사학교에서 배웠던 기초군사기술 과목의 내용을 떠올렸다. 지금 성주가 펼쳐놓은 설명은 군이 교육과 통신에 사용하는 배틀버스에 적용해도 아무 차이가 없을 법한 이야기였다. 심지어 배틀버스 안에 있는 개인전 시뮬레이션에도 외형만 인간일 뿐 얼굴이 비어 있는 적이 등장했다. 학생들은 얼굴 없는 적이 무섭다면서 항의했지만 이의는 받아들여지지 않았다. 적을 나와 동등한 사람으로 인지하지 않는 훈련이 필요하다는 게 이유였다.

시뮬레이션 속 적에게는 이름이 없었다. 그들의 텅 빈 얼굴에는 숫자만 적혀 있었다. 생도들은 얼굴 없는 적을 '123'이라고 부르곤 했다. 요수는 제3을 사살할 때마다 총의 카운터에서 하나씩 늘어났던 숫자와 시뮬레이션 속 123을 상상 속에서 겹쳐 보곤 했다.

요수가 물었다.

"벰버스 속 괴물이 당시 접속하고 있던 사람들의 두뇌로 복사됐고 그게 제3의 정체라는 건 알겠습니다. 이 사실이 알려지면 정당한 후속 조치와 처벌이 이뤄져야겠죠. 아마 온 나라가 뒤숭숭할 겁니다. 얼마나 혼란스러울지 상상도 못하겠고요. 하지만 박사님은 제 질문에 답하지 않으셨습니다."

성주가 물끄러미 요수를 바라보았다.

요수는 더 자세하게 물었다.

"냉정하게 얘기하면 프로그램이 사람을 제3으로 만들었든, 영화에나 등장하는 바이러스가 사람을 좀비로 만들었든 본질적인 차이는 없습니다. 괴물로 변해서 치명적인 해를 끼치는 존재가 있었고 우리는 싸워서 이겨 가고 있습니다. 그런데 박사님은 왜 울었습니까?"

"중위님 얘기는 틀렸어요. 바이러스로 인한 좀비와 제3에게는 아주 중요한 차이가 있으니까요. 왜냐하면…."

성주는 아랫입술을 깨물다가 말했다.

"좀비로 변한 사람들의 인격은 지워진 게 아니에요. 브레이니와 뒤바뀌었죠. 그래서 완벽하게 남아 있어요. 서버 안에. 여러분도 저와 똑같은 걸 봤잖아요. '용서하는 세계'의 서버는 멀쩡해요. 그래서 전부 되돌릴 수 있어요. 어떡해서든 좀비를 묶어두고 다시 벰버스에 접속시킨 다음 백업된 인격을 뇌에 덮어씌우면 돼요."

성주는 요수에게서 눈을 떼고 아무도 없는 어둠 속을 바라보았다.

"죽지만… 않았다면요."

요수는 비합리적인 환상을 봤다. 시뮬레이션 속에서 비어 있던 적의 얼굴이 하나씩 인간의 모습을 갖춰 가고 있었다. 검은 실루엣과 흰 공간과 숫자만 있던 곳에 그가 지금까지 죽였던 제3의 얼굴들이 차례대로 들어섰다. 요수는 자신의 파렴치함과 이중성에 환멸을 느꼈다. 그는 제3의 적이나 국가의 적이라는 딱지만 붙어 있으면 얼마든지 죽여도 된다고 생각하며 살았다. 남편과 두 아들과 자신은 사람이고, 번호를 붙일 수 있는 자들은 그렇지 않다고 생각하고 활동했다. 그런데 그들은 처음부터 끝까지 사람이었다. 그리고 죽이거나 치명적인 상처를 입히지만 않았다면 회복해서 요수 자신과 마찬가지로 삶을 이어 갈 수 있는 존재들이었다.

요수는 성주가 왜 울었는지 알 수 있었다.

성주의 말은 끝나지 않았다.

"그래서 저는 이한우 차장이 아니라 서충원 차장을 찾아갔어요. 두 사람의 성향 차이는 검색만 해봐도 알 수 있었으니까요. 특히 이한우 차장은 좀비 사태가 정리되면 정치에 입문하겠다고 공공연히 얘기했잖아요. 그런 사람이 이 사실을 알았다면 보나마나…."

요수는 성주가 엄청난 실수를 저질렀음을 깨닫자마자 물었다.

"여긴 지하 4층이니까 무선으로 인터넷과 연결되지 않죠?"

성주가 당황하면서 대답했다.

"여긴 비상전원으로 돌아가잖아요. 중계기가 있을걸요? 그런데 왜요?"

요수는 욕을 하며 뒷덜미를 손으로 움켜쥐고 머리에 꽂혀 있는 배틀버스 커넥터를 뽑았다. 처음 만난 뒤로 지금까지 정중한 태도를 유지하던 요수가 난폭하게 굴자 성주는 저도 모르게 뒤로 물러섰다.

요수가 소리쳤다.

"강 중사, 김 하사, 커넥터 뽑아! 빨리!"

야망과 인내심을 함께 갖춘 사람은 가장 좋은 시기가 올 때까지 참고 기다리는 법이다. 서충원이 그런 사람이었다. 이한우는 이름값만 높아져도 만족하는 반면 서충원은 계산과 계략에 능했다. 정계에서 큰 몫을 하고픈 욕망도 서충원 쪽이 훨씬 컸다. 그는 제대로 정치에 뛰어들려면 후원 세력과 엄청난 자금이 필요하다는 사실을 잘 알았다. 벰버스는 세계 1위까지 노리는 기업답게 치부만 덮어준다면 무한에 가까운 정치자금을 대줄 것이 분명했다.

그리고 배틀버스를 통해 작전 상황을 전부 듣고 있던 서충원은 이제 인위적으로 제3을 만드는 방법까지 알게 된 터였다.

대중과 달리 직속상관의 참모습을 잘 아는 요수는, 마음속으로 제발 자신의 추측이 틀리기를 바라면서도, 앞으로 어떤 일이 벌어질지 충분히 예견할 수 있었다.

배틀버스 커넥터를 제때 뽑아내지 못한 강 중사와 김 하사의 두뇌는 진짜 인격을 빼앗기고 시뮬레이션 속 123으로 돌변했다. 123은 맨손과 이빨만으로 공격하는 제3과 달리 총을 쏘고 전술적으로 움직일 수 있었다.

요수는 무슨 일이 벌어지는지 몰라서 주춤거리는 성주를 책상 뒤쪽으로 걷어찼다. 그리고 소총으로 자신을 겨냥한 김 하사의 두 손을 쏘았다. 123은 게임 속 괴물이 아니라 훈련용 상대였기 때문에 체력은 평균 수준이었다. 제3처럼 괴력을 발휘할 수 없었다.

김 하사의 신음소리가 들리는 가운데 강 중사의 모습이 보이지 않았다. 하지만 오래 찾을 필요는 없었다. 123은 상대의 전투 능력을 가늠하고 가장 효율적인 행동을 선택할 수 있었다. 123으로 탈바꿈한 강 중사는 책상 뒤에 숨은 성주의 목에 권총을 들이댔다.

인질범이 사람이라면 말을 걸어 시간을 끌고 틈을 노릴 수 있었다. 하지만 123이라면 그런 노력은 소용이 없었다.

요수는 더 이상 사람을 숫자로 보기 어려웠기 때문에, 백업된 인격만 돌려놓으면 강 중사로 돌아올 수 있는 123의 미간을 쏠 수 없었다.

요수가 방아쇠에 건 손가락에 힘을 주지 못하던 차에 강 중사와 그에게 붙들렸던 성주가 갑자기 몸부림을 치며 함께 쓰러졌다.

제어실 바닥에 얼굴을 처박은 성주는 제대로 표정을 짓지 못하는 얼굴로 간신히 말했다.

"테…이저가… 이렇게… 센 줄…."

요수는 성주가 손에 쥔 호신용 테이저건을 소총 끝으로 멀찍이 치웠다. 그리고 강 중사의 두뇌를 지배하는 123이 다시 공격하지 못하도록 그의 손과 발을 단단히 묶었다.

✶

"시가니 얼마나 지나쬬?"

벰버스 서버 건물로부터 4킬로미터 가량 떨어진 숲 속에서 나무에 몸을 기대고 앉은 성주가 물었다.

요수는 손목시계를 보고 대답했다.

"4시간 30분 지났습니다."

"월래 이러케 마비가 오래 가나오?"

"아뇨."

성주는 풀린 입술에서 흘러내리는 침을 닦고 말했다.

"지금쯔미면 난리가 나께쬬?"

요수는 잠시 생각해보고 말했다.

"요즘은 뭐든 빨리 퍼지고 빨리 끝나는 시대 아닙니까. 제3

사태의 진실과 서충원 차장이 저지른 일까지 영상이고 자료고 전부 올렸으니까, 이미 결론이 나고 도망칠 사람은 쳤을 겁니다."

요수의 짐작은 정확했다. 그가 말을 마치자마자 포장 상태가 좋지 않은 도로 끄트머리에서 무언가가 움직였다. 요수가 망원경을 눈에 대자 배율이 자동으로 조정됐다.

요수가 말했다.

"혹시 서충원 차장이 요격팀을 보낸다 해도 걱정하진 마십시오. 꼭 지킬 테니까. 나도 남편이랑 애들은 다시 만날 생각이니까요. 멀쩡하게."

마침내 망원경이 벰버스 건물로 다가오는 차량에 초점을 맞췄다. 요수는 차에 새겨진 휘장을 알아봤다. 이한우 차장이 부리는 경찰기동대의 심볼이 분명하게 눈에 들어왔다. 앞으로 여기저기 불려 다니며 시달리기는 마찬가지겠지만, 적어도 그 장소가 외부와 완전히 차단된 군사시설이 아니라 국회 청문회처럼 방송에 노출된 공간이 될 거라는 뜻이었다. 또한 시간이 얼마나 걸릴지는 모르나 죽지 않은 제3들이 숫자에서 사람으로 전부 되돌아갈 거라는 뜻이기도 했다.

요수는 망원경에서 눈을 떼고 긍정적인 소식을 성주에게 전하려다가 입을 다물었다. 성주는 기력이 다했는지 따끔거리는 햇살에도 불구하고 어느새 자고 있었다. 요수는 성주를 깨우지 않도록 조심하면서 나무에 기대어 앉고는 눈을 감았다.

고리

동광아파트 상가의 지하로 내려가는 계단 앞에 서희는 우뚝 섰다. 열심히 다리를 움직일 때는 더운 줄을 몰랐는데 멈춰 서자마자 보이지 않는 둑이 무너진 것처럼 땀이 흘렀다. 서희는 3시간에 걸쳐 지하철과 광역버스와 지역버스를 갈아탔던 기억을 땀과 함께 손수건으로 닦아내고 첫 계단에 발을 얹었다.

계단이 끝나는 곳에서 서희를 맞이한 것은 지하층의 눅눅함과 어둠이었다. 형광등이 전부 켜졌는데도 눈앞이 흐릿해 서희는 저도 모르게 난시용 안경을 고쳐 썼다. 고소한 냄새가 스멀스멀 기어 나오는 떡집과 자그마한 컴퓨터 수리점을 지나 첫 번째 모퉁이를 돌자, 드디어 서희가 그토록 소망했던 간판이 보였다.

상호는 중요하지 않았다. 바닷가 모래알만큼 많고 그만큼 똑같아 보이는 SNS 글들 속에 짧으면 한 달, 길면 1년마다 한 번씩 '똑같은' 도움을 받았다는 이야기가 숨어 있었다. 서희도 그 도움이 절실했기 때문에 힘이 닿는 한 그 기록을 추적했다.

서희에게 중요한 것은 그렇게 도움을 준 사람이 지금 사는 곳이었고, 그 사람의 직업이었다.

서희는 '수선집'이라는 세 글자를 한 번 더 확인하고 가게 문을 열었다.

실내는 생각보다 밝지 않다는 점만 빼면 여느 수선집과 크게 다르지 않았다. 온갖 실 뭉치가 전기 재봉틀 주변을 거의 점령했고, 구석에는 두 폭짜리 싸구려 병풍이 서서 탈의실을 대신하고 있었다. 낡은 탁자 위에는 적당히 만든 이름표를 매단 채 주인을 기다리는 옷가지가 수북했다.

병풍에 수놓인 그림이 어딘지 이상하다고 생각할 때쯤 목소리가 들렸다.

"어떻게 왔어요?"

서희는 그제야 가게 주인을 발견했다. 그토록 만나고 싶었음에도 알아채지 못했다는 사실에 서희는 당황했다. 하지만 상대를 자세히 살펴보니 그럴 만하다는 생각이 들었다.

재봉틀 옆에 앉아 있던 주인은 보호색을 뒤집어쓴 동물처럼 존재감이 희미했고 성별도 제대로 구분하기 어려웠다.

서희는 조금 머뭇거리다가 반쯤 감긴 주인의 눈을 똑바로 바라보며 대답했다.

"소문…을 듣고 왔어요. 여기 오면 사람을 찾을 수 있다고 해서요."

주인은 천천히 고개를 갸웃거리고, 남자라기엔 새되고 여자라기엔 가라앉은 목소리로 혼잣말했다.

"그렇게 옮겨 다녔는데도…."

서희는 왠지 잘못을 저지른 기분이 들어 운이 좋았다는 말을 꺼내지 않았다. 인터넷 글을 더듬어 검색할 수 있었던 건 정말 행운이었다. 특히 이 수선집을 찾도록 결정적인 도움을 주었던 글은 우연이 아니면 발견할 수 없었다. 일정 기간이 지나면 자동으로 삭제되어야 할 익명글이 시스템 오류로 이틀 더 남아 있었고, 서희는 삭제되기 1시간 전에 그 글을 저장할 수 있었다.

주인은 뻣뻣한 머리카락을 두 손으로 대충 매만졌다. 서희는 입을 꾹 다문 채 주인의 움직임만 바라보았다. 거절할 생각일까? 그래도 그냥 돌아갈 순 없어. 어쩌면 이게 마지막 기회인지도 모르는데. 아무리 말이 안 된다곤 해도 다른 방법이 없잖아.

서희는 그렇게 생각하며, 우두커니 선 채 주인의 손끝을 눈으로 좇았다. 주인은 조금도 소리를 내지 않고 오른손을 옷가지 속에 찔러 넣었다. 그리고 날렵한 동작으로 무언가를 꺼내 서희에게 내밀었다.

서희는 저도 모르게 반걸음 뒤로 물러섰다. 길고 날카로운 가위 끝이 서희의 허리를 가리키고 있었다.

"도, 돈을 드려야 하는 거죠?"

얼마나 주면 되느냐고 물으려는데 주인이 몹쓸 얘기를 들었다는 듯 슬쩍 웃으며 고개를 저었다.

"옷이요."

"네?"

"입고 있는 옷을 손바닥 크기로 잘라요. 그 카디건이면 되겠네."

서희는 눈을 동그랗게 떴지만 이내 인터넷에서 읽었던 글을 떠올렸다. 만약 그 가게를 찾거든 주인이 시키는 대로 해요. 지금 생각하면 우연히 정신 나간 사람을 만난 건지도 모르지만, 난 그 주인 덕분에 엄마를 찾았다고 생각해요. 내가 얘기할 수 있는 건 그게 다예요.

서희는 가위를 건네받고 연두색 카디건의 끝자락을 큼지막하게 잘랐다. 주인은 천 조각을 손에 들더니 이리저리 뒤집어보고, 냄새를 맡고, 두어 번 고개를 갸웃거렸다.

"거기 앉아서 기다려요."

서희는 시키는 대로 조막 같은 나무의자에 앉아 꼼짝도 하지 않았다.

주인은 돋보기안경을 꺼내 쓰고 핀셋을 손에 들었다. 그리고 울퉁불퉁 오려낸 옷자락에서 한 가닥씩 실을 뽑아냈다. 서투른 가위질이 무색하게도 주인은 거의 다 훼손된 사진을 복구하듯 세심하고 꾸준하게 작업을 이어갔다.

서희는 한동안 미세한 옷 부스러기가 떠 있는 허공만 쳐다보았다. 사각거리는 소리와 먼지 때문에 최면이라도 걸리겠다는 생각이 들었다. 서희는 천천히 일어서서 두 폭짜리 병풍으로 다가가고는 저도 모르게 수놓인 문양을 쓰다듬었다. 감색과 자색 실이 동심원을 그리다가 잘게 부서진 파도처럼, 개기일식에서 벗어나려고 안간힘을 쓰는 홍염처럼 흩어지며 아름답게 뒤엉켜 있었다. 이유는 알 수 없었지만 손가락으로 어루만질수록 심장이 빨리 뛰고 눈가가 조금씩 촉촉해졌다.

헛기침 소리 때문에 서희는 정신을 차렸다. 수선집 주인이 노려보고 있었다. 서희는 아무것도 망가뜨리지 않았건만 사과를 하며 의자로 돌아갔다. 주인의 날 선 시선은 서희에게 들러붙어 떨어지지 않았다.

"그게 뭔지 알아요?"

"아뇨, 처음 봤어요. 그런데 제 손을 끌어당기는 느낌이 들어서…. 말도 안 되죠?"

주인이 콧소리를 냈다. 서희는 겸연쩍어서 조금 전까지 천이 놓여 있던 탁자 위로 눈길을 옮겼다. 그리고 제 눈을 믿을 수가 없었다. 자신이 직접 잘랐던 카디건 조각은 시간을 거스르기라도 한 것처럼, 한 가닥 기다란 연두색 실이 되어 있었다.

주인이 말했다.

"이제 반은 됐어요. 다음 걸 줘요."

"다음… 거라뇨?"

"다음 천 말이에요. 찾고 싶은 사람 옷."

"그게 필요한 줄은… 몰랐어요. 이 가게도 간신히 찾아서…."

"그러면 여기서 끝이군요."

서희는 심장이 덜컹 내려앉았다. 서희가 아는 건 수선가게를 찾아서 주인이 시키는 대로 하면 된다는 게 전부였다. 갑자기 눈앞이 캄캄해졌다. 윤추가 정말로 떠났다고 절감했을 때와 똑같았다. 아랫입술이 저리고 귀에서 피가 맥동하는 소리가 들렸다. 이 가게에 부탁하고 나서 사람을 찾았다는 소문만 믿었는데 또 끝이라니. 경찰도 귀 기울이지 않는 마당에 서희에게 남은 길은 아무것도 없었다.

"…오늘은요. 이제 가게 문을 닫아야 하니까 만나고 싶은 사람이 입던 옷을 내일 가져오세요."

서희는 그 말을 듣고 나서야 들고 있던 물을 마실 수 있었다. 손을 떤 탓에 컵에 남은 물은 얼마 되지 않았다. 뻣뻣했던 혀가 조금 풀리는 것 같았다.

"꼭 가져올게요. 찾는 대로 곧장 올게요."

주인은 이마를 덮은 머리카락을 두 손으로 가르고 등받이 의자에 몸을 실었다.

"모레는 안 돼요. 내일 가게를 닫기 전까지, 4시까지 갖고 와요. 또 소문이 나기 전에 떠나야 하니까요. 그 사람을 꼭 찾고 싶으면 늦지 말아요."

서희는 윤추의 물건이 남은 방으로 빨리 돌아가야 한다는 생각에 아무 인사도 하지 않고 다급히 수선 가게를 뒤로했다.

*

윤추는 불을 삼킨 듯 가슴이 아파 경련하며 눈을 떴다.

일정한 무늬가 반복되는 천장 타일과 차갑게 빛나는 전등과 잦은 세탁으로 모서리가 해어진 커튼은 두 번 다시 보고 싶지 않았건만, 아무리 눈을 깜빡거려도 사라지지 않았다.

더 정확히 말하면 윤추는 온 힘을 다해 거부하고 싶었던 최악의 상황에 놓여 있었다. 머리를 돌려 발끝 너머를 보니 흰옷을 입은 사람들이 바삐 움직이고 있었다. 줄지어 있는 침대와 환자도 눈에 들어왔다.

윤추는 절대 와서는 안 될 장소, 병원에 누워 있었다.

그 점을 깨닫자마자 도망쳐야 한다는 생각이 머리를 지배했다. 배에 힘을 주고 일어서려 했지만 몸이 말을 듣지 않았다. 힘을 모으려고 애를 쓰면 쓸수록 시트와 침대 아래로 빠져나가는 느낌이었다.

침대 사이를 오가던 간호사 한 사람이 윤추에게 다가왔다.

"아직 제대로 못 움직일 거예요. 잠깐 볼게요…. 체온도 정상이 아니고요. 절벽에서 바다로 뛰어든 건 기억하시죠? 정신은 차리셨으니 확인 삼아 물어볼게요."

윤추는 경멸하는 듯한 간호사의 시선을 피하지 않고 누운 채 머리를 까딱거렸다.

"수면제 드셨죠?"

"예."

"그리고 얼마나 지나서 물에 뛰어들었어요?"

"…20분쯤 지났을까요."

간호사는 눈을 내리뜨고 차트를 보며 차가운 목소리로 말했다.

"사람에 따라 차이는 있지만 그 정도라면 목적을 달성하는 데에 별 도움이 안 됐을 거예요. 익사는 금방 끝나거든요. 경찰이 돌아오거든 순순히 대답하세요. 참, 휴대전화가 없던데 연락할 사람 있어요?"

윤추는 조금도 기다리지 않고 대답했다.

"없습니다."

간호사가 한숨을 쉬었다.

"누구든 치료비를 납부하지 않으면 퇴원이 안 되니 그렇게 알고 계세요."

윤추는 점점 부푸는 것 같은 목청을 여러 번 가다듬은 다음 물었다.

"돈을 내면 바로 퇴원할 수 있나요."

"경찰이 와야 한다니까요. 그리고 지금 일어서봐야 병원도 나서기 전에 쓰러질 거예요. 무슨 사정인지는 몰라도 다른 건 나중에 생각하시고 우선 쉬…."

원내 방송이 간호사의 입을 막았다. 간호사는 내용에 귀를 기울이다가 병실명을 듣고 얼른 반응했다.

"죽으려던 환자분은 살아났는데 살려고 애쓰시던 할머님은 갑자기 안 좋으신가 보군요. 어차피 상관없는 얘기겠죠?"

남은 이야 어찌되든 자살하려던 사람이잖아요. 간호사는 그 말까지는 꺼내지 않았다. 상관이 없는 게 아니라 그 할머니는 나 때문에 죽을지도 몰라요. 윤추도 대답을 삼켰다.

간호사는 바삐 모습을 감추는 바람에 죄책감으로 일그러진 윤추의 얼굴을 볼 수 없었다.

입속은 아직도 자갈이 한 움큼 든 것처럼 거북해 탄식조차 마음 편히 내뱉을 수 없었다. 팔과 다리가 서로 자리를 바꾼 것처럼 쑤시고 아팠다. 그래도 윤추에게 다른 선택은 남아 있지 않았다. 조금이라도 빨리 병원을 빠져나가 최대한 멀리 도망쳐야 했다.

윤추는 눈을 감은 채 시트 속에서 비교적 자유로운 팔을 움직여 링거 바늘을 뽑았다. 최대한 피가 흐르지 않도록 조심하면서. 조금이라도 상처가 나면 그만큼 병원에 있는 환자들에게 피해를 줄 터였다. 다음으로 필요한 건 민첩함과 연기력이었다. 줄 끊어진 꼭두각시처럼 무릎이 꺾였지만 주저앉거나 넘어지지는 않았다. 주의를 끌지 말고 회복실에서 나가야 한다는 일념 덕분이었다.

침대 밑에는 아직 완전히 마르지 않은 옷이 있었다.

윤추는 헐렁한 환자복 속에 여름옷을 적당히 숨겼다. 그리고 커튼이 만들어 놓은 미로의 틈으로 때로는 천천히, 때로는 빠르게 걸었다. 회복실만 나가면 산책하는 환자 속에 섞일 수 있을 것 같았다. 병원이 제법 크고 환자도 적지 않아 다행이었다. 그런 곳이라면 환자를 얼굴이 아니라 식별 번호로 구분하게 마련이고, 안전하게 도망칠 수 있었다.

조명을 꺼도 될 만큼 밝고 어수선한 중앙 홀에 들어서자 윤추는 비로소 시간을 생각했다. 커다란 회전문 위에 대형 시계가 매달려 있었다. 시간은 9시 15분. 수면제를 서른 알째 사던 때가 저녁 무렵이었으니 하룻밤을 병원에서 묵은 셈이었다.

등에서 식은땀이 솟았다. 병원 직원을 붙잡고 간밤에 사망한 환자는 없는지 묻고 싶었다. 하지만 그런 행동으로 시간을 끌면 또 다른 사람을 죽음으로 이끌지도 모른다는 데에 생각이 미쳤다.

회전문을 밀고 건물에서 완전히 빠져나가려는 참에 주차장에서 걸어오는 제복 차림의 남자가 보였다. 그 경찰이 윤추의 자살 미수를 담당하는 사람이라면 다시 병실로 끌려갈 수밖에 없었다. 윤추는 갈등했다. 화장실에 숨었다가 옷을 갈아입고 나갈까? 아니야. 경찰은 평상복을 입은 내 모습을 더 잘 알아볼지도 몰라. 그럼 이대로 바람 쐬러 가는 환자처럼 자연스럽게 나갈까?

윤추는 후자를 선택했다. 화장실에서 좌변기에 걸터앉기라도 하는 날에는 그대로 정신을 잃을 것 같았다. 간호사의 예상은 정확했다. 점점 시야가 좁아지고 있었다. 지금 나가지 않으면 기회는 없었다.

사십 대 중반으로 보이는 경찰은 많이 바빴는지 같은 회전문을 사이에 두고 스치는 윤추를 쳐다보지 않았다.

소금기를 머금은 아침 바람이 윤추를 끌어안았다. 멀리 후송되지 않아 다행이라는 생각이 들었다. 지금처럼 체력이 바닥을 친 상태에서 장거리를 이동하는 날에는 피해자가 한 명에 그치지 않을 수 있었다. 그러기 전에 한 번 더 바다에 뛰어들거나 여의치 않을 경우 기차가 달리는 선로라도 찾아야 했다.

윤추는 옷을 갈아입기 위해 행인이 보이지 않는 구석을 찾아 두리번거렸다.

*

서희는 옷이 든 종이가방을 떨구고 주저앉았다. 주인은 서희를 속였다. 수선집으로 들어가는 문은 굳게 잠겨 있었다. 손잡이를 당기고 흔들어봤지만 불 꺼진 가게 안에서 사람이 움직이는 기척은 없었다. 두 손으로 눈가를 가리고 내부를 들여다보니 어제와 다르게 집기가 거의 보이지 않았다.

오늘까지 오라고 했잖아. 내일 떠난다면서….

서희는 무슨 일인가 싶어 문밖으로 고개를 내민 옆 가게 주인에게 물었다.

"수선집 사장님 이사 갔나요?"

"그런 얘긴 못 들었는데? 원래 말이 없는 사람이었고."

돌아가야 한다는 생각은 들지 않았다. 돌아갈 곳도 떠오르지 않았다. 지금 서희에겐 집도, 앞날도 존재하지 않았다. 끝내 그 사람에게 도달하지 못할 거라는 생각을 하기가 너무나 두려웠기 때문이었다. 모든 건 윤추를 만난 뒤에야 의미가 있었다.

그런데 마지막 희망이었던, 이상한 도형이 새겨진 병풍을 뒤에 두고 나이도 성별도 가늠할 수 없었던 사람이 약속을 어기고 말았다.

서희는 상가를 나왔다. 그러고는 풍랑에 표류하는 배처럼 아파트 단지 내를 방황했다. 어제 희망을 연료 삼아 이끌었던 두 다리가 오늘은 두 눈에 초점을 잃은 주인과 종이가방을 싣고 제멋대로 움직였다. 혹시 이 넓은 아파트 단지 어딘가에 살고 있진 않을까? 여기까지 찾아온 것도 기적에 가까웠는데 한 번 더 그런 일이 일어나진 않을까. 우연에 기대지 말고 한 집씩 초인종을 누르고 물어볼까? 아직 이른 시간이니 이 단지만이라도 다 돌 수 있지 않을까?

서희는 포기하지 않았다. 정신을 차리려면 조금 쉬어야겠다는 생각이 들었다. 흐릿한 시야에 인공미 가득한 정자가 보였다. 그 안에 사람은 없었다. 휴가철이라는 사실이 새삼스러웠다.

정자에 올라간 서희는 가방을 얌전히 내려놓고 긴 의자에 몸을 내던졌다.

그리 긴 시간이 흐르기 전에 정자 뒤편 그늘에서 낯설지 않은 한숨 소리가 들렸다.

"가끔은 틀려도 좋은데 말이에요."

서희는 화들짝 놀라서 일어섰다.

"약속을 어긴 건 아니니 걱정하지 말아요. 조금 시험을 해보긴 했지만. 꽤 오랜만이라 그랬으니 이해해줘요."

서희는 뒤늦게 원망이 솟아나 목소리를 높였다.

"오늘 오라고 하셨잖아요. 가게는 비었고 문도 잠겼던데요."

수선집 주인은 챙이 넓은 모자를 고쳐 썼다.

"도망가진 않았잖아요. 사실 손님이 여기까지 찾아올까 궁금하기도 했고요."

서희가 그게 무슨 뜻이냐고 묻기 전에 주인이 정자를 빙 돌아오더니 곁에 앉았다. 그리고 어깨에 걸고 있던 가방에서 어제 만들어 낸 녹색 실과 핀셋을 조심스럽게 꺼냈다.

"찾는 사람 옷은 가져왔죠?"

서희는 실망과 분한 마음을 채 씻어내지 못하고, 눈가에 고여 있던 눈물만 훔치고는 가방에 들어 있던 웃옷을 건넸다.

주인은 의자 위에 옷을 펼치고 두 손으로 천천히 쓰다듬더니 재봉 가위로 셔츠 가슴 부위를 크게 오리면서 말했다.

"이 사람에 대해 말해봐요."

"뭘… 말할까요?"

"아무거나 상관없어요. 이름부터 시작해도 좋고요."

가까운 나무에서 매미가 울기 시작했지만 서희의 귀에는 들리지 않았다.

"이름은 조윤추예요. 외모는… 그러고 보니 외모를 눈여겨본 적이 없네요. 보통 때는 눈에 힘을 주고 있지 않아서, 피곤해 보인다는 얘기를 자주 들었대요. 그래도 저는 그 눈이 좋았어요."

주인은 이번에도 손바닥만 한 천 조각을 잘라냈다. 주인이 핀셋을 들고 실을 자아내는 모습은 흡사 정묘화가 완성되어가는 영상을 거꾸로 돌리는 것 같았다.

"사람이 많은 곳을 싫어했어요. 저랑 같았죠. 음악 취향도 많이 겹쳤고 어딜 가든 조용한 장소부터 찾는 것 역시 같았어요. 그리고… 일일이 되짚어보려니 바보가 된 것 같네요. 좋아하면서 그런 걸 따지는 사람이 어디 있어요? 똑같은 사실이 연애하는 이유도 되고 헤어지는 핑계도 되잖아요?"

주인은 시선을 핀셋 끝에 모으고 물었다.

"특별한 점은 없었어요?"

서희는 주머니에 손을 넣어 윤추의 옷과 함께 가져왔던 쪽지를 만지작거렸다. 내용을 알면 주인이 더 이상 도와주지 않을 거라는 불안함 때문이었다.

"뭔지는 몰라도 얘기해봐요."

주인은 서희가 마지못해 웃옷 위에 내려놓은 노란색 메모지를 곁눈질했다.

더 이상 나 때문에 사람이 죽는 걸 못 견디겠어. 나는 있어서는 안 되는 사람이야. 언젠가 너까지 죽일지도 몰라. 그래서 돌아오지 못할 곳으로 갈 거야. 날 찾지 마. 마지막 부탁이야.

주인은 글귀를 전부 읽고, 한숨을 쉬고, 하던 작업을 이어갔다.

"놀라지 않으시는군요."

"세상엔 별일이 다 있으니까요. 예나 지금이나."

"정말 사람을 죽였느냐고 묻지 않으세요?"

"그러지 않았다는 걸 아니까요. 다른 이유도 있어요. 우리 가게까지 오기 전에 경찰을 찾아갔죠? 이름과 나이도 말했을 테고. 그 쪽지가 문자 그대로라면 사람이 여럿 죽었다는 얘긴데, 정말 살인자라면 경찰이 무심했을 리가 없죠. 전과도 하나 없었을 것 같군요. 사람을 때리지도 못할 것 같은데."

서희가 고개를 끄덕였다.

"맞아요. 어떤 사람은 그게 큰 단점이라고 말할지도 몰라요.

남에게 피해를 주는 행동은 심할 정도로 꺼렸거든요. 좀 지나치게 착하고 소심한 사람이라고 생각했어요. 그 사건이 있기 전까지는."

주인은 입을 다문 채 천 조각 절반을 주황색 실로 바꿔놓고 있었다.

"작년 9월에 SRT가 탈선했던 일 기억하세요? 윤추는 일 때문에 그걸 타고 서울로 오는 중이었어요. 사람이 많이 죽었죠. 사십 명쯤이었을 거예요. 천만다행으로 윤추는 다치지 않았어요. 옷은 찢어지고 피가 잔뜩 묻었지만 작은 상처도 없었어요. 뉴스를 보고 놀랐다가 그 모습을 보고 제가 얼마나 기뻤는지 짐작하실 수 있을 거예요. 그런데 윤추는 귀신이라도 본 것처럼 넋이 나갔더라고요. 충격이 커서 그러겠거니 생각했는데, 며칠 지나서 말하더군요. 사고가 나는 순간 부러진 의자 팔걸이가 옆구리를 꿰뚫었다고."

주인은 완성된 주황 실을 서희의 초록 실과 나란히 늘어놓았다.

"안 믿었죠. 멀쩡했으니까요. 그때 윤추가 붐비는 장소를 꺼리는 진짜 이유를 말해줬어요. 다치거나 심하게 지치면 가까이 있는 사람의… 생명력이 흘러들어와서 회복되는 것 같았대요. 그중에 크게 아프거나 시한부 삶을 선고받은 사람이라도 있으면 생명력을 잃어서 더 빨리 죽는다고요."

두 가닥 실은 주인의 가느다란 손가락 사이에서 조금씩 하나로 합쳐지고 있었다. 중심에 철사라도 들어 있는 것처럼 녹색과 주황색 실이 서로 휘감으며 고리를 이루어갔다.

주인이 물었다.

"안 믿었죠?"

"그럼요. 열차 사건 때 중상을 입었다가 금세 회복한 것도 충격을 받아서 착각과 현실을 혼동한 거라고 설득했어요. 윤추는 그때부터 점점 말수가 적어졌죠. 그러다가 한동안 제가 아팠어요. 그때 떠나야겠다고 결심했겠죠. 내 생명력을 빨아들이다가 죽게 만들지도 모른다고 생각했던가 봐요."

주인은 이제 정교하게 완성된 고리를 손에 들고, 잘못된 곳은 없는지 천천히 돌려가며 마지막으로 점검했다.

"다 됐어요. 자, 여길 붙잡아봐요."

주황색 실과 녹색 실을 단단하게 꼬아 만든 고리 위에는 두 손가락으로 붙들기 좋은 손잡이가 붙어 있었다. 서희는 주인이 시키는 대로 고리를 들었다.

주인이 말했다.

"고리가 원이라고 생각하고 중심에 해당하는 지점을 똑바로 쳐다봐요. 소망을 모으는 초점이라고 생각해도 좋아요. 그 상태로, 하나 물어볼 테니 진심으로 대답해요. 절대 거짓말을 하면 안 돼요. 믿는 걸 얘기해도 안 되고 믿고 싶은 걸 말해도 안 돼요. 그건 우리에겐 안 통하니까."

서희는 주인이 시키는 대로 고리 속 텅 빈 공간을 응시했다.

"초점을 통해서 자신을 들여다보세요. 윤추라는 사람이 정말로 다른 사람의 생명력을 빨아들인다 해도 찾고 싶어요? 아니라고 생각하면 그대로 대답하세요. 착한 사람이 되고 싶어서 거짓말을 하면 안 돼요. 좋은 연인이 되려고 거짓말을 해도 안 돼요. 아무것도 계산하지 말아요. 그냥 있는 그대로 대답해요."

네. 질문이 하나 더 숨어 있는 거죠? 그 사람을 만나면 나도 더 빨리 죽을 수 있는데, 그래도 찾을 거냐는 뜻이죠?

"네."

주인은 품속에서 납작하고 자그마한 종이 성냥을 꺼내더니 익숙한 동작으로 불을 붙였다. 불꽃은 성냥개비 끝에서 고리로 이어졌다. 파란 불길이 점점 위로 올라왔지만 서희는 손을 놓지 않았다. 주인이 놓으라고 말하지 않았기 때문이었다.

열기는 조금도 느껴지지 않았다.

고리도 타지 않았다. 새파란 불길은 또 다른 실처럼 가늘어지더니 수많은 거미줄로, 아지랑이로, 솜사탕 가닥으로 변해 고리와 하나가 되었다.

바람은 조금도 불지 않았지만 고리에 매달린 불 가닥이 모조리 똑같은 방향으로 나부끼기 시작했다.

"잘했어요. 성공한 걸 보니 솔직하게 대답했군요. 찾는 사람은 그 방향에 있어요. 가깝진 않군요. 이 정도 길이라면… 기차라도 타야겠어요. 고리는 가방에 넣어둬요. 불은 안 붙을 테니 괜찮아요. 얼른 가보자고요. 그 사람이 바보 같은 짓을 벌이기 전에."

서희는 허겁지겁 고리를 챙기고 주인과 함께 길을 나섰다. 기차역에 도착했을 때 비로소 그 고리가 낯설지 않다는 사실을 깨달았다. 서희가 가방 속에 조심스레 넣어둔 고리는 수선가게 병풍에 수놓인 문양과 똑같았다.

*

윤추는 최대한 사람을 피해, 타인의 생명력을 빼앗지 않고 간신히 해안 도로에 도달했다. 폐에 물을 가득 채워 호흡을 끊고 싶은 열망이 너무나 간절했지만 깊고 푸른 물은 저 너머에 있었다. 도로를 가로지르든 돌아가는 길을 찾든 선택해야 했다.

윤추는 잠시 멈춰서 마지막으로 남은 장애물을 살펴보았다. 사고다발지역임을 가리키는 표지판이 세 개, 추락을 조심하라는 경고가 하나 세워져 있었다. 그렇게 교통사고가 자주 난다면 공사를 해서 문제의 근원을 없애는 게 맞지 않나 하는 생각이 잠깐 스쳤다.

윤추는 도로를 횡단하는 자신을 그려보았다. 사람이 건너리라고는 생각도 못 한 운전자가 하늘을 반사해 반짝거리는 바다 풍경을 감상하느라 잠시 넓게 트인 오른쪽으로 고개를 돌린다. 그리고 비틀거리며 길을 건너던 사람을 차로 들이받는다. 때늦은 급정거 때문에 뒤를 따르던 차가 방향을 잃고 결국 부딪친다. 구겨진 자동차에서 부상을 입은 사람들이 간신히 기어 나오지만 그들은 결국 살아남지 못하고 그 자리에서 숨을 거둔다. 맨 처음 차와 충돌한 사람이 다름 아닌 죽음의 신이기 때문이다. 사망자들이 이 세상에 내놓은 생명은 고스란히 사신에게 빨려 들어가고, 윤추는 즉사하지 않았기 때문에, 저 스스로 붙인 별명에 걸맞게 멀쩡한 모습으로 다시 일어선다….

상상은 손가락을 까딱거리는 것만큼이나 쉬웠다. 매일같이 그런 비극을 그리며 살았기 때문이었다. 그래서 윤추는 지금까지 어린아이처럼 규범을 지켜왔다. 차가 한 대도 보이지 않는 새벽에도 반드시 신호등의 지시를 따랐다. 화재를 일으킬 가능성이 조금이라도 생길 만한 환경은 절대로 만들지 않았다. 겨울철 빙판이 너무 많은 날이면 외출을 포기했다.

서희가 병원에 다니기 시작했을 때 윤추는 자살이라는 가장 확실한 방법이자 명쾌한 해답을 너무 오래 미뤄왔다는 사실을 깨달았다.

임시방편은 피해자를 늘릴 뿐이었다. 모든 문제가 그렇듯 근원을 없애는 게 유일하고 본질적인 해결책이었다.

윤추는 도로를 옆에 두고 돌아가기로 마음먹었다. 지칠 대로 지친 몸을 억지로 밀고 당기며 한참을 걸으니 국도 밑에 보행자용 터널이 있었다. 터널 끝은 자연적으로 형성된 자그마한 숲길로 이어졌다. 숲 속 샛길을 안내 삼아 나아가는 동안 햇빛이 출렁이지 않는 시각이 되었고, 윤추는 기력이 다해 정신을 잃었다.

다시 눈을 뜬 이유는 확실하지 않았다. 휴식을 취했기 때문일 수도 있고, 반나절 동안 고속도로를 지나간 차량 탑승자들에게서 생명력의 파편이 조금씩 흘러든 덕분일 수도 있었다. 하지만 어느 쪽이든 더 이상 신경 쓸 일이 아니었다. 두 번 다시 그런 의문이 세상에 남지 않도록 하는 일이 중요했다.

윤추는 옷에 묻은 흙을 적당히 털고, 한층 가벼워진 걸음으로 숲을 빠져나왔다. 해수욕장도 없고 인가도 보이지 않는, 작고 조용한 바닷가가 아주 오래전부터 윤추를 위해 마련되었던 것처럼 모습을 드러냈다.

웃고 싶었다. 하지만 힘이 없었다. 작별 인사도 다시 하고 싶지 않았다. 그냥 일터에서 집으로 가듯, 1층에서 고장 난 에스컬레이터를 따라 지하로 내려가듯 뭍에서 물로 옮겨가면 그만이었다.

윤추는 이 세상 공기를 마지막으로 맛보고 싶어 크게 숨을 들이쉬었고, 내쉬기 전에 이상한 현상을 목격했다.

어깨 뒤쪽에서 손가락만 한 빛 가닥들이 바람에 실려 날아오고 있었다. 붉게 빛나는 보풀들은 처음부터 윤추가 목표였던 것처럼 차곡히 몸에 들러붙었다.

그것들의 근원은 허공에 떠 있는 자그마한 불의 고리였다. 윤추는 난생처음 보는 고리가 기억 속 깊은 곳에 묻혀 있었다는 사실을 불현듯 깨달았다.

고리를 앞세우고 다가온 사람은 두 번 다시 보고 싶지 않았던 서희였다.

상황을 제대로 이해하지 못한 윤추가 어떤 반응도 하기 전에 서희가 고리를 던지고 달려와 윤추를 끌어안았다. 어디로도 못 가게 막으려는 듯 포옹은 거칠고 강했다.

서희를 따라온 사람 그림자가 숨을 가쁘게 몰아쉬면서 땅에 떨어진 불 고리를 집어 들었다. 그 사람이 손으로 고리를 움켜쥐자 물이라도 뿌린 것처럼 고리가 빛을 잃었다.

"여긴 어떻게 찾았어? 저 사람은 누구고?"

윤추가 물었다. 그 말에 서희를 나무라는 느낌은 없었다.

수선가게 주인이 서희 대신 대답했다.

"난 서희 씨한테 부탁을 받은 사람이에요. 지금 중요한 건 그게 아닐 텐데요. 그렇죠? 이유가 있어서 죽겠다는 사람을 막을 수는 없잖아요. 게다가 그 이유가 정말 합당하다면…."

주인은 무덤덤한 얼굴로, 눈을 반쯤 뜨면서도 서희를 지그시 바라보았다.

"막을 권리는 사랑하는 사람에게도 없어요."

서희가 윤추를 꼭 붙든 채 말했다.

"그럼 이대로 죽게 내버려두라는 말인가요?"

"갓난아기도 아닌데 지금처럼 매일같이 붙어 있을 거예요? 오늘이 아니어도, 물에 들어가지 않아도 자살할 길은 많아요."

서희는 그 말에 반박하지 못했다.

주인이 작은 소리로 한숨을 쉬고 말했다.

"세상엔 헤어질 수밖에 없는 연인도 있어요. 둘 중 하나가 먼저 죽을 수도 있고요. 어느 한 쪽이 매달린다고 해서 달라지진 않아요. 괜히 더 아프기만 하죠. 물론…."

서희는 편을 들어주지 않는 주인이 원망스러웠다. 그 말이 맞는다는 걸 알기 때문에 더욱 주인이 미웠다.

"물론 그 이별이 착각 때문이라면 방법이 없는 건 아니죠. 오해를 풀면 되니까. 보통 그런 오해는 잘 안 풀리지만… 이번엔 좀 상황이 다를지도 모르겠어요."

윤추가 물었다.

"오해라는 건 무슨 말씀이죠?"

주인이 천천히 손을 내저으며 대답했다.

"어떻게 보이는지 모르겠지만, 이래 봬도 내가 꽤 오래 살았거든요. 그동안 자주 봐왔어요. 스스로 남들과 다르다는 사실을 깨닫는 순간 곧장 좌절하는 모습을. 그러면 대개 비극을 맞이해요. 산다는 건 마지막 순간까지 생각하는 거예요. 생각을 안 하고 되는대로 맡기는 순간이 바로 임종이죠."

"제가 그렇다는 얘긴가요?"

윤추는 그럴 리가 없다는 투로 되물었다.

"남과 같든 다르든 이 세상에 단순한 존재는 하나도 없다는 얘기예요. 그렇지 않았다면 내가 옷과 실로 사람을 이어줄 수 없거든요. 70억쯤 되는 사람이 모두 다르기 때문에 가능한 거예요. 그런데 많은 사람이 너무 빨리 자신을 속단해버리죠."

윤추는 부드럽지만 단호한 동작으로 서희의 팔을 풀고 앞으로 한 걸음 나섰다.

"방금 눈으로 봤기 때문에 저만 이상한 존재가 아니라는 건 알겠습니다. 하지만 적어도 저 자신에 대해서는 누구보다 잘 알고 있어요. 싸워서 상대와 제가 똑같이 다치면 그 사람은 상처가 더 심해지고 저는 나았어요. 병원에 입원하면 저는 말도 안 되는 속도로 낫는 대신 다른 병실에서 전날까지 목숨을 잘 유지하던 사람이 장례식장으로 내려갔고요. 어쩌면 저는 처음부터 다른 이의 수명을 빼앗아서 살아가고 있는지도 몰라요. 그런 존재가 왜 이 세상에 있어야 할까요? 심지어…."

윤추는 슬픈 눈으로 서희를 바라보았다.

주인이 헛기침했다.

"감동적인 순간을 망쳐서 미안해요. 우선 그것부터 바로 잡아야겠어요. 이름이 윤추라고 했죠? 윤추 씨는 서희 씨의 생명을 빼앗아갈 수 없거든요."

"하지만 서희는 저와 만난 뒤로…."

그 순간 크고 무거운 것들이 부딪치고 변형되는 소리가 났다. 세 사람이 의외의 상황에 놀라는 동안 검은 형체가 해안국도 밑으로 천천히 굴러떨어지고 있었다. 주변은 매우 어두웠지만 그 점은 분명했다.

서희가 말했다.

"교통사고인가요? 아까 오면서 본 표지판이…."

윤추가 뒷걸음질 쳤다.

"여기서 도망쳐야 해. 안 그러면 나 때문에…."

그때 주인이 윤추의 손목을 낚아챘다.

"같이 가봐요. 다친 사람이 있으면 구해야죠."

윤추가 소리를 질렀다.

"구하려면 제가 없어야 한다니까요!"

윤추는 손목에서 통증을 느꼈다. 주인이 믿을 수 없을 만큼 강한 힘으로 윤추를 끌어당겼다. 있는 힘을 다해봤지만 손아귀에서 빠져나갈 수가 없었다.

주인은 머리카락으로 덮인 두 눈에서 안광을 내며 단호하게 말했다.

“어린애처럼 징징대지 말고 따라와요.”

*

운전자가 밤 풍경에 이끌렸는지, 그렇지 않으면 고라니 같은 야생동물이 갑자기 뛰어들었는지, 원인은 알 수 없었다. 운전자가 이미 사망했기 때문이었다. 추락한 자동차의 몸체 한쪽이 유난히 심하게 찌그러져 있었다. 서희는 눈을 들어 차가 떨어진 곳을 바라보았다. 가로등이 많지 않아 희미했지만 둘로 나뉜 가드레일은 식별할 수 있었다.

“서희 씨는 119에 신고부터 해요.”

수선가게 주인은 한 손에 플래시를 켠 휴대전화를, 다른 손에 윤추를 붙들고 뒷좌석을 살펴보았다. 비교적 덜 변형된 차체 안에 뒤엉켜 있는 두 사람이 보였다. 어른과 아이였다. 엄마와 아들 사이처럼 보였다.

“저를 여기서 떨어지게 해주세요. 그러면 저 사람들이라도 살지 몰….”

주인은 윤추를 무시했다. 조금 더 차분하게 차 안을 들여다보고 아이와 엄마 모두 중상이라는 사실을 알았다. 엄마 쪽은 머리를 크게 부딪쳐 두개 일부가 함몰된 상태였고 아이는 가지고 놀던 휴대전화 파편에 눈을 찔려 피를 쏟고 있었다.

서희가 전화를 끊고 플래시를 하나 더 추가했다.

“오려면 30분은 걸린대요. 어떡하죠?”

풀려 나온 안전띠에 뒤엉킨 아이 엄마가 간신히 목소리를 냈다. 피에 뒤덮인 탓에 눈은 뜨지 못하고 있었다.

"혁수…는 괜찮은가요…."

주인과 서희가 플래시를 아이에게 비추었다. 아이는 꼼짝도 하지 않았고 피는 계속 흘러나왔다.

"제… 제발 우리 애만이라도…."

아이 엄마는 그 말을 끝으로 정신을 잃었는지 더 이상 움직이지 않았다.

발을 동동 구르는 서희와 달리 주인은 재빨리 뒤로 돌아 윤추를 노려보았다.

"이제 결정할 때가 왔어요. 오해를 풀든지 도망치든지."

주인은 그렇게 말하고 윤추를 자유롭게 풀어주었다.

"아이를 살릴 수 있는 건 윤추 씨뿐이에요."

"그게 무슨…."

"나도 정확히는 몰라요. 옷으로는 한계가 있으니까. 하지만 윤추 씨는 한 번 자신의 본모습을 결정하고 나서 두 번 다시 생각해보지 않았을 거예요. 늘 다른 사람의 생명을 빨아들인다고만 생각했으니까. 그렇죠?"

윤추가 대답했다.

"예."

"그게 사실이라고 쳐요. 하지만 전부가 아니라면? 싫다고 겁을 먹는 데에 그치지 않고 막겠다고 생각해본 적은 있어요? 생명이 꺼져가는 사람에게 자기 생명을 주려고 해본 적은 있어요?"

윤추는 얼떨결에 고개를 가로저었다.

"남을 해치지 않겠다는 마음이야 나쁠 게 없죠. 하지만 그걸 핑계로 남을 도울 수 있는데 외면한다면 얘기가 달라요. 정말로 다른 사람을 위하는 마음이 있다면 지금 저 아이를 살려보세요."

"다른 방법은…."

윤추는 그런 방법이 없다는 걸 깨닫고 입을 다물었다. 구급차가 오기까지는 30분이 걸린다고 했다. 찌그러진 차 뒷문을 연다 해도 중상을 입은 아이를 함부로 옮기는 건 죽음을 재촉할 뿐이었다.

"없어요. 지금 이 자리에서 확인해보세요. 우리가 아무 일도 못 하면 어차피 이 사람들은 죽어요. 운전자의 생명력이든 애 엄마의 목숨이든 아이에게 나눠주세요."

윤추는 주인을 옆으로 밀어내고 차에 다가섰다. 생명의 불꽃이 꺼져가는 아이 엄마의 눈동자에는 마지막 염원이 고스란히 남아 있었다. 윤추는 깨진 유리 너머로 천천히 손을 뻗어서 조금도 움직이지 않는 아이의 이마에 얹었다.

지금까지 단 한 번도 일부러 남의 목숨을 빼앗은 적이 없었기 때문에 반대로 옮기는 방법도 알지 못했다. 윤추가 이용할 수 있는 것은 주인이 심어준 의혹뿐이었다. 만약 정말로 내게 그런 힘이 있다면? 내가 어쩔 수 없이 사슬에 묶여 남을 죽이는 사신이 아니라 의지로 생명의 흐름을 조절할 수 있는 존재라면? 이제부터라도 그 힘을 이용해 속죄하며 살아가야 하지 않을까?

윤추는 그러고 싶었다. 무엇보다 지금 이 자리에서 이름 모를 아이를 살리고 싶었다.

그리고 갑자기, 옷으로 윤추의 착각을 알아내고 생물처럼 움직이는 실 자락을 풀어 윤추를 찾아냈다는 이상한 사람의 말뜻을 깨달았다.

윤추가 의지에 따라 한데 모아서 아이에게 전달해줄 수 있는 것은, 오직 아버지로 보이는 운전자와 어머니의 생명력뿐이었다.

아이는 그것만으로도 충분히 살아나서 이 세상에 두 번째로 다시 태어났다.

주인과 서희는 유리 파편으로 갈라졌던 아이의 상처가 빠르게 재생하는 광경을 바라보고 있었다.

*

서희는 새벽 수평선을 한 아름 안겨주는 24시간 카페 유리창을 뒤로 한 채 윤추 옆자리에 앉아 있었다. 윤추가 생각을 바꿨다는 사실이 기쁘기 그지없었다. 구급차가 요란하게 달려와 사망자 두 사람과 생존자 한 사람을 태워 나르는 동안, 윤추는 두 번 다시 서희의 곁을 떠나지 않겠다고 약속했다.

하지만 윤추의 얼굴은 그리 밝지 않았다.

윤추는 머그잔에 담긴 커피와 밀크티를 사이에 두고 1시간이 넘도록 수선가게 주인과 눈싸움만 하고 있었다.

마침내 주인이 먼저 입을 열었다.

“연인은 재회하고 아이는 살았군요. 처참한 교통사고로 부모를 잃었으니 비극이지만 그나마 다행이에요. 저렇게 끔찍한 사고가 벌어지는 도로만 바뀐다면… 많은 게 달라지겠죠. 더 나은 방향으로."

윤추는 표정을 바꾸지 않고 말했다.

"맞는 말씀이에요. 많은 게 바뀌었죠. 좋지 않은 방향으로."

주인이 밀크티를 홀짝이고 물었다.

"이해를 못 하겠는데요?"

"우리가 모르는 걸 많이 알고 계시잖아요. 설명을 해주셔야 하지 않을까요?"

주인은 버릇대로 한숨을 쉬었다.

"설명은 많은 걸 망칠 수도 있어요. 입었던 옷을 가져가면 거기서 실을 뽑아서 두 사람을 맺어주는 수선 가게가 있다? 그런 일도 있을지 모르죠. 저도 모르게 다른 사람의 목숨을 빼앗는 줄 알았던 청년이 알고 보니 의지를 발휘해서 남을 살릴 수도 있었다? 좋은 얘기잖아요. 그냥 그 정도면 되지 않을까요?"

"적어도 스스로 말했던 대로 행동해주시길 바라는 거예요."

윤추가 커피를 잔뜩 들이켜고 대답했다.

"내가 무슨 얘길 했죠?"

"오해는 좋지 않다. 남과 다른 존재라 해도 자신을 분명히 알아야 한다. 살아 있는 한 생각을 멈추면 안 된다."

"잘도 기억하는군요."

"잊을 수가 없죠."

주인은 살짝 고개를 돌려 텅 빈 카페를 한 번 둘러보았다.

"나는 지금 이 자리에서 금시초문이라는 표정으로 나가버릴 수도 있어요. 강제로 막을 거예요? 나보다 힘도 약하면서. 내가 마음을 바꿀 만한 무언가를 말해보세요. 그럼 얘기할게요."

윤추는 식은 커피를 들여다보았다. 수면에는 아무것도 비치지 않았다. 윤추는 마음을 정하고 한 손을 내려 서희의 오른손을 움켜쥐었다. 두 사람의 손은 모두 따뜻했다.

"우리는 뭐죠?"

"우리?"

"저와… 지금 앞에 앉아 계시는 분과… 서희 말입니다. 아까 생명력을 마음대로 움직일 수 있게 됐을 때, 아이를 살려야 한다는 생각밖에 없다 보니 모두의 목숨을 조금씩 가져오려 했어요. 아이 부모는 어렵지 않았지만… 다른 두 사람은 그럴 수 없었어요. 그래서 두 가지 사실을 알았죠. 서희는 나 때문에 아프지 않았다. 그리고…."

주인이 윤추의 말을 가로챘다.

"나와 윤추 씨뿐 아니라 서희 씨도 남들과 다르다."

서희가 눈을 크게 뜨고 윤추에게 물었다.

"내가? 착각이겠지. 난 아무 힘도 없잖아?"

윤추는 눈짓으로 주인에게 대답할 의무를 넘겼다.

"길고 재미없는 이야기인데 그래도 듣겠어요?"

윤추와 서희가 동시에 고개를 끄덕였다.

"나는 사람들이 입던 옷에서 실을 뽑아서 앞날을 엮을 수 있어요. 난 그 힘에 이름을 붙이지 않았어요. 그냥 바느질을 좋아하다 보니 그런 일도 생겼다고 생각해요. 옷을 다루면 그 사람의 본질도 알 수 있거든요. 앞뒤가 맞죠. 그래야 제대로 이어주지 않겠어요? 아, 나 그 표정 싫어요. 어떤 옛날이야기를 떠올리는지 알 것 같거든요. 그거 전부 거짓말이에요. 인터넷도 없고 지금보다 사람도 훨씬 적었는데 무슨 소문이 얼마나 퍼졌겠어요?"

서희는 수선가게 주인의 어깨가 어제보다 더 아래로 쳐지고 얼굴이 갑자기 노화했다고 생각했다.

"몇 년 전인가 울어서 얼굴이 퉁퉁 부은 남자아이 하나가 옷을 고치러 왔길래 오랜만에 재주를 조금 부렸죠. 이 멍청한 녀석이 은혜도 모르고 인터넷에 글을 올린 거예요. 그 뒤론 뭐, 이리저리 옮겨 다녔고. 할 줄 아는 게 도둑질이라고 옷 고치는 건 멈출 수 없었지만요. 잘 숨었다고 생각했는데 서희 씨가 오더군요. 옷자락을 떼어보고 놀랐어요. 달랐거든요. 나이가 들어서 착각을 했나 싶어 시험해봤어요. 가게 문을 닫아놓고 다른 곳에 가 있었는데 찾아오더라고요. 확신했죠. 이 사람은 나와 비슷하다. 오랜만이었어요."

서희는 동광아파트 단지의 정자를 떠올리고 저도 모르게 신음했다.

주인이 미소 지었다.

"아마 서희 씨는 지금까지 뭔가를 찾으러 나서서 실패한 적이 없을 거예요. 윤추 씨는 절대 도망칠 수 없는 사람한테 붙잡힌 셈이죠. 그리고 윤추 씨야 뭐, 말할 필요가 없을 테고."

윤추는 주인이 그 정도에서 말을 거두려는 기색을 깨닫고 다

급히 물었다.

"우리 셋이 전부 비슷하다는 건 알아들었어요. 그럼 도대체 우리는 뭐죠?"

"나도 그걸 알기까지 오래 걸렸어요. 연구해주는 사람도 없었죠. 물론 연구 대상이 되면 더 끔찍하겠지만. 아주 가끔 동류를 마주쳐요. 이번처럼 둘을 동시에 만난 건 이례적이고요. 음… 10년에 한 명쯤? 그럼 잘 사느냐, 그동안 어땠냐, 우린 도대체 뭘까 넋두리를 하죠. 그렇게 삼사십 명 정도 만나고 나니 감이 오긴 했어요. 우린…."

서희가 침을 꿀꺽 삼켰다.

"우리는… 이름은 따로 못 붙였어요. 우린, 뭐랄까, 사람의 자식이에요."

윤추가 반사적으로 대답했다.

"저는 어머니와 아버지가 누구인지 모르는데요."

서희가 윤추를 마주 보고 말했다.

"저도 그래요."

주인은 그것 보라는 듯 고개를 끄덕였다.

"나도 마찬가지예요. 오래 살다 보니 그조차 가물거리지만 아마 그럴 거예요. 내 말은 비유예요. 우린 사람들의 소망이자 저주예요. 세상엔 눈에 보이지 않는 규칙이 있다고 믿는 사람들이 있잖아요. 비현실적인 힘을 가진 존재가 있기를 바라는 사람도 있고요. 물론 꼭 바람직한 소망만 있는 건 아니고, 본인의 생각과 전혀 다르게 음험한 무언가를 바라는 사람도 많죠."

주인은 잠시 불쾌한 기억이 떠올랐는지 허공을 응시했다.

"어쨌든 그 가운데 공통된 부분이 어느 크기 이상 모이면… 우리가 태어나요. 내가 얻은 답은 그래요."

서희가 말했다.

"그게 사실이라면… 저는 잃고 싶지 않다는 소망의 화신이고, 윤추는 누군가 인간의 생명력을 만지고 나눌 수 있다는 상상의 결과고…."

서희는 '인간'이란 단어에 일부러 힘을 주었다. 수선가게 주인은 서희를 만난 뒤 처음으로 소리 내어 웃었다.

"나는 실로 연인의 만남을 관장하는 존재겠죠. 사람들이란 참 안 변한다니까. 옛날에 파란 실과 붉은 실이 어떻다는 괴상한 얘기가 있었거든요. 어쨌든 내가 지금까지 말한 건 어디까지나 소문과 의견을 듣고 내린 결론에 불과해요. 그리고… 서희 씨, 우리 가게에 왔을 때 병풍에서 고리 모양을 보고 이끌렸던 것 기억해요? 나는 아직 철이 없던 시절에 우리의 공통점을 찾으려고 노력했어요. 그래서 얻은 게 그 문양이에요. 우리는 그걸 알아봐요. 어느 책에도 없는 문양이지만 아마 우리의 기원과 관계가 있나 봐요. 내가 알아낸 건 그게 전부예요."

윤추가 말했다.

"그럼 우리가 앞으로 어떻게 살아야 하는지도 모르시겠군요."

주인이 크게 고개를 저었다.

"아뇨. 오히려 그건 쉬워요. 다른 길이 없거든요. 그냥 사세요. 그 힘으로 어디 가서 의사 흉내라도 내고 싶어요? 아니죠?

인간의 생각이 모여서 우리가 태어났다면 그 반대도 가능하니까… 그때까지 행복하면 돼요.”

주인은 더 이상 아무 말도 하지 않았다.

서희와 윤추도 마찬가지였다.

수선가게 주인의 추측이 전부 틀렸다 해도 마지막 말은 옳았다. 세 사람은 이제 해가 수평선을 밀어 올리고 뜨기를 기다렸다가 첫차를 타고 싶었다. 그리고 서로 교차하지 않는 곳에서, 다행히 인간과 전혀 다르지 않은 외모를 방패 삼아 사람처럼 살아가고 싶었다.

인간의 소망과 저주와 상상이 언제 크게 바뀌어 이 세상에서 소리 없이 그들을 지울지 알 수 없기 때문이었다. 부모와 마찬가지로 그들에게도 삶은 무엇보다 소중했다.

소행성대의 아이들

우주는 끝이 없고 지루하기 그지없다.

한때, 별이 모두 몇 개인지 궁금해 세어보기도 했다. 그다지 바쁘지 않았던 시기였다. 그때 나는 시야를 돌리지 않고 한 방향만을 보면서, 별을 8천 개까지 세었다. 그리고 결국 그만두었다. 눈을 다른 방향으로 돌려봤지만 차이는 없었다. 개수를 잊고 처음부터 다시 세든, 몇백 개쯤 건너뛰고 아무 데서나 세든 결국 별 차이는 없었을 것이다. 이리 보고 저리 봐도 별다르지 않다는 건, 다시 말해 그런 행동 자체가 무의미하다는 뜻이었다.

예나는 내가 그런 얘기를 할 때마다 핀잔을 주었다.

"별은 전부 달라. 네가 제대로 관심을 두지 않아서 똑같아 보이는 거야. 차분하게 들여다봐. 천천히. 색깔도 다르고, 크기도 밝기도 전부 다르다고."

예나는 똑똑하다. 따라서 예나 말은 옳다. 별은 멀리 있는 천체이고 전부 다를 것이다. 달라야 한다. 그렇지 않으면 우리는 일을 할 수 없다. 만약 갑자기 우주에 있는 모든 천체가 구분할 수 없이 똑같아진다면 우리는, 예나와 나와 무니는, 갈 곳을 잃고, 아무 일도 하지 못하고, 힘이 다 떨어질 때까지 천체와 천체 사이를 헤매다가 끝나고 말 것이다. 끝이 없는 우주에서 우리가 있는 위치와 우리가 바라보는 방향을 결정할 기준은 오직 별뿐이니까.

거기까지 생각이 미치자 나는 더 괴상한 의문을 떠올리기 시작했다. 비교할 대상이 없으면 위치는 고사하고 내가 남들과 어떻게 다른지도 모르는 것은 아닐까? 지금은 예나와 무니가 있고, 아버지가 있고, 목성과 화성과 태양이 있기 때문에 그 모든 걸 알 수 있다지만….

그때 오른쪽 눈가에서 보이지 말아야 할 무언가가 살짝 움직였다. 별도 아니고 동료도 아닌 물체가.

나는 반사적으로 오른팔을 뻗기 위해 자세를 바꾸면서 레이더 화면의 변화를 읽어보았다.

"103번 소행성에서 채굴로봇이 튕겨 나갔어."

로봇 근처에서 작업하고 있던 무니가 통신으로 알려왔다. 거의 동시에 로봇 목록 속에서 경고를 뜻하는 빨간 빛이 깜빡거렸다.

"자동 복귀를 못 할 만큼 고장 났어?"

"아냐. 튕겨 나간 힘이 워낙 세서 분사 출력만으론 부족한

가 봐."

나는 재빨리 작업 현황을 확인해보았다. 무니는 발파 작업 중이라 현재 위치에서 떠날 수가 없었다. 발파는 우리가 하는 일 중에서 두 번째로 세심하게 신경 써야 하는 일이다.

"내가 갈게. 예나, 다 들었지? 로봇을 붙잡으러 갈 테니까 우리 두 사람 상황을 잘 살펴보고 있어. 도움을 청할지도 몰라."

"걱정하지 말고 다녀와. 하루 이틀 하는 일도 아니고."

예나는 똑똑하기 때문에 늘 중간지점에서 지휘를 맡았다. 나는 예나에게 팔을 살짝 흔들어 보이고 추진 로켓을 분사했다. 허리춤에 달린 자그마한 로켓 세 개는 정확히 내가 뜻하는 대로 움직여주었다. 엔진과 로켓은 내 일부인 동시에 머리 다음으로 소중했고, 자유자재로 움직여주어야 의미가 있었다. 우주 한복판에 있는 작업장에서 그 두 가지가 제대로 움직이지 않으면 나는 죽은 거나 다름없기 때문이다.

나는 작업 로봇을 10미터 거리까지 따라잡았다. 그리고 엔진을 끈 다음 방향을 바꿔 재분사했다. 회수를 시작하려면 로봇과 속도를 맞춰야 했다. 로봇은 왼쪽에서 천천히 다가왔고, 저 멀리 오른쪽으로는 휴대용 연료통만큼 작은 예나가 보였다.

103번 소행성은 예나보다 훨씬 더 먼 곳에 있었다. 소행성 어딘가에 있을 무니는 눈으로 식별할 수 없었다.

나는 손바닥을 열고 로봇을 향해 견인용 자석줄을 발사했다. 줄은 힘차게 뻗어 나가 로봇의 몸통에 들러붙었다. 본래 로봇의 몸체는 자석에 붙지 않는 강화 세라믹이었지만, 견인이 필요한 경우에 대비해 자석을 붙일 수 있는 패널이 여러 군데 마련되어 있었다.

"무니, 자석줄 연결했어. 이제 걱정하지 마."

"몇 번 만에 성공했어?"

"한 번에."

"젠장, 난 세 번이 기록인데."

예나가 통신에 끼어들었다.

"무니, 내가 이겼으니까 귀환할 때 광물 할당량의 10퍼센트를 넘겨야 해."

예나와 무니는 늘 내 실력을 두고 내기를 했다. 나는 둘이 아웅다웅하는 소리를 듣다가 점잖게 덧붙였다.

"이제 내가 제일 뛰어난 광부라고 인정할 때도 됐잖아."

의기양양하게 말했지만 자석줄을 붙였다고 해서 회수가 끝난 건 아니었다. 나는 엔진을 끄고 힘주어 줄을 잡아당겼다. 로봇과 나의 거리가 줄어들면서 자석줄이 뱀처럼 구부러졌다.

다들 별일 없는 것처럼 잡담을 나누며 일하고 있었지만, 로봇이 이만큼 이탈하는 건 흔한 일이 아니었다. 일단 집에서 나와 우주 공간으로 나오면 어떤 사고든 터질 가능성이 있었다. 하지만 다른 작업자가 하던 일을 멈추고 따라잡아야 할 만큼 로봇이 멀리까지 나오는 건 자주 볼 수 없는 일이었다. 예나와 무니도 그 사실을 잘 알고 있었기 때문에 오히려 평상시보다 더 많이 잡담을 나누고 있었다. 간단하게 손질하는 것만으로 큰 사고를 막으려면 무엇보다 당황하지 않는 게 중요했기 때문이다.

"예나, 또 내기할 것 없어? 10퍼센트는 너무 많단 말이야."

"리턴호가 누구 호출에 먼저 응답하나 내기할까? 이번엔 5퍼센트를 걸고."

둘이 리턴호로 운명을 점치는 동안 나는 점점 로봇과 가까워져서 마침내 몸체에 달린 손잡이를 잡을 수 있었다. 자석줄을 회수한 다음 여기저기 붙어 있는 손잡이를 이용해 바깥에서 로봇의 상태를 점검할 수 있는 패널로 이동했다. 패널 덮개를 옆으로 밀자 우주 공간의 낮은 온도에도 문제없이 작동하는 화면이 드러났다. 우선 수동으로 로봇을 조종해 역분사 수치를 최고로 높였다. 로봇의 가속도가 점점 줄어 0에 이르고, 나와 로봇은 한몸처럼 우주 공간에서 정지했다.

그때 머릿속 한구석에서 께름칙하게 남아 있던 무언가가 다시 떠올랐다. 조금 전 이상한 일이 벌어졌다. 자석줄을 당기면서. 그때 나는 이상한 생각을 했다. 제대로 설명할 수 없는, 말이 안 되는 무언가를. 그게 뭐였지? 아!

나는 왜 구부러진 자석줄을 보고 '뱀'이란 걸 떠올렸을까?

뱀이 뭔지는 알고 있었다. 모래땅 위에 구불구불한 흔적을 남기면서 앞으로 전진하는 것. 어떤 장애물이 있어도 유연하게 몸을 뒤틀어 피해 가는 것. 얇고 질기고 번들거리는 껍질에 둘러싸여 있으며 검고 맑은 눈동자로 앞만 바라보고 나아가는 것.

이상한 개념과 사물이 갑자기 떠오르는 경험은 이번만이 아니었다. 작년쯤 내 눈앞에 난데없이 모래땅이 펼쳐졌다가 사라졌다. 검디검은 우주 속에서. 처음에는 머릿속 어딘가 문제가 생긴 줄 알았다. 나는 모래땅에 가본 적이 없었기 때문이다. 나는 태어나서 지금까지 집과 우주를 오갔다. 우리 집은 목성의 위성인 이오 위에 떠 있었다. 나는 그 집에서 아버지, 무니, 예나와 함께 처음부터 지금까지 살고 있었다.

한동안 그런 일이 없었기 때문에 대수롭지 않게 여기고 있었는데 지금 갑자기 모래땅 위에서 천천히 움직이는 뱀이 떠오른 것이다.

나는 모래땅과 마찬가지로 뱀이 무엇인지 알 턱이 없는데 알고 있었다.

정말 머리가 이상해진 걸까? 그걸로 모든 게 설명될까? 이상한 증상이 생기면 알 리가 없는 것도 알고 있었다고 착각하는 걸까? 혹은 이 세상에 뱀이란 건 존재하지 않는데 나만 그렇다고 믿고 있는 것일까?

나는 빈손으로 머리를 톡톡 두드렸다. 집에 돌아가면 아버지와 이 사실을 의논해야겠다고 생각했다. 아버지는 해결하지 못하는 문제가 없었다. 특히 우리 셋에 대해서는. 그러니 머릿속에 갑자기 자리 잡은 모래땅과 뱀에 대해 털어놓으면 잊게 해줄 것이었다. 아버지는 우리 셋을 그 무엇보다 소중히 여기니까.

"뭐 하고 있어? 로봇은 어때?"

예나가 호출했다. 나는 이제 막 점검할 참이라고 대답하고 패널을 조작해서 상태 점검 창을 열었다. 이상이 없으면 방향을 잡은 다음 엔진을 작동시키고 무니가 있는 곳으로 함께 이동할 생각이었다. 아직 해야 할 일이 많았다. 채굴이 다 끝나도 광물을 우주선에 전부 옮겨 실으려면 적어도 4시간은 더 필요했다.

하지만 분석 화면을 살펴보니 불안감은 사라지긴커녕 더욱 커졌다.

집에서 출발하기 전 우리는 분명히 우주선과 로봇과 우리 스스로를 점검했다. 정상이 아닌 것은 없었다. 그런데 로봇의 활동 로그를 살펴보니 어느 순간 갑자기 엔진 출력이 비정상적으로 폭주한 기록이 있었다. 계산해보니 로봇은 바로 그때 103번 소행성의 작업장에서 이탈했다. 문제가 발생한 곳은 엔진 쪽이 아니라 컨트롤러의 소프트웨어였다.

아버지는 버릇처럼 얘기했다. 나쁜 일은 꼭 연달아 일어나고 고장은 다른 고장을 낳는 법이니 조심하라고. 그런 상황을 피하려면 정신을 똑바로 차리고 있어야 한다고.

이럴 때 현장에서 할 수 있는 일은 리부팅뿐이었다. 나는 로봇을 다시 부팅시켰다. 소프트웨어적인 문제는 보이지 않았다. 재빨리 로봇의 움직임을 재조정하고, 103번 소행성을 향해 나아가기 시작했다. 단순한 오작동일 수도 있었으므로 예나나 무니에게 별다른 말은 하지 않았다.

"지금 출발했어."

예나와 무니도 얼른 돌아가고 싶기는 매한가지인 모양이었다.

"얼른 마치고 집에 가자고."

"늦으면 아버지가 또 난리를 칠거야. 잔소리 듣기 싫다고."

나와 로봇은 소행성을 향해 곧장 나아갔다. 조심하려는 생각에 레이더를 작동시켜봤지만 근처에 위험해 보이는 우주먼지는 없었다. 소행성에 도달하면 예나와 무니를 불러 모은 다음 만약의 사태에 대비해 굴착로봇과 운반로봇의 싱크를 다시 한 번 맞춰볼 생각이었다. 나는 로봇을 두 손으로 꽉 붙든 채 오로지 그 생각에 집중했다. 이동하는 동안 끝없는 우주는 조금도 달라지지 않았다. 저 멀리 보이는 목성은 보통 때와 다름없이 갈색 입을 커다랗게 벌린 채 하품을 하는 중이었고, 우리 집이 위치하고 있는 이오는 목성 오른쪽에 있었다.

예나가 점점 가까워졌다. 나는 손가락으로 103번 소행성을 가리키고 따라오라고 손짓했다. 예나는 로봇과 나에게 합류하지 않고 조금 떨어진 곳에서 따라잡기 시작했다.

그 직후에 눈앞에서 벌어진 일은 전혀 예상하지 못한 것이었다.

보통 광물이 풍부한 소행성을 발견하면 무엇보다 먼저 작업하기 쉽도록 평평한 표면을 확보해둔다. 그리고 탐지기로 광물 분포를 파악해 정밀한 입체 영상을 만든다. 영상을 분석하면 굴착로봇이 채굴을 시작하기 좋은 위치가 결정된다. 그 자리에 각 로봇을 내려놓으면 1차 작업은 끝이다. 가장 위험한 일은 거의 1차 작업에 집중되어 있다.

우리는 103번 소행성 표면에 1차 작업을 끝낸 뒤 채광과 운반을 지루하게 반복하던 참이었다. 따라서 로봇이 이탈한 것만 해도 무척 예외적인 사고였다.

그런데 갑자기 투명하고 커다란 주먹이 나타나 소행성을 내려치기라도 한 것처럼 먼지가 피어올랐다. 검은 연기 뭉치가 그 뒤를 이었다. 연기 중심에서 무언가가 폭발한 것이다! 터질 만한 물질이 담겨 있는 것은 굴착기뿐이었다.

그리고 연기를 찢고 도망치기라도 하듯, 아주 익숙한 형체가 소행성으로부터 치솟아 올랐다.

무니였다. 무니는 어지러울 정도로 회전하면서 빠르게 날아가고 있었다.

"무니! 대답해!"

소리를 질러 불러봤지만 돌아오는 대답은 무니의 목소리가 아니었다. '신호 없음.' 내 통신 모듈이 무니를 대신해 응답하고 있었다. 무니는 송신장치가 파괴될 만큼 커다란 힘으로 내동댕이쳐진 것이었다.

"무니!"

신호 없음.

"대답하라고! 살아 있어?"

신호 없음.

"예나야, 이 녀석 좀 부탁해!"

나는 함께 움직이던 로봇을 긴급정지 모드로 돌려놓았다. 로봇은 그 자리에서 역분사를 해 멈출 테고 나머지는 예나가 알아서 처리할 것이다. 그런 생각을 하며 내가 가진 엔진 세 개를 전부 최고 출력으로 올렸다. 손에는 이미 자석줄을 뽑아들고 있었다. 우리끼리 자석줄로 견인해본 적은 없었지만 나는 셋 중 견인 실력이 최고였다. 무니의 등에 있는 손바닥만 한 금속 패널을 명중시킬 자신이 있었다.

하지만 무니가 계속 회전하며 날아간다는 점이 문제였다.

뒷일은 나중에 닥치면 생각하기로 했다. 자석줄 길이 내로 접근하는 게 무엇보다 급했다. 나는 적당히 가까워졌다는 생각이 들자 제동과 감속에 걸리는 시간을 계산해 엔진 출력을 줄이기 시작했다. 빙글빙글 돌고 있는 무니에게 접근하는 속도가 조금씩 낮아질수록 조바심은 반대로 점점 커졌다.

나는 무니의 몸이 도는 속도에 맞춰 팔을 움직이다가 줄을 발사했다.

마치 내 도움을 거절하는 것처럼 자석줄이 무니의 손에 부딪히고 튕겨 나왔다. 줄은 머리를 잃은 뱀처럼 엉뚱한 곳으로 향했다.

하필이면 이럴 때 뱀의 기억이 나를 놀리려는 것처럼 너무나 또렷이 떠올랐다. 나는 모래땅에서 소리도 내지 않고 다가온 뱀 때문에 놀라 펄쩍 뛰었다. 뱀도 놀랐던 모양이었다. 녀석은 머리를 꼿꼿이 세우고 잠시 나를 바라보더니, 마음을 정한 것처럼 내 다리를 향해 돌진했다. 질겁을 하면서 다리를 내저어봤지만, 녀석은 제 분이 풀릴 때까지 이빨을 내 정강이에 박아 넣은 채 꿈쩍도 하지 않았다. 나는 무섭고 아파서 소리쳐 울었다. 그럴수록 뱀의 이빨은 점점 깊이 파고들었다. 나는 울부짖으면서 도움을….

제발 그만 좀 해. 무니를 구해야 한다고. 자석줄은 뱀이 아니란 말이야.

회수된 줄이 내 다리를 휘감던 뱀처럼 손에 감겨 있었다. 무니의 상태를 모르다 보니 시간이 얼마나 남았는지 알 수 없었다. 얼른 줄을 연결하고 살펴봐야 하는데 냉정해질 수가 없었다. 나는 미세하게 떨리는 손에 힘을 주고 줄을 풀었다. 그리고 무니의 몸이 도는 속도를 계산한 다음, 한 번 더 던졌다. 이번에는 성공할 것 같았다. 자석을 붙일 수 있는 무니의 패드가 줄을 빨아들이는 것처럼 보였다. 나는 그다음에 무슨 조처를 해야 할지 아버지에게 배운 대로 계획하면서….

요란한 경고음이 생각을 방해했다. 현재 상황을 알려주는 각종 수치와 좌표들이 붉은색으로, 파란색으로 깜빡거렸다. 무슨 경고지? 이보다 상황이 더 나쁠 수가 있나? 아직도 터질 사고가 남아 있나?

경보를 보낸 것은 레이더였다. 하지만 그게 무슨 뜻인지 알기 위해 레이더 프로그램의 보고를 읽을 필요는 없어졌다.

무니의 몸은 갑자기 등장한 소형 우주선에 부딪히면서 멈췄다. 제동할 시간이 없었기 때문에 나도 무니와 충돌했다. 자석 줄은 우리 둘의 몸을 휘감았다. 나는 당황하면서도 무니를 붙들었다는 생각에 잠깐 동안 안심했다. 그리고 아무 빛도 보이지 않는 무니의 두 눈을 보면서 즉시 절망했다.

강한 충격 때문에 몸이 꺾이면서, 나는 주변 상황을 파악하는 능력을 잠시 잃고 무한한 암흑을 맞이했다.

*

"나 알아보겠어?"

그 말은 우리 셋이 서로 상태를 확인할 때 사용하는 일종의 암호였다. 제대로 대답하지 못하면 이상이 있다는 신호였다. '나 알아보겠어?'가 아닌 다른 말을 가장 먼저 꺼낸다면 그 역시 뭔가 문제가 있다는 뜻이었다.

"예나잖아."

예나가 온전히 작동한다는 건 적어도 최악의 상황은 아니라는 뜻이었다. 나는 머리를 돌려가며 주변을 관찰했다. 머리를 돌릴 때 나는 우두둑 소리가 귀에 거슬릴 정도로 크게 들렸다.

우리는 실내에, 정확히 말하면 어떤 우주선 안에 있었다. 우리가 집에서 나오고, 광물을 싣고, 다시 돌아갈 때 사용하는 리턴 호와는 내부 구조가 전혀 다른 우주선이었다.

"다치지 않아서 다행이구나."

처음 듣는 목소리였다. 나는 몸을 일으키며 목소리가 들리는 방향을 바라보았다. 왼쪽 시야에서 내 몸에 아무 이상이 없다는 보고들이 흘러가고 있었다.

목소리 주인이 우주선 조종석에서 일어나 나를 바라보았다.

나는 그 외모를 확인한 순간, 분명히 점검 프로그램이 아무 이상도 없음을 보증하고 있었지만, 내가 고장 났다고 생각할 수밖에 없었다. 하지만 상황을 제대로 파악하기 위해 그 점에 관해서는 일단 아무 말도 하지 않았다. 예나를 놀라게 하기 싫다는 마음도 한몫했다.

나는 그 대신 목소리 주인에게 물었다.

"당신은 누구죠?"

"내 이름은 윤성조야. 성조 씨라고 부르면 돼. 예나에게 상황은 대충 들었어. 처음엔 무니라는 친구가 이 우주선과 충돌하는 바람에 그렇게 된 줄 알았는데 그건 아니더구나. 이걸 불행이라고 해야 할지 다행이라고 해야 할지…."

무니는 내 옆에 누워 있었다. 무니의 몸에는 적지 않은 상처가 있었다. 폭발 때 날아온 자잘한 파편들이 몇 개 박혀 있었고, 낯선 우주선과 충돌할 때 긁힌 자국도 있었다. 하지만 가장 중요한 머리 쪽은 무사했다. 적어도 겉으로 보기에는 그랬다. 나는 무니의 가슴팍을 두드려 스위치를 작동시켰다. 우리 셋과 작업용 로봇들은 몇 가지 공통점이 있었다. 상태점검용 패널의 위치가 그 공통점 중 하나였다.

옆에서 예나가 말했다.

"내가 이미 확인했어. 무니는 운동기관 컨트롤러에 손상을 입어서 못 움직였던 거야. 큰 파편 하나가 깊이 파고들었어. 언어모듈도 고장 났고. 그래도 기억저장소는 문제없는 것 같아. 집에 가면 아버지가 고쳐주겠지."

나는 예나를 믿었지만 그래도 다시 한 번 패널을 두드려 확인했다. 말도 못 하고 움직이지도 못했지만 무니는 죽지 않았다. 예나가 말한 대로 기억저장소가 정상적인 반응코드를 표시했기 때문이었다. 그러면 최악은 아니었다. 아버지는 결국 무니를 되살려놓을 것이다.

그리고 산산이 부서진 채굴로봇 때문에 미친 듯이 화를 낼 것이다. 사고가 있을 때면 늘 그랬으니까.

'돈을 좀 모을 만하면 이 꼴이라니까. 내가 조심하라고 얘기했냐 안 했냐! 정신 좀 차려라, 이것들아!'

아버지는 그렇게 화를 내다가 아무 물건도 없는 방향으로 공구를 집어 던지곤 했다. 처음에는 우리를 향해 물건을 던졌다. 하지만 부서지면 결국 자신이 우리를 다시 고쳐야 한다는 걸 깨달은 뒤로 늘 우리가 없는 방향으로 무언가를 던졌다.

나는 뱀처럼 흐느적거리며 움직이고 뱀처럼 괴상하면서도 어딘지 낯익은 성조 씨에게 물었다.

"우리 우주선으로 돌아가야 하는데요. 데려다줄 수 있나요?"

성조 씨가 표정을 바꾸고 대답했다.

"그건 힘들어. 이 우주선은 고장 났거든. 안 그랬으면 너희와 충돌하지도 않았을 거야. 관성운동으로 흘러다니던 참이었어. 이것저것 부딪히는 바람에 지금은 간신히 멈췄지만. 오히려 너희에게 우주선을 갖고 와서 견인해달라고 부탁하려던 참이었지."

나는 예나를 바라보았다.

"어떡할까?"

예나는 조금도 주저하지 않고 대답했다.

"원래 아버지에게 허락을 맡아야 하는데."

"아버지랑 통신하려면 리턴호를 타고 집 근처까지 가야 하잖아."

대화를 듣던 성조 씨가 끼어들었다.

"그러면 얼마가 걸릴지 모르잖니. 견인해서 나를 너희 집 근처까지 데려다주렴. 그럼 내가 잘 얘기해볼게."

나는 예나를 보고 고개를 끄덕였다. 아버지는 이 사실을 알면 또 잔뜩 화를 낼 게 분명했다. 하지만 나는 아버지의 분노가 걱정되지 않았다. 그보다는 아버지와 통신을 하기 전에 조금이라도 더 시간을 벌어야 한다는 생각이 강했다.

성조 씨는 모래땅과 뱀의 뒤를 이어 등장한 세 번째 수수께끼였기 때문이었다.

예나는 성조 씨 대신 조종석에 앉아서 리턴호의 위치를 찾아보기 시작했다. 예나는 나나 무니보다 훨씬 더 똑똑했기 때문에 늘 그런 일을 맡았다.

나는 조금 작은 소리로 성조 씨에게 물었다.

"당신은 집이 어디죠?"

"난 화성에서 왔어."

화성. 작업하고 비행할 때 방향의 기준으로나 삼곤 하던 행성 이름이었다.

"화성에 누가 사는지는 몰랐어요."

성조 씨는 잠시 말을 멈췄다가 다시 이었다.

"거긴 나 같은 사람이 아주 많이 살고 있단다."

사람. 그 단어를 듣자 내 의지와는 상관없이 머릿속이 복잡해지기 시작했다. 나는 뱀이 무서웠지만, 사실 정말로 끔찍할 만큼 무서운 장면은 그동안 외면하고 있었다. 뱀보다 더 두려운 건 뱀이 물었던 내 다리였다. 그 다리는 지금 내 다리와 전혀 달랐다. 그 다리는 지금처럼 단단한 강화 세라믹으로 둘러싸이지도 않았고, 속에 알루미늄 피스톤이 들어 있지도 않았다. 그 다리는 울퉁불퉁하고, 말랑말랑하고, 아주 다양한 동작을 할 수 있었다.

기억 속에서 나는 '사람'이었다. 성조 씨와 같은 사람. 하지만 나는 사람이 무엇인지 몰랐다. 그래서 너무나 무서웠던 것이다.

나는 질문을 잘 고른 다음 다시 물었다.

"무슨 일로 이쪽까지 오게 됐어요?"

"얘기가 조금 긴데, 들어볼래?"

나는 그러겠다고 대답했다.

"나한테는 아들이 있었단다. 아내가 일찍 죽었기 때문에 식구라곤 우리 둘뿐이었지. 난 아들을 행복하게 만들어주려고 했는데 힘이 부쳤어. 우리는 여유가 별로 없어서 테라포밍이 한창 진행 중인 변두리에 살았거든. 모래투성이인 동네에서 사느라 힘들었을 텐데 고맙게도 아들 녀석은 구김살 없이 잘 자라줬지. 나는 어떡해서든 더 살기 좋은 곳으로 이사하려고 악착같이 돈을 모았고. 그러던 어느 날 지능수집꾼이 찾아왔어."

예나가 성조 씨의 말을 끊었다.

"리턴호가 어디 있는지 찾아냈어. 자동이동 암호를 보냈으니 곧 이리 올 거야."

나는 예나에게 잘했다고 말해주었다. 예나는 할 일이 다 끝났건만 성조 씨와 나에게 등을 돌리고 조종석에 그대로 앉아 있었다.

나는 이야기가 다시 이어지도록 질문을 던졌다.

"지능수집꾼이 뭐죠?"

"아이들의 두뇌를 스캔해서 어떤 재능이 있는지 확인하고, 뛰어난 자질이 있을 경우 비싼 돈을 지불하고 정신을 복사해가는 장사꾼이야. 사람의 재능이란 건 복잡하기 때문에 보통 필수적인 기억까지 함께 복사해간단다. 가져간 정신 데이터에 딱 맞는 맞춤형 기계몸을 만들고, 필요한 사람들에게 한 세트로 파는 거지. 완성품은 엄청나게 비싸단다."

나는 성조 씨의 말을 절반 정도밖에 이해하지 못했다. 생전 처음 듣는 개념도 있었고, 내가 알고 있는 것과 뜻이 다른 단어가 섞여 있었기 때문이었다.

"마침 우리 애도 좋은 자질이 있었기 때문에 수집꾼은 큰돈을 제시했어. 아들에겐 전혀 해가 없었기 때문에 마다할 이유도 없었지. 그렇게 번 돈으로 겨우 좋은 환경으로 이사해서 제대로 아버지 노릇을 하게 됐는데…. 그런데…."

"무슨 일이 생겼나요?"

"어릴 적 사막 지역에서 살았던 탓인지 호흡기 문제로 아들이 심한 병에 걸리고 말았단다."

나는 누워서 꼼짝도 하지 않는 무니를 쳐다보았다.

"심한 병에 걸리면 무니처럼 되나요?"

"꼭 그런 건 아니지만, 우리 애는 시름시름 앓다가 그만… 죽고 말았단다."

작업장에 큰 문제가 생길 경우 나도, 예나도, 무니도 죽을 수 있다. 집에 있는 아버지는 늘 주의를 시켰다. 어느 정도 다치면 고칠 수 있지만 기억저장소까지 파괴되면 방법이 없다고 했다. 아버지는 그게 죽는 거라고 했다.

하지만 지금 성조 씨가 얘기하는 죽음은 다른 무엇이었다. 굳이 설명을 듣지 않아도 짐작은 할 수 있었다. 나와 예나와 무니는 성조 씨가 언급하는 '사람'이 아니기 때문이었다. 지금 내 다리는 뱀이 열 마리 이상 달려들어도 상처 하나 낼 수 없는 강화 세라믹 다리였다.

"정신은 복사할 수도 있고 몸 일부를 기계로 대체할 수도 있지만, 아직 완전히 죽은 사람을 살려낼 순 없는 세상이지. 하지만 난 도저히 아들을 잊을 수가 없었단다. 그래서 비록 복사된 데이터라 해도 아들의 일부이기만 하다면 다시 만나고 싶었지. 수소문한 결과 아들의 정신 데이터가 소행성대에 있는 채굴업자에게 팔렸다는 소식을 알게 됐어. 그 사실을 알고 나니 허탈하더구나. 아들 녀석은 꼬맹이 때부터 땅속에 묻힌 것들을 잘 가려내고 잘 파냈거든. 그래서 여기까지 왔다가 우주선이 고장 나 표류한 거야. 그러다가 너희와 충돌했고."

성조 씨는 말을 마치고 유난히 오랫동안 이산화탄소를 내뿜었다.

묵묵히 얘기를 듣고 있던 예나가 짧은 침묵을 깨고 물었다.

"이렇게 작은 우주선을 타고 장거리를 여행하는 건 위험하죠?"

"그렇지."

"그런데도 아이를 찾아 여기까지 온 건가요?"

"난 그만큼 그 아이를 사랑했단다. 영영 다시 못 본다는 사실을 받아들일 수가 없었어. 설사 내가 잘못되는 한이 있더라도 아이를 만나고, 할 수만 있다면 설사 기계몸에 들어가 있더라도 화성으로 데려가서 못 다한 사랑을 주고 싶었단다. 음…. 이렇게 전부 털어놨으니 너희에게도 한번 물어보자꾸나. 혹시 너희 중에…."

예나는 더 이상 질문을 하지 않고 성조 씨의 말을 기다렸다.

"오빌 사막이라는 지명을 들어본 사람 있니? 사막 뱀에 심하게 물렸던 기억이 나는 사람은 없어? 내 얼굴을 알아본 사람은? 여기 고장 나서 누워 있는 너희 친구가 그런 얘길 하진 않던?"

작업 로봇과는 다르지만 나와 예나는 성조 씨와 달리 기계몸이었다. 이오에 있는 아버지도 절반쯤이 기계였다. 우리 머리에는 눈과 입과 귀처럼 필수적인 장치만 달려 있기 때문에 성조 씨처럼 다양한 모양새를 만들어낼 수 없었다. 나는 그 모양새를 뭐라고 부르는지 기억하고 있었다. '표정'이다. 사람은 표정으로 많은 것을 표현하고, 심지어 같은 사람끼리 신호도 보낼 수 있다. 하지만 나와 예나는 일일이 데이터를 보내거나, 말로 표현하지 않으면 아무것도 전달할 수 없었다.

다시 말해 예나는 성조 씨가 찾는 아들이, 더 정확히 말하자면 그 아이의 정신 데이터가 담긴 기계가 바로 나라는 사실을 알 턱이 없었다. 내가 말해준 적이 없으니까.

그런데 이상하게도 예나가 그 사실을 알고 있다는 확신이 들었다.

예나는 눈을 나에게 고정한 채 성조 씨에게 말했다.

"한 번 더 물을게요. 당신은 아들의 일부를 되찾아서 행복하게 만들어주려고 목숨을 걸고 여기까지 왔다는 건가요?"

"바로 그거야. 잘 요약해줘서 고맙구나."

예나는 조종석에서 일어나 나에게 다가왔다.

"그런데 왜 거짓말을 한 거죠?"

성조 씨가 양쪽 손바닥을 펴 보이며 물었다.

"거짓말이라니?"

"성조 씨가 얘기하는 동안 난 조종석에 앉아서 리턴호를 호출하지 않았어요. 이 우주선 내부를 조사했죠. 여기엔 사람이 우주를 여행하는 데에 꼭 필요한 생명유지모듈이 없어요."

나는 반사적으로 몸을 일으켰다.

"성조 씨가 사람이 아니란 거야?"

예나가 말했다.

"당연한 결론이잖아! 따라서 목숨 걸고 여기까지 왔다는 말도 거짓이야. 그만큼 아이를 만나고 싶었다는 것도 거짓말이고."

나는 예나가 하는 말을 모조리 알아듣고 혼잣말처럼 얘기했다.

"성조 씨가 찾는 건 나야. 난 한 번도 가본 적 없는 줄 알았던 모래땅을 기억해. 뱀도 기억하고. 오빌 사막이란 말도 들은 적이 있어. 심지어 성조 씨의 얼굴도…."

나는 성조 씨에게 물었다.

"넌 도대체 뭐지?"

예나가 성조 씨 대신 대답했다.

"뭐긴 뭐야. 네 아버지가 널 꾀다가 팔아먹으려고 보낸 로봇이지. 이 세상에 아이를 사랑하는 아버지란 건 없어. 지금 이오에 있는 자칭 '아버지'는 우리를 사다가 부려 먹는 채굴업자일 뿐이야. 네 아버지란 사람도 우주여행이 무서워서 저급한 대역이나 보내는 인간에 불과하고."

"예나, 넌 도대체…."

그 순간 성조 씨가 예나에게 달려들었다. 둘은 한 덩어리가 되어 우주선 안을 뒹굴었다. 성조 씨는 품에서 위험해 보이는 기계를 꺼내 예나를 찌르려 했다. 나는 반사적으로 성조 씨의 머리를 걷어찼다. 성조 씨는 쉽사리 쓰러지지 않았다. 나는 연거푸 발길질했다. 그럴수록 점점 힘이 들어갔다.

그 힘이 얼마나 셌던지 마지막 발길질에 성조 씨의 목이 완전히 뒤로 꺾였다. 성조 씨는 더 이상 움직이지 않았다. 나는 오래전 나를 아들이라고 불렀던 사람과 똑같이 생긴 기계가 완전히 작동을 정지했는지 살펴보았다. 성조 씨는 완전히 죽었다. 가로로 뜯어져버린 목 피부조직 사이로 가느다란 유압관 몇 가닥이 보였다.

나는 우주선 한구석에 주저앉았다. 예나는 천천히 일어서서 성조 씨를 밀어냈다.

우리는 한동안 마주 보고 앉아 있었다. 먼저 입을 뗀 건 나였다.

"넌 나보다 훨씬 더 많은 걸 기억하고 있었구나."

"그래. 아버지라는 말이 아주 오래된 단어라는 것도 알고 있었어. 옛날에는 생물학적인 방법으로 다음 세대를 낳는 사람 중에서 남성 쪽을 가리켰다고 하더라. 하지만 요즘엔 생물학적인 두뇌를 얻고 복사해서 팔기 위해 옛날식으로 아이를 낳는 남자를 가리키거나, 일반적으로 나이가 많은 남자를 가리키기도 해. 배웠던 기억이 나."

"그런 걸 전부 다 기억하면서 왜 지금까지 모르는 척 광물이나 캐고 살아온 거야?"

예나는 지금까지 한 번도 들어본 적 없을 만큼 크게 소리쳤다.

"다른 방법이 없잖아! 집에 있는 아버지는 이 사실을 알면 당장 내 머리를 편집해서 일만 하는 기계로 고쳐놓을 거야. 기껏 비싼 값을 들여 구입한 기계들이 딴생각을 하게 둘 순 없잖겠어? 너라면 그 사실을 알면서도 기억이 돌아왔다고 말할 수 있겠어?"

나는 얼마 전까지 예나가 나를 이상하게 생각할까 봐 모래땅과 뱀에 대해서도 말하지 않고 있었다.

"아니."

"그럼 다른 방법이 있을까? 도망이라도 칠까? 너와 무니는 사람이었던 때를 기억도 못 하는데다가 리턴호에는 화성이나 더 먼 곳까지 갈 수 있는 연료가 없어. 아버지가 그렇게 해뒀으니까. 게다가, 게다가…."

예나는 잠시 서성거리다가 말했다.

"여기서 빠져나간다 해도 더 낫게 살아갈 수 있을까? 차라리 이미 속셈을 뻔히 알고 있는 아버지의 요구나 들어주면서, 별을 보면서, 너희와 내기나 하면서 사는 게 좋은 선택 아닐까?"

나는 늘 우주가 끝없이 단조롭다고 투덜거렸다. 예나는 그럴 때마다 천체가 얼마나 다양한지 말해주었다. 정말로 별들이 그만큼 다양하다면, 별 주변에서 사는 삶 역시 다양하지 않을까? 화성과 이오는 우리에게 지겹고 무서운 행성으로 남았지만 다른 곳에 간다면 다른 가능성이 있지 않을까? 우리 같은 존재들도 어딘가에 모여 살고 있지 않을까?

나는 인간이 아니라 기계를 위해 마련된 우주선 내부를 둘러보았다. 그동안 완전히 되돌아온 기억을 깊은 곳에 묻고 묵묵히 살아왔던 예나를 쳐다보았다. 그리고 아직 완전히 죽지 않았기 때문에 다시 살려낼 수 있는 무니도 지켜보았다.

"셋이 함께 떠난다면 다를지도 몰라."

우리는 얼굴이 없었기 때문에 사람처럼 표정 변화로 서로의 생각을 읽어낼 수가 없었다. 하지만 아무 신호나 말이 없었음에도 예나가 내 생각에 동의한다는 건 알 수 있었다. 무니도 결국은 우리와 같은 결론에 도달할 것이다. 무니가 기억을 되찾을 수 있도록 우리가 꾸준히 도와준다면.

"아버지가 늘 그랬지. 사고는 연달아 터진다고. 적어도 그건 맞는 말이었어. 무니가 크게 다치긴 했지만 덕분에 우리가 속을 털어놓고 탈출도 하게 됐네."

예나는 내 말을 듣더니 어이가 없다는 듯 머리를 내저으며 핀잔을 주었다.

"이젠 아버지라는 단어도 잊고, 그 사람이 한 말을 믿는 습관도 버려. 전부 틀렸거든. 우연은 없어. 내가 이 우주선을 조사했다고 했지? 이건 고장 나지 않았어! 굴착로봇도 저 사람 모습을 한 로봇이 숨어서 간섭 소프트웨어를 전송했기 때문에 터진 거야. 우리에게 접근하려고 그랬겠지."

성조 씨를 닮은 로봇은 굴착기를 터뜨릴 생각까지는 없었을 것이다. 그냥 고장을 내고 그 틈을 타 접근할 계획이었을 것이다. 자칫 탈취하러 온 기계가, 그러니까 내가 다칠 위험이 있었으니까. 튕겨 나가던 무니와 충돌한 것도 우연이 아니라 목표물을 잃지 않으려고 의도적으로 가로막았던 것뿐이겠지.

예나 말이 맞다. 나는 이제 두 '사람'이 상징하는 과거에 매달릴 필요가 없다. 화성에 있는 자는 머리부터 발끝까지 사람이었고 이오에 있는 자는 신체 절반이 기계였지만 그들은 똑같았다. 이윤 때문에 아이들의 정신을 매매하고 속이고 죽을 수도 있는 위험에 몰아넣는 존재에 불과했다.

예나는 평상시처럼 제 할 말을 끝내고는 침착하게 해야 할 일을 했다. 예나가 암호화된 신호를 보내자 이번에는 정말로 리턴호가 우리를 향해 날아오기 시작했다. 우리 앞에 무엇이 기다리고 있는지 모르는 지금 챙길 수 있는 것은 모조리 챙길수록 유리했다.

나는 예나의 어깨에 손을 얹고, 투명한 전망창 바깥에서 알록달록 다채롭게 반짝이는 별들을 뚫어지라 바라보았다.

복원

형우는 마차의 탑승칸이 흔들리는 리듬에 몸을 맡기고 등받이 너머를 바라보고 있었다. 그는 회색과 녹색이 뒤섞인 산을 꼼꼼히 살피고, 제 발로 움직이는 거라고는 아무것도 없는 들판과 가느다란 강을 지그시 지켜보았다. 생경한 교통수단뿐 아니라 지금까지 수없이 보아 왔던 산과 들판마저도 의미가 달라진 지금, 무엇 하나 그냥 흘려보낼 수 없다는 초조함이 그를 몰아세우고 있었다.

형우는 저도 모르게 손톱을 물어뜯다가, 함께 타고 있는 사람에게 눈길을 주었다. 옆 사람은 머리카락이 짧고 눈매가 날카로웠으며 체형으로 봐선 여성 같았다. 그는 양손에 얇은 물체와 기다란 막대를 하나씩 들고 있었다.

형우는 호기심을 이기지 못하고 말을 걸었다.

"안녕하세요, 저는 이형우라고 합니다."

상대는 조금도 경계하지 않는 표정으로 대답했다.

"저는 조이현이라고 해요."

형우는 이미 30분이 넘도록 함께 마차를 타고 있던 이현에게 물었다.

"실례지만, 그게 뭔가요?"

형우가 물었다. 포장되지 않은 도로 때문에 몸이 또 흔들렸지만 형우는 낯선 물건에서 눈을 떼지 않았다.

"아, 이거요? 연필이에요. 종이에 문자를 적거나 그림을 그릴 수 있는 도구죠. 이건 수첩이라고 불러요. 종이를 묶은 거죠."

형우는 이현의 말 속에 숨은 의미를 깨닫고 물었다.

"아날로그에 익숙한 걸 보니 체험에 처음 온 게 아니군요?"

이현이 곧장 대답했다.

"두 번째예요."

"전 처음이라서요."

이현이 살짝 웃었다.

"그런 줄 알았어요. 아까 말을 보고 무서워서 피했죠?"

"네. 저 동물의 습성을 검색할 수가 없었으니까요. 낯선 사람을 공격하진 않는 것 같네요."

형우가 곁눈으로 연필과 수첩을 훔쳐보다가 물었다.

"그거… 만져봐도 될까요? 실은 아까부터 궁금했어요."

형우가 수첩을 가리켰다. 이현은 잠시 고민하다가 고개를 저었다.

"그건 안 되겠어요. 기록한 게 많아서요. 이걸로 대신하죠. 만져보세요."

이현은 아무것도 적히지 않은 종이를 몇 장 뜯어서 건넸다.

"가져도 좋아요."

형우는 이현에게 노란 종이를 받아 뒤집어보고는 손톱으로 표면을 긁었다.

"표면이 거칠군요. 전자화면이 아닌데 여기 기록이 남는다고요?"

이현은 들고 있던 연필을 내밀었다. 마차가 심하게 흔들리는 바람에 연필이 주인의 손에서 벗어나 공중으로 날았다.

형우가 재빨리 연필을 붙잡았다.

이현이 말했다.

"그것도 가지세요. 여러 개 있으니까요. 검은 부분을 종이에 대고 긁어보세요."

형우는 네 손가락으로 갈색 연필을 감싸 쥐고 여성이 시키는 대로 종이 표면에 그었다.

"허, 까만 물질이 부서져서 표면에 묻는 건가요? 기발한데."

"그렇죠? 그래서 난 유적 체험이 좋아요. 우리 머리가 옛날부터 좋았다는 걸 확인할 수 있으니까요."

형우는 의자에서 내려가 바닥에 자리를 잡았다. 그리고 조금 전까지 앉아 있던 곳에 종이를 올려놓은 다음 조금 고민했다.

그는 마차가 요동하지 않을 때마다 한 획씩 그어 간신히 이현의 이름을 적었다.

"이거 쉽지 않은데요. 전자 글꼴도 아닌데 다른 사람이 쓴 글씨를 알아볼 수 있으려나?"

"얘기했잖아요. 다들 머리가 좋았을 거라고."

형우가 연필과 씨름하면서 쥐는 법을 연구하는 동안 마차가 어느새 큰길에서 벗어나더니 속도를 줄이기 시작했다. 이현과 형우는 연필과 수첩을 주머니에 집어넣고 마차가 멎을 때까지 얌전히 기다렸다.

두 사람이 좌석에서 지면으로 천천히 이동하는 동안 말을 몰던 인물이 먼저 내려 부동자세로 기다렸다.

"우리가 일할 곳이 여기예요?"

이현이 묻자 마부가 고개를 끄덕였다.

"유적 체험 13구역입니다. 먼저 도착한 분들이 기다리고 계십니다. 다 같이 안내를 받으셔야 하니 가시죠. 저기 커다란 흰색 건물입니다."

챙이 넓은 모자를 쓴 마부가 앞장서고 이현과 형우가 뒤를 따랐다. 형우는 오르막길을 힘차게 걸으면서 마부가 가리켰던 건물을 바라보았다. 건물은 두 층으로 구성되어 있었다. 중앙에는 현관과 계단이 있고 양옆으로 두세 개의 방이 배치된 것 같았다. 오른쪽 끄트머리에는 발코니가 있고, 그 안쪽에 사람들이 모여 있었다.

형우는 유적에 들어오기 전 구식 건축물의 구조와 용어라도 공부하고 오길 잘했다고 생각했다. 그러지 않았다면 마부에게 화장실의 위치를 묻기 위해 손짓 발짓을 써야 했을 터였다.

형우는 연필보다 옛 화장실에서 쓰는 변기와 수도꼭지에 더 금세 적응했다. 그는 손에 묻은 물을 적당히 털면서 가장 늦게 발코니가 있는 방으로 들어섰다. 이현과 마부뿐 아니라 먼저 도착해 앉아 있던 네 사람이 다소 원망하는 눈으로 그를 쳐다보았다. 형우는 살짝 고개를 숙여서 미안함을 표하고 벽에 기대어 섰다.

마부가 자리에서 일어나 챙이 넓은 모자를 벗고 사람들을 돌아보면서 말했다.

"모두 모였으니 시작할까요. 유적 13구역에 잘 오셨습니다. 우선 제 소개부터 다시 하겠습니다. 저는 이곳에서 유일하게 인간이 아닌 로봇입니다."

그러자 작은 소녀 육체에 활동적인 옷을 입고 머리에 빨간 리본을 맨 인물이 말했다.

"로봇 씨를 뭐라고 부르면 될까요? 난 재희라고 해요. 만나서 반가워요."

마부가 팔을 가슴에 얹고 살짝 상체를 숙이며 웃었다.

"재희 씨, 반갑습니다. 제 이름은 롭 대니입니다. 롭은 알다시피 로봇의 약칭이고요. 본래 저희는 이름을 중요하게 여기는데 여기서는 그냥 롭이라고 불러주세요. 로봇은 저뿐이기도 하고, 유적에서는 제 존재가 드러나지 않을수록 좋거든요."

형우는 발코니에 가장 가까운 의자에 앉은 사람이 눈에 띄게 고개를 끄덕이는 모습을 주목했다. 귀에서 시작한 갈색 수염이 턱까지 이어진 사람이었다. 그는 로봇이 필요하지 않다는 사실에 전적으로 동의하는 것 같았다.

롭이 말을 이어갔다.

"다들 경계소에서 하루를 보내고 오셨죠? 마인드 서버와 단절된 소감은 어떻습니까? 적응하는 데에 시간이 부족하진 않던가요?"

텁수염이 덥수룩한 사람이 혼잣말처럼 중얼거렸다.

"그게 뭐 대단한 일이라고. 나는 벌써 1년째 그러고 있는데."

이현이 의자에 묻었던 몸을 반사적으로 곧추세우고 물었다.

"1년이나요? 검색도 못 하고 통신도 안 되는데 그렇게 오래 살 수 있어요?"

"하루하루 살다 보면 되지요, 뭘. 옛사람들도 다 그렇게 살았을 텐데."

롭이 소개를 겸해 끼어들었다.

"천장만 씨는 유물 체험 프로젝트 전체에서 가장 우수하게 활동을 하고 계십니다. 디지털 구역에 돌아갔다 오신 건 지난 1년 동안 한 번뿐이에요."

이현이 소리를 내지 않고 휘파람을 불듯 입술을 모았다.

형우는 주변을 두리번거리다가 크기가 적당한 나무판을 발견하고는 집어 들었다. 그 위에 종이를 올리고, 처음보다는 조금 더 능숙하게 재희와 천장만의 이름을 적어 넣었다.

형우는 사람을 기억하는 일에 유난히 서툴렀기 때문에 유물 체험을 시작하기 전부터 걱정하고 있었다. 보통 때는 문제가 없었다. 뇌와 무선으로 연결된 마인드 서버가 현실적으로 무한대에 가까운 사물과 사람을 식별해줄 수 있었기 때문이다. 서버가 알려준 결과는 곧장 개별 뇌에 반영되었고, 형우는 평생 세상 모든 지식을 다 아는 것과 다름없이 살았다.

하지만 경계소를 넘는 사람은 누구든 마인드 서버와 연결을 끊어야 했다. 유물 체험은 뇌 속에 있는 무선 통신 모듈을 완전히 멈추고, 정보 저장 능력이 크게 떨어지며 피와 살로 이루어진 뇌만으로 경험해야만 의미가 있었다.

형우는 발코니 방 한쪽에 걸린 현수막을 바라보았다.

'단절은 옛날로 이어지는 다리다.'

디지털 구역에 사는 모든 사람은 그렇게 모순적인 표어를 내걸고 있는 유적에서, 반드시 일정 시간 이상 체험 프로젝트에 봉사해야 했다.

"이건 누가 만들었어요?"

파란 머리카락을 어깨까지 드리운 청년이 현수막을 가리켰다. 그가 걸치고 있는 검정 가죽 재킷은 최근에 마련했는지 움직일 때마다 뽀드득 소리를 냈다.

"되게 불길한 말인데."

롭이 감정을 짐작하기 힘들 만큼 어중간하게 웃었다.

"도성 씨, 적어도 제가 만들지는 않았습니다. 초기에 유물 체험에 봉사한 사람들이 만들지 않았을까요? 그땐 유물 체험 현장 그 자체부터 만들어야 했으니까요."

도성이라고 불린 청년이 우스꽝스럽게 얼굴을 찡그리고 말했다.

"난 이렇게 애매한 표현이 정말 싫거든요."

형우는 도성의 이름을 적은 다음 최대한 간단하게 제 소개를 끝냈다. 그리고 목록에 마지막으로 추가할 인물을 신기하게 쳐다보았다. 그의 이름은 류해였다. 손과 얼굴뿐 아니라 옷 밖으로 드러난 류해의 피부에는 온통 주름과 푸르스름한 핏줄이 그득했다. 형우도 지식으로는 알고 있었다. 누구든 노화 지연 처치를 받지 않으면 출생 후 70년쯤 뒤 류해와 같은 모습이 되었다. 마인드 서버의 계산 능력을 빌리지 않더라도 류해가 태어날 때부터 적지 않은 나이였다는 점은 분명했다.

형우는 그런 결정을 내린 류해의 심경을 이해할 수 없었고, 그 사실을 종이에 간단히 적었다.

롭은 어깨를 잔뜩 웅크리고 종이 위에 천천히 글자를 채워가는 형우를 차분하게 기다렸다가 말했다.

"소개가 끝났으니 아날로그 체험의 규칙을 말씀드리겠습니다. 지금 우리가 있는 이 건물은 본관입니다. 식사나 여러 가지 필요한 것들은 여기 1층에 있고요. 주무실 방은 2층에 있습니다. 방문에 이름을 적어두었으니 한 분당 한 곳씩 사용하시면 됩니다."

재희가 냉큼 손을 들었다.

"롭 씨도 여기서 같이 살아요?"

"저는 꼭 필요한 경우가 아니면 말과 함께 지냅니다. 마구간은 본관의 동쪽에 있습니다."

재희가 얼굴을 찡그렸다.

"여기 이상한 곳이네. 로봇을 차별하는 거예요?"

롭이 편안한 표정으로 웃었다.

"알다시피 여긴 '단절' 이전의 삶을 체험하는 곳이잖습니까. 그땐 로봇이 하인이었다더군요. 지적해주신 김에 이것도 말씀드려야겠네요. 여러분의 체험은 경계소를 넘는 순간부터 시작됐습니다. 디지털 구역으로 돌아가실 때까지 모든 것이 체험으로 분류되고 수집된다는 뜻입니다. 그리고 이미 알고 계시겠습니다만…."

롭은 강조하기 위해서 잠시 사이를 두었다.

"한 번 더 말씀드리겠습니다. 봉사 기간인 7일이 지나기 전까지는 디지털 구역으로 돌아가실 수 없습니다. 어떤 일이 있어도요. 그 제한도 체험의 일부입니다."

"쓸데없는 말은 반복하지 말자고요. 얼른 일이나 시작해요. 끝내고 놀아야죠."

도성이 춤을 추듯 몸을 꼬자 가죽옷이 요란하게 비명을 질렀다.

롭은 조금도 불쾌하지 않은 얼굴로 말했다.

"죄송합니다. 가끔 잊는 분들이 계셔서요. 엄격한 규칙이 있는 것처럼 말했지만 사실 꼭 지켜야 하는 건 그것 말고 하나뿐입니다. 옛 사람들이 몸소 익히고 경험했던 것들을 하나씩 맡아서 재현하시는 거죠. 그 감각 기억은 디지털 구역으로 돌아가면 마인드 서버가 수집합니다. 자, 이제 본론입니다. 여러분이 여기서 체험해주셔야 할 유물은…."

형우는 어느새 옆에 다가와 서 있던 이현이 몸을 기울이는 바람에 깜짝 놀랐다.

이현이 속삭였다.

"난 이 순간이 제일 재미있더라고요."

"…양초 만들기, 뜨개질, 꽃꽂이, 도가지 만들기, 종이접기, 드럼 연주, 요가입니다. 한 분이 한 가지를 맡으시면 됩니다. 별관 건물 하나마다 각 체험에 필요한 재료가 준비되어 있습니다. 기본적으로 책이 한 권씩 주어지는데… 책이 뭔지 모르는 분이라도 보면 금세 아실 겁니다. 체험에 따라서는 별관뿐 아니라 이곳이나 방에서 하셔도 상관없습니다."

롭이 마지막으로 덧붙였다.

"청소는 잊지 말고 해주세요."

*

익숙하지 않은 강렬함이 형우를 흔들어놓고 금세 증발했다.

형우는 눈을 떴지만 침대에서 일어나지 않았다. 대신 평상시와 달리 일찍 잠이 깬 이유를 생각해보았다. 잠자리가 달라진 탓은 아니었다. 그는 어디서든 베개에 머리만 닿으면 잠드는 사람이었다. 그 외에 달라진 점이라면 무엇보다도 서버와 연결되지 않았다는 사실이 가장 컸지만, 그것 역시 잠에서 깬 다음의 문제였다.

형우가 눈동자를 오른쪽 아래로 굴리자 시야 한구석에 디지털시계가 떠올랐다. 07:05. 뇌에 기본으로 내장된 소프트웨어는 서버가 있든 없든 잘 작동하고 있었다.

그리고 옆으로 돌아눕다가 또 다른 차이점을 알아챘다. 귀밑 포트에 꽂힌 외장 저장장치가 거북해 다시 잠들기가 어려웠다. 집이든 어디든 무선 전송이 가능한 디지털 구역에서는 쓸 일이 없는 원시적 장비였다. 하지만 무선 백업을 할 수 없는 이곳에서는 어쩔 수 없이 그 안에 새로 체득한 감각 기억을 담아둬야 했다.

형우는 자신이 이토록 예민한 사람이었다는 사실에 당황하면서 침대에서 벗어나 책상 앞 의자에 앉았다. 책상 위에는 어제 별관에서 가져온 책과 체험용 유물이 놓여 있었다.

형우는 손바닥 한 뼘 크기로 얽혀 있는 갈색 실을 내려다보고 한숨을 쉬었다. 양손에 아직도 두 개의 대바늘이 쥐어진 것처럼 감각 기억이 생생했다. 지금도 대바늘들은 책에서 본 것과 비슷한 위치에 꽂혀 있었다. 하지만 2시간을 들여 만든 조끼 앞판의 일부는, 아무리 좋게 봐준다 해도 지능과 이성을 가진 존재가 교재를 보아가며 만든 물건이 아니었다.

《뜨개질로 3일 만에 조끼 완성하기》. 형우는 낡은 책의 제목을 다시 읽고 단절 이전 시대와 지금의 시간 개념이 다르지 않다는 사실을 의심했다.

그때, 본인은 몰랐으나 태어나서 두 번째 들어보는 비명이 창문과 방문의 틈으로 침입했다.

"이게 무슨 소리지?"

형우가 당황해서 물었지만 대답은 돌아오지 않았다. 서버가 없었기 때문이었다. 방문을 열고 나가면서, 그를 잠에서 깨운 것은 귀밑에 꽂힌 플라스틱의 거북함이 아니라 좀 전의 비명과 똑같은 강렬함이었다는 기억이 떠올랐다.

별다른 조명 없이 이른 아침의 빛만으로 어둑한 복도에서 방문이 하나둘 열렸다.

"사람이 울부짖는 소리를 나만 들은 게 아니군요."

문틈으로 고개를 내밀고 류해가 말했다. 눈가 주름 속에서 진한 검은색 눈동자가 반짝거리고 있었다. 형우는 그의 몸과 눈이 서로 다른 시간을 살고 있다는 느낌을 받았다.

"그게 사람 소리였어요? 처음 들어봤어요."

형우의 옆방 문을 밀며 이현이 걸어 나왔다.

"다들 저와 같은 이유로 일어난 거죠?"

류해가 방 밖으로 나와 문을 닫고 말했다.

"소리는 집 밖에서 들렸어요. 가봐야겠어요."

형우와 이현이 거의 동시에 물었다.

"왜요?"

류해가 어른이라면 다 알 사실을 아이에게 설명하듯 말했다.

"여긴 유적이에요. 롭 씨가 그랬잖아요. 자신은 가능한 한 개입하지 않을 거라고. 그러니 우리가 가봐야죠. 어쩌면 이것도 체험의 일부일 수 있어요."

형우는 류해의 말에서 앞뒤가 맞지 않는 느낌을 받았지만 구체적으로 어떤 부분인지는 집어낼 수 없었다.

이현이 류해의 말에 공감하고 두 사람이 앞장섰다. 형우는 뒤를 따라 계단을 내려가면서 또 하나 어색한 점을 발견했다.

류해는 형우나 이현과 달리 어제 발코니 방에서 입고 있던 외출복을 고스란히 갖춰 입고 있었다.

*

"롭 씨는 어차피 상황을 알려줄 수 없었군요. 비명은…?"

이현이 자신의 허리춤을 붙들고 있는 재희를 쳐다보았다. 재희가 고개를 끄덕이자 눈에 아슬아슬하게 맺혀 있던 눈물이 쏟아졌다.

"내, 내가 질렀어요."

이현이 물었다.

"두 번?"

재희가 눈물을 훔치면서 긍정했다.

형우는 어떡해서든 쪼그리고 앉은 류해만 바라보고 싶었지만 몸이 말을 듣지 않았다. 류해의 두 눈이 향하는 곳에는 생경한 광경이 있었다. 롭의 팔과 다리는 괴이하게 뒤틀려 있었고, 왼쪽 팔꿈치 밑 피부는 찢어져서 그 속에 든 금속과 전선이 드러났다. 얼굴은 반쪽만 남았고, 오른쪽 눈에는 깨진 도자기 파편이 깊이 박혀 있었다. 왼쪽 얼굴이 있던 자리에는 축축한 액체와 부서진 부품의 일부가 남아 있었다.

형우는 뒤로 돌아서며 말했다.

"끔찍하네요."

류해가 아랫입술을 깨물고 있다가 대답했다.

"맞아요. 단절 이후에 로봇을 이렇게 잔혹하게 살해했다는 얘긴 들어본 적이 없어요. 그때야 로봇 혐오주의자들이라도 있었다지만 지금은…."

류해는 도자기 체험 별관으로 다가오는 도성과 장만을 보고 입을 다물었다. 장만은 가느다란 나뭇조각으로 이를 쑤시다가, 도성은 기지개를 켜고 하품을 하다가 롭의 시체를 보고는 각각 벌린 입을 다물지 못했다.

장만이 말했다.

"롭입니까, 이거? 어떻게 된 거죠? 도자기…가 떨어진 것도 아니고…."

도성이 그 말을 듣고 코웃음을 쳤다.

"그게 말이 돼요? 당연히 누가 죽인 거죠. 도자기로 머리를 쳤다고 저럴 리는 없고… 저거네요, 저거."

일행은 도성이 가리키는 곳을 일제히 쳐다보았다. 류해는 도성이 발견하기 전에 이미 흉기인 물레 앞에 서서 물레를 살펴보고 있었다. 물레의 다리와 회전판을 놓은 자리에는 롭의 몸에서 나온 회색 액체가 잔뜩 묻어 있었다.

류해는 물레를 꼼꼼하게 조사하더니 나무 선반을 들여다본 다음 재희에게 물었다.

"어제 재희 씨가 도자기 체험 담당이었죠? 여기가 일터고요."

재희는 아직도 긴장이 풀리지 않는지 살짝 말을 더듬었다.

"네? 네, 네… 마, 맞아요."

"여기 와보니 이런 상황이던가요?"

"그, 그래요. 너무 놀라서 소리를 질렀는데…."

"다들 자고 있었는데 여긴 왜 왔죠?"

재희는 머릿속을 정리하고 말을 하기 전에 한 손으로 이현의 팔을 움켜쥐었다. 이현은 재희가 진정하는 데에 조금이라도 도움을 주기 위해 가만히 팔을 내주었다.

"저게 가마거든요. 흙으로 그릇을 빚은 다음 저기에 넣고 구워야 해요. 가마가 완전히 달궈지려면 오래 걸려요. 일찍 불을 붙여야 하죠. 책에 다 적혀 있었어요. 그래서 다른 사람을 안 깨우려고 조용히 나왔는데…."

류해는 더 이상 질문을 하지 않고 별관 내부가 한눈에 들어오도록 돌아섰다. 그런 다음 천천히 뒷걸음질을 쳤다. 다른 사람들은 영문을 모르면서도 방해가 되지 않도록 별관 입구 밖으로 물러났다.

류해는 머릿속에 롭의 시체를 완전히 넣어두기라도 한 것처럼, 시선을 내리지도 않고 롭의 사지가 펼쳐진 곳을 피하면서 천천히 입구까지 오더니 말했다.

"일단 돌아가죠."

*

장만은 본관 주방의 찬장에서 재료를 찾아 커피와 녹차를 만들며 말을 늘어놓았다. 형우가 도우려 했지만 장만의 손놀림이 아주 빨라서 끼어들 틈이 없었다.

"여러분이 지금 '차' 맛을 제대로 볼 수 있는 건 다 내가 체험을 1년이나 한 덕분입니다. 마음을 진정시키는 데에 차만큼 좋은 게 없어요. 단 걸 좋아하는 사람은 설탕을 넣어서 녹이면 됩니다."

장만이 음료 여섯 잔을 능숙하게 쟁반에 얹더니 한 손으로 발코니 방까지 날랐다. 그는 쟁반을 내려놓자마자 말했다.

"아무래도 토론이 필요하겠죠? 그래도 마셔두는 게 좋아요. 말을 많이 하면 목이 마를 테니."

재희는 누구보다 먼저 손을 뻗어 김이 오르는 커피를 마셨다. 이현과 류해는 녹차를 선택했고, 형우는 아무거나 상관이 없었기 때문에 가장 가까이에 있는 커피를 집었다.

커튼이 드리운 발코니 창문에 기대어 있던 도성은 녹차에 설탕을 듬뿍 넣었다. 장만은 그 모습을 보며 뭐라 입을 열려다가 참았다. 도성은 제자리로 돌아가 다른 사람들을 하나하나 노려보다가 말했다.

"이제 어떡할 거예요?"

장만이 대답했다.

"그거 이상한 질문인데. 당연히 체험을 계속 해야죠."

"롭이 살해당했는데도요? 그거야말로 이상하죠!"

장만이 도성에게 대답했다.

"로봇이 살해당했다고 뭐가 달라지나요?"

그 말에 모든 사람이 잔에서 입을 떼고 그를 쳐다보았다.

재희가 쏘아붙였다.

"로봇 혐오주의자!"

장만도 가만히 있지 않았다. 형우는 그의 수염이 떨리는 것을 볼 수 있었다.

"말도 안 되는 소리 하지 말아요! 나도 무서운 걸 참고 있다고! 내 얘긴 그게 아니라, 롭이 죽은 것도 유적 체험의 일부일 거란 뜻이에요!"

형우가 뜻밖의 말에 커피잔을 내려놓고 장만의 말에 귀를 기울였다.

"난 벌써 1년째 이걸 하고 있어요. 직업이나 마찬가지지. 유적 체험은 뜨개질로 조끼를 짜고 손으로 도자기를 만드는 것보다 훨씬 다양하고 복잡해요. 생각하는 것보다 훨씬!"

이현이 말했다.

"잠깐만요. 정리 좀 하죠. 롭은 사고로 죽은 게 아니에요. 누군가가 죽였다고요. 이 상황까지 유물 복원이라는 얘기예요?"

재희가 말도 안 돼, 라고 혼잣말을 했다.

형우가 이현의 질문을 다른 표현으로 바꾸어 일행에게 내놓았다.

"롭이 도자기 별관에서 분해되다시피 죽은 것까지 전부 정해진 각본이라는 건가요?"

장만이 바짝 마른 목을 녹차로 적시고 말했다.

"내 말은, 여러분이 아날로그 복원을 잘못 알고 있단 거예요. 체험은 옛사람들의 사소한 일상만 겪고 기록하는 게 아니라, 단절 이전 시대의 인간 자체에 대한 연구라고."

재희가 말했다.

"그걸… 왜… 연구해요?"

대답한 사람은 장만이 아니라 류해였다.

"인간은 생각보다 복잡하니까요."

도성이 팔짱을 낀 손에 더 힘을 주면서 물었다.

"우린 디지털 구역에서 살아요. 마인드 서버에서 우리 머리로 곧장 지식을 옮겨올 수도 있고요. 그럼 인간에 대해 다 안다는 뜻 아니에요?"

다소 성마른 도성의 목소리에도 류해는 차분한 표정을 바꾸지 않고 말했다.

"사실 여부는 운영자들이 알고 있겠죠. 계획을 세운 것도 그 사람들이니까. 하지만 논리적으로 생각하면 답은 질문에 이미 들어 있어요. 답을 다 안다면 연구를 하지는 않겠죠."

류해는 도성에게서 시선을 거두고 이현과 바짝 붙어 앉은 재희를 바라보면서 물었다.

"단절이 뭔지 알죠?"

"세상 사람들이 모조리… 죽고 전자 기록장치가 전부 파괴된 걸 단절이라고 부르잖아요."

"그래요. 마인드 서버는 살아남았지만요. 마인드 서버는 본래 인간 정신의 백업과 복원을 실험하던 장비였어요. 외부 전자파 간섭이 어떤 결과를 초래할지 몰라서 지하에서 운용되고 있었죠. 서버를 관리하던 인공지능은 오랜 시간 동안 바깥세상에서 아무 신호가 없자 독자적으로 판단을 내리고, 저장된 자원실험자들의 정신을 배양 육체에 넣어서 다시 인간으로 살게 했어요."

이현이 말했다.

"그게 우리고요."

도성이 얼굴을 찡그렸다.

"다 아는 얘긴 왜 또 해요? 그것도 지금 같은 상황에."

"여러분은 어떻게 생각할지 모르지만, 언어는 불완전해요. 조금 전에 내가 '다시 인간으로 살게 했다'고 말했죠? 그렇게만 말하면 '인간'이라는 단어 때문에 단절 이전과 이후의 인간이 동일하다고 생각하기 쉽죠. 그런데 장만 씨 말처럼 체험이 인간 자체에 관한 연구라면, 최소한 운영자들은 마인드 서버에 들어 있던 인간 정신만으로는 인간을 제대로 알 수 없었다는 얘기가 돼요."

이현은 류해의 추론이 가리키는 바를 누구보다 빨리 간파하고 말했다.

"이 세상에 사는 사람은 7천몇 명밖에 안 되죠."

류해가 이현에게 총명한 학생을 칭찬하는 눈길을 보냈다.

"다들 알겠지만, 단절 이전에 지구에는 수십 억 명이 살았어요. 인간을 제대로 분석하고 파악하는 해답이 있다면 그건 수십 억 명에게 모두 적용되어야 하죠. 그런데 이제 자료는 7천 명분에 불과해요. 운영자들이 답을 못 찾았기에 체험을 통한 복원이 계속되는 거겠죠."

재희가 머뭇거리다가 빨간 머리띠 위로 손을 들었다.

"얘기 중에 미안한데요, 그래서 롭 씨가 죽은 것도 처음부터 정해진 체험 과정의 일부라는 게 결론인가요? 우리가 어떤 행동을 하고 어떤 반응을 보이는지, 운영자들은 그걸 전부 자료로 쓴다는 얘기예요?"

재희와 몸을 맞대고 있는 이현이 말했다.

"계획이든 예상하지 못한 일이든 전부 자료로 쓰인다는 데에는 변함이 없단 뜻이에요."

도성이 다른 이들의 눈치를 보면서 끼어들었다.

"난 돌아갈래요. 그것도 내 반응이니까 자료로 저장되겠지만 그러든 말든 상관없고요. 로봇을 죽이는 정신 나간 사람이 돌아다니는 판이잖아요."

이현이 말했다.

"복원 계약서에는 반드시 7일을 복무하라고 적혀 있어요. 별로 이상하게 생각하지 않았는데, 다시 생각해보니…."

형우도 마침내 장만의 말을 완전히 이해할 수 있었다.

"경계소를 열어주지 않겠군요. 일주일이 지나기 전까지는."

"그렇지."

장만이 고개를 주억거렸다. 입술이 수염 속에 묻혀 있어 표정의 절반이 드러나지 않았으므로 그의 마음속을 짐작할 수 있는 사람은 없었다.

"그래서 이제 선택할 때라는 얘기예요. 여기 있을 건지, 경계소에 가까운 곳으로 이동할 건지. 난 아까도 얘기했지만 여기 있을 거예요. 롭을 죽인 사람이 누군지도 궁금하고."

도성이 코웃음을 쳤다.

"체험 과제 하나당 유적지 전용 크레디트를 얼마나 받죠? 3만?

만약에 이 상황에 대한 반응이 정말로 운영자들이 찾던 거라면 훨씬 더 많이 주려나?"

"그걸 받고 유적에서만 사는 게 뭐가 어때서? 내가 로봇을 죽인 것도 아니고 불법도 아니라고!"

류해가 장만의 말을 막았다.

"장만 씨가 제일 잘 알겠군요. 유물 체험장은 몇 군데나 다녀봤어요?"

"나는 여기가 스무 번째예요. 얼마나 많은지는 모르겠지만."

"가장 가까운 복원장은 여기서 얼마나 떨어져 있나요?"

"그것도 잘 몰라요. 내가 아는 건 '협곡' 바깥에는 없다는 거예요. 거긴 옛사람들의…."

"…유해가 쌓여 있으니까요. 그럼 선택도 둘, 경우의 수도 둘이라는 얘기군요."

형우는 종이에 적어 넣었다.

'떠날 것인가, 남을 것인가.'

그리고 물었다.

"경우의 수라는 건 또 무슨 얘기죠?"

류해가 담담한 얼굴로 말했다.

"롭을 죽인 사람은 다른 복원장에서 온 사람일 수도 있고, 우리 중에 있을 수도 있잖아요."

재희가 놀랐는지 딸꾹질을 하기 시작했다. 이현은 주방으로 가서 마실 물을 떠 왔다.

형우는 그 모습을 보다가 종이에 한 줄을 추가했다.

'범인은 외부인? 내부인?'

이현이 재희를 진정시키며 작은 소리로 말했다. 형우는 그게 재희에게만 들려주려던 말인지 아닌지 분간할 수가 없었다.

"괜찮아요. 우린 죽을 일이 없잖아요."

*

다음 날, 형우는 드럼 체험 별관에서 도성에게 할당되었던 《초보 드러머 교본》의 뒷면을 들여다보고 있었다. 교본의 발행 연도는 2021년이었다. 그 뒤로 흐른 시간을 생각하면 책의 상태는 믿기 어려울 만큼 양호했다.

앞머리에 있는 저자의 인사말과 목차를 넘기자 드럼이라는 악기 세트의 구조도가 나왔다. 형우가 이름을 알아내려던 부분은 원래 모습과 다르게 변형되어 있었기 때문에 금세 찾아내기 어려웠다. 눈동자를 몇 번이나 위아래로 굴린 끝에 형우는 심벌 스탠드라는 이름을 찾아냈다.

별관에 있던 심벌 스탠드는 이미 차갑게 식어버린 도성의 심장 부위를 관통하고 있었다. 본래 스탠드와 결합되어야 드럼 연주에서 제 기능을 발휘하는 심벌은 이제 홀로 떨어져 나와 도성의 목 위에 얹혀 있었다.

그 위로는 피와 근육 몇 가닥을 제외하면 아무것도 남아 있지 않았다. 파란 머리칼이 붙어 있던 도성의 머리는 드럼 체험 별관 근처에서는 발견할 수 없었다.

"이런 유물을 전부 찾아낸 정성은 대단하지만, 별로 도움은 안 되겠어요."

형우가 드럼 교본을 흔들며 말하자 류해가 고개를 끄덕였다.

"그럴 거예요. 형우 씨가 보는 뜨개질 책도 마찬가지일 걸요. 물건이란 건 보통 한 가지 용도로 쓰잖아요. 저건 악기지 무기가 아니라고요. 범인이 무기로 썼을 뿐이지."

"그렇긴 하죠."

형우는 벽에 걸린 사진을 보았다. 제대로 갖추어진 드럼 세트에 머리가 긴 사람이 앉아 있었다. 그가 연주자라는 점이야 알고 있었지만 인물의 이름은 알 수 없었다. 마인드 서버와 단절됐기 때문이었다.

형우는 사진을 뒤로하고 류해에게 물었다.

"디지털 구역에서 이런 일이 벌어졌다면 사람들은 어떻게 했을까요?"

"우선 모든 사람이 뉴스를 보고 즉각 알았겠죠. 운영자들은 바로 회의를 시작했을 테고. 그리고… 음… 글쎄요? 이런 일을 처리할 만한 사람은 달리 없군요. 누군가 오긴 할 텐데. 교통정리 로봇이 올까요? 그건 갑자기 왜 물어요?"

"단절 전에는 경찰이 있었잖아요. 바로 이런 일을 담당했고, 누가 저질렀는지 잡으러 다녔죠. 하지만 이젠 경찰이 없잖아요. 있다 해도 우린 앞으로 5일 동안 디지털 구역에는 들어갈 수 없고, 연락도 할 수 없죠. 지금 여기는 우리밖에 없으니까… 음… 우리라도 그런 일을 해야 하지 않을까요?"

류해가 눈을 가늘게 뜨고 단숨에 형우에게 다가섰다. 형우는 깜짝 놀라 뒤로 한 걸음 물러났다.

형우는 눈꺼풀 주름 사이로 보이는 류해의 눈동자에서 의심과 적의를 동시에 읽었다.

류해가 갈라진 목소리로 물었다.

"정말 그런 이유 때문이에요?"

"무슨 뜻이죠?"

류해는 다가설 때와 마찬가지로, 노화한 몸과 어울리지 않을 정도로 민첩하게 물러섰다.

"미안해요. 롭 씨가 그렇게 된 뒤로 생각할 문제가 너무 많았거든요. 얼핏 보면 이 모든 게 한 곳을 가리키는 것 같지만 정작 곰곰이 들여다보면 그렇지도 않아서…. 이제 도성 씨까지 저렇게 됐으니 일은 더 복잡해졌죠."

류해가 사과를 하고 설명도 했지만 형우는 그를 더욱 이해할 수가 없었다. 마인드 서버가 백업된 정신을 처음으로 배양 육체에 삽입하고 인간으로 살려낸 뒤부터, 서버에 있던 모든 인간은 육체를 선택해 태어날 수 있었다. 재희는 어린 여성의 몸을 선택했고, 장만은 수염이 잘 자라는 유전자를 선택한 것이다. 그런데 류해는 굳이 노화가 많이 진행된 몸을 선택했다.

형우는 그럴 만한 이유를 짐작할 수 없었다.

"더 간단해진 건지도 몰라요."

형우와 류해는 장만의 목소리에 드럼 별관 입구를 바라보았다. 그는 이현과 함께 들어오더니 숨을 몰아쉬며 의자를 찾아 앉았다. 두 사람의 몸에는 푸른 나뭇잎과 덤불이 붙어 있었다.

이현이 손을 들어 눈을 가리고 도성의 몸으로부터 고개를 돌렸다.

"롭 씨와 도성 씨를 저대로 두는 게 옳은지 모르겠어요. 롭 씨는 몰라도 도성 씨의 시체는 부패하지 않을까요?"

류해가 대답했다.

"지금은 발견한 상태로 두는 게 좋다고 봐요. 안 그래도 형우 씨와 그 점을 의논하려던 참인데, 얘기가 길어질 테니 나중에 하죠. 그보다 장만 씨, 뭐가 더 간단해졌다는 거예요?"

장만이 머리를 젖혀 별관 천정을 바라보았다.

"롭 씨 다음에 도성 씨가 죽은 이유는 밝혀졌다는 얘기예요. 혹시 도움이 될 만한 물건이라도 있을까 싶어서 이현 씨와 같이 마구간에 가봤어요. 롭 씨가 거기 머물렀으니까요. 말이 없더라고요."

형우가 물었다.

"도망간 건 아니고요?"

대답한 사람은 이현이었다.

"그럴 가능성은 작아요. 롭 씨는 분명히 말을 단단히 묶고 마실의 문도 잠가뒀을 거예요. 우리가 왜 로봇을 믿고 사는지 생각해봐요. 로봇은 실수하지 않아요. 누군가 우리가 쉽게 떠나지 못하도록 말을 풀어준 거예요. 근처를 돌아다녔는데 안 보이더라고요."

류해가 말했다.

"그리고 도성 씨는 우리 가운데 가장 먼저 여길 떠나자는 의견을 냈죠. 그 말은….”

“그 얘기를 할 때 외부인이 밖에서 엿들었을 가능성도 없진 않아요. 하지만 다른 유적에서 온 사람이 있다면 지금쯤 우리가 목격했을 거예요. 말을 풀어준 건 우리 중 하나예요. 이유는 하나뿐이겠죠.”

장만이 말했다.

“우리 발을 묶어두려는 것. 흩어져서 도망가도 멀리는 못 갈 테니까요. 그리고….”

이현이 그의 말을 받았다.

“범인이 우리 가운데 하나일 확률은 거의 1에 가까워지죠.”

형우는 주거니 받거니 이야기를 진행하는 세 사람을 보면서 이 모든 일이 신기루에 불과할지도 모른다고 생각했다. 일행이 말하는 바를 도저히 따라갈 수가 없었다. 어쩌면 그는 봉사라는 이름이 무색할 만큼 강제적인 유물 체험에 참가한 꿈을 꾸는지도 몰랐다. 또는 아직 육체를 선택할 순서가 오지 않아서 기다리는 동안 마인드 서버에 어떤 문제가 발생했고, 그 결과 이상한 환각을 헤매고 있을 가능성도 없지는 않았다.

류해가 형우의 팔을 건드렸다.

“괜찮아요? 얼굴색이 영 안 좋은데요.”

“그런 건 아니에요. 그냥 실감이 안 나서 그래요. 이 상황에 무슨 의미가 있는지도 모르겠고요.”

류해가 다 이해하고 있다는 듯 고개를 끄덕였지만 형우는 그조차 미심쩍어 안심하지 못했다. 형우는 결국 참지 못하고 자신이 품고 있는 가장 큰 의문을 말하려 했다.

"재희 씨는 지금 어디 있어요?"

류해가 한발 앞서 이현에게 묻는 바람에 형우는 말을 꺼낼 기회를 놓쳤다.

"방에서 혼자 있고 싶다길래 그러라고 했어요. 장만 씨와 저는 범인이 우리 중 한 사람이라는 데에 동의했기 때문에 그래도 괜찮다고 생각했거든요. 저야 여기 있는 누구든 일대일이라면 몸싸움으로 이길 수 있으니까…."

이현이 장만의 헛기침을 무시하고 형우와 류해를 쳐다보았다.

"그래서 서둘러 이리 온 거예요. 혹시 그사이에 새로 알아낸 거라도 있어요?"

형우가 고개를 저었지만 이현의 눈길은 류해에게 가 있었다. 이현은 형우를 토론할 가치가 없는 사람으로 분류한 것 같았다.

"없나 봐요? 그럼 이쯤에서 제가 제안을 하나 할게요. 아무래도 전부 모여서 상황을 정리하는 게 좋겠어요. 여러분에게 드릴 말씀도 아주 많고요. 정말로 범인이 우리 중 하나라면, 저는 그렇게 믿고 있지만, 남은 사람들이 다 모여 있는 장소야말로 범행 장소로 선택하지 않을 곳이잖아요?"

*

형우를 포함한 네 사람이 본관 입구에 들어서자 마침 재희가 눈을 비비면서 2층에서 내려왔다. 형우는 납작하게 눌린 재희의 리본을 보면서 옷을 입은 채 잠들었던 모양이라고 생각했다.

재희는 들어온 사람들을 손가락으로 하나씩 세고 말했다.

"도성 씨 말고 또 죽은 사람은 없군요. 정말 다행이에요."

이현이 말했다.

"아직까지는요. 사람들한테 할 얘기가 있는데 재희 씨도 오세요."

"네."

재희는 형우의 예상대로 이현에게 바짝 달라붙어 난간 방으로 향했다. 장만이 도중에 주방으로 방향을 바꾸자 이현이 말했다.

"마실 것은 안 만들어도 괜찮아요. 그냥 오세요."

"금방 되는데요."

"아뇨, 정말 필요 없을 거예요. 무엇보다 시간이 중요하니까 오세요. 제 얘기를 다 들으면 알게 돼요. 믿어보세요."

장만은 이현의 말투가 마음에 들지 않았지만 결국 뒤를 따랐다.

형우는 사흘 전과 똑같은 자리에 기대어 서서 그날과 지금을 비교해보았다. 장만은 이번에도 발코니와 제일 가까운 의자에 앉았고, 그 왼쪽이 류해, 다음은 재희 순이었다. 죽은 둘을 빼고 차이가 있다면 재희 옆에 있던 이현이 롬의 자리에, 즉 안내인의 자리에 서 있다는 점뿐이었다.

이현은 그 자리에 선 채 십여 분가량 수첩을 펼쳐 무언가를 적고, 고개를 젓고, 다시 적기를 반복했다. 장만은 팔짱을 끼고 점점 어두워지는 발코니 밖을 보았고, 류해는 입을 굳게 다물고 형우의 두 손을 주시했다.

마침내 재희가 슬그머니 손을 들었다.

"저… 무슨 얘기를 할 건지 그거라도 알려주면 안 될까요?"

이현은 아쉬움이 남은 사람처럼 억지로 수첩에서 눈을 뗐다.

"다 됐어요."

이현은 옆으로 한 걸음을 옮겨 꽃병이 놓여 있는 탁자에 살짝 몸을 얹었다.

"먼저 말씀드릴 것이 있어요. 저는 유물 체험 프로그램에 두 번째 참가하는 거예요. 장만 씨만큼은 아니지만 경험은 있는 편이죠. 그래서 경계소에 들어가기 전에 미리 사용할 유물을 신청하기도 했어요. 이 수첩과 연필은 그렇게 쓰고 있죠. 디지털 구역에선 금지라서 아쉬워요."

류해가 무언가를 확인해보는 듯 말했다.

"거기선 쓸 필요가 없잖아요? 모든 걸 서버에 기록할 수 있으니까."

"음… 차이가 커요. 서버에 남기는 건 말 그대로 기록이지만 연필로 수첩에 적는 건 기록하면서 다시 생각해보는 과정이거든요. 옛사람들의 행동이나 옛 물건 중 상당수는 비록 효율은 떨어져도 그런 이중의 의미가 있더라고요."

재희가 물었다.

"우리 수첩 얘기를 하려고 모인 거예요?"

이현이 고개를 저었다.

"아뇨. 지난번 유물 체험에서 저는 '독서'를 맡았어요. 사실 독서는 아주 많은 사람이 중복해서 체험하는 유물이에요. 책은,

이번에 여러분이 봤던 설명서뿐 아니라 종류가 아주 다양하거든요. 저는 그중에서 추리소설이라는 책들을 읽었어요."

형우가 고개를 갸웃거렸다.

"추리소설? 저도 마인드 서버에서 소설깨나 찾아 읽는 편인데 처음 듣는 용어인데요?"

"맞아요. 옛사람들은 읽었지만 서버에는 없어요. 유적에는 있고요. 추리소설은 법으로 금지된 행동을 하는 범인이 등장하고, 그 범인을 잡는 사람이 주인공이에요. 극소수를 제외하면 모두 그래요."

따분해 하던 재희가 조금 흥미를 보였다.

"법으로 금지된 행동이라면… 전파 차단 장소를 찾아서 동기화를 일부러 지연시키는 것 말이죠?"

"그건 디지털 구역의 경우죠. 추리소설은 거의 다 살인사건을 다뤄요."

"살인사건?"

"살인이란 건 고의로 사람의 신체 활동을 정지시키는 행위예요. 옛날엔 최악의 범죄로 취급했고, 처벌도 가장 강력했죠."

이현이 얘기를 시작한 뒤로 불만을 감추지 않은 채 팔짱만 끼고 있던 장만이 몸에서 조금 힘을 빼고 불쑥 끼어들었다.

"단절과는 다릅니다."

"맞아요. 단절은 다르죠. 단절은 전쟁이고 재앙이에요. 소수의 사람을 죽이는 행위만 살인이라고 부르고요."

"그럼 추리소설은 수사 과정을 소설로 각색하고, 독자에게 살인이 끔찍하다는 사실을 상기시키는 작품인가요?"

형우가 묻자 이현이 웃음을 참았다.

"아니에요. 범죄의 증거를 감추고 도망치는 범인과, 그걸 파헤치는 사람의 대결이 흥미를 끄는 요소예요. 범인이 잡힐 듯 안 잡히면 더 재밌고요."

형우가 얼굴을 찡그리고 내밀었던 상반신을 뒤로 후퇴시켰다.

"그런 게… 재미있어요?"

이현은 결국 끝까지 참지 못하고 소리를 내어 웃었다.

"네, 재미있어요. 특히 퍼즐처럼 꼬아놓은 설정을 풀어나가는 과정이 아주 좋았어요. 수첩과 연필도 그래서 쓰게 된 거예요. 인물 관계를 그림으로 만들면 이해하기 쉽거든요."

"난 연애소설이 더 재밌었죠."

장만이 말했다. 형우는 이현이 그 말을 듣고 혀를 내밀었다고 생각했다. 하지만 이현의 표정이 너무 빨리 바뀌어 확신할 수는 없었다.

"연애소설은 서버에도 많잖아요. 어쨌든, 제가 이번 체험 대상도 아닌 독서 얘기를 하는 이유는, 지금 우리 환경이 추리소설의 전형적인 상황과 흡사하기 때문이에요."

형우는 목이 말라 헛기침을 하고 물었다.

"추리소설에선 통신이 단절된 상황이 자주 나오나요?"

"'통신'이라는 말의 뜻이 조금 다르지만 맞는 말이에요. 제가 좋아하는 퍼즐형 추리소설이 특히 그래요. 배가 왕래할 수 없는 섬이나 폭설 때문에 길이 끊긴 산장에 예닐곱 명이 갇혀서 어쩔 수 없이 함께 지내는 경우가 많아요."

형우는 '산장'이 무엇인지 몰랐지만 열의에 찬 이현을 보면서 질문을 도로 삼켰다.

"그리고 한 사람씩 죽기 시작해요. 남은 사람들은 처음엔 살인이 한 건으로 끝날 거라고 생각해요. 그러다가 두 번째 사망자가 나오면서 본격적으로 반응하죠. 도망치려는 사람, 범인을 잡으려는 사람, 아무도 안 믿는 사람…."

류해가 웃음기라고는 찾을 수 없는 표정으로 말했다.

"똑같군요."

이현도 미소를 씻어내고 동의했다.

"그렇죠? 롬 씨가 죽고 도성 씨가 죽었잖아요. 슬슬 범인을 추적하는 사람이 등장할 차례라고 해도 무방해요."

형우는 이현이 무얼 원하는지 짐작했지만 동의하기는 쉽지 않았다.

"우리는 추리소설이 뭔지 모를 정도로 범죄와 거리가 멀잖아요."

"그러니까 의논하면서 이 상황이 도대체 뭘 뜻하는지 정리 좀 해보자고요. 추리소설에서도 천재 주인공이 혼자 모든 의문을 다 해결하는 건 구식이에요. 작위적이잖아요."

그 자리에 있는 모든 사람이 하고 싶은 말을 류해가 대변했다.

"이현 씨가 주인공을 맡아줘요."

"정말요? 그래도 돼요?"

"뭣보다 추리소설을 가장 많이 체험했잖아요."

이현은 기쁜 마음을 숨기지 않았다. 형우는 이현이 사람들을 모을 때부터 그럴 작정은 아니었는지 의심했다.

"알겠어요. 그럼 바로 시작해요. 사실 어디서 출발할지 고민했어요. 특히 류해 씨나 장만 씨가 얘기했던 것처럼 이 모든 게 복원의 일부라면 생각해야 할 문제가 너무 많잖아요. 그래서 우리가 확실히 아는 일부터 따져보는 게 맞다고 봐요."

재희가 얼굴을 찡그리고 말했다.

"어, 그건 혹시…."

"네, 롭 씨 사건이에요. 그 광경을 떠올리는 게 쉽진 않겠지만 끔찍한 일을 막는 예방 활동이라고 생각해줘요. 추리소설에서 수수께끼를 완전히 풀려면 세 가지를 설명해야 해요. 범인, 범행 수단, 동기."

형우가 살짝 손을 들고 말했다. 왠지 그래야 할 것 같은 기분이 들었다.

"범행 수단은 알잖아요. 자기를 빚는 물레로… 머리를 가격했죠."

"맞아요. 범행 장소가 도자기 별관이고 거기 있던 물건을 썼죠. 롭의 몸을 옮긴 흔적이 없었으니까 거기서 일이 벌어졌을 거예요. 그럼 동기는 뭘까요?"

재희가 기어들어 가는 소리로 말했다.

"로봇 혐오…."

장만이 발끈해서 몸을 일으키려는데 이현이 손을 내밀어 막았다.

"도성 씨는 로봇이 아니잖아요. 인간 육체와 구분할 수 없게 만든 로봇이 아니라는 건… 음… 우리가 눈으로 확인했어요."

"아… 그러네요, 참."

"따라서 로봇 혐오는 동기에서 제외해도 좋을 것 같아요. 이건 다른 각도에서 생각해봐도 알 수 있어요. 로봇 혐오는 옛날에 퍼졌던 악습이에요. 장만 씨는 벌써 1년째 유적에 있잖아요? 유적마다 롭 같은 안내역이 하나씩 있으니까 만약 장만 씨가 심각한 로봇 혐오주의자라면 이미 드러났을 거예요."

형우는 앞뒤가 맞는 설명이라고 생각했다. 류해도 이현의 말을 완전히 받아들인 얼굴이었다.

"자, 이제 도성 씨 사건을 살펴볼까요. 이것도 별관에서 벌어졌고, 그 자리에 있는 드럼 스탠드가 무기였어요. 이제 공통점을 볼 차례가 됐군요. 이 두 사건이 서로 다른 사람의 짓이라고 생각하시는 분? 아무도 없군요. 혹시 분위기 때문에 말씀 못 하시는 거라면 제 말이 다 끝난 뒤에 알려주세요. 저는 어떤 의견에도 열려 있으니까요. 두 피해자에겐 어떤 공통점이 있을까요?"

류해가 대답했다.

"13번 유적에 있다는 점을 빼면… 시체의 상태가 비슷하죠."

이현이 열에 들떠 목소리를 높였다.

"맞아요! 둘 다 잔인하게 죽었죠. 롭 씨의 경우 팔과 다리가 부러진 상태였어요. 도성 씨는 흉기가 심장을 꿰뚫었고 심벌이…. 하지만 잔인하다거나 끔찍하다는 건 주관적인 표현이에요. 마인드 서버에서 검색해봐도 정확한 정의는 나오지 않을 걸요? 더 구체적인 공통점은 없을까요? 아시는 분? 음, 어쩐지 일인극을 하는 기분이 드네요. 그냥 말할게요. 둘 다….”

형우가 이전보다 더 느리게 손을 들었다.

이현이 조금 분한 얼굴로 말했다.

“답을 알았어요?”

“아뇨, 그건 모르겠지만… 고려해야 할 점 하나가 처음부터 빠진 것 같아서요.”

류해가 형우를 노려보았다. 형우는 왠지 바보 취급을 당할 것 같은 예감이 들었지만 결국 말하기로 마음먹었다.

“이번 일은 옛 추리소설과 직결시킬 수 없는 것 아닌가요? 옛 사람들이야 한 번 죽으면 끝이었지만… 우린… 우린 안 죽잖아요. 경계소에서 만든 백업본을 새 배양육체에 넣으면 되는데요.”

이현이 갑자기 길게 한숨을 쉬었다. 추리소설을 읽으며 축적했던 에너지가 전부 빠져나간 것 같은 모습이었다.

“형우 씨를 처음 본 순간부터 좋은 사람이라고 생각했는데 그 생각이 바뀌려고 하네요. 농담이에요. 제 질문의 답도 형우 씨가 얘기한 사실, 그러니까 ‘우리가 어떤 존재인가’ 하는 문제와 곧장 연결돼요. 롭 씨와 도성 씨는 전부 머리가 없어요.”

재희가 꾸물거리면서 반론을 내놓았다.

“롭… 롭 씨는 오른쪽 얼굴이 있었어요.”

“그 안쪽이 비어 있었잖아요.”

형우가 저도 모르게 아, 소리를 냈다. 이현이 설명을 이어갔다.

"도성 씨와 롭 씨 모두 머릿속에 든 것들이 남아 있지 않아요. 눈을 도자기 파편으로 찌른 거나 굳이 심벌을 목에 박아 넣은 건 현장을 본 사람들이 끔찍함 때문에 눈을 돌리게 하려는 위장이었다고 생각해요. 범인이 노린 건 머릿속이에요. 더 정확히 말하자면 뇌에 들어 있는 데이터겠죠, 아마도?"

형우가 물었다.

"그 데이터를 어디에 쓰려고요?"

이현이 다소 씁쓸한 표정을 지었다.

"그것도 짐작은 했는데 정답은 모르겠어요. 둘의 육체를 잔혹하게 망가뜨린 당사자에게 물어보기 전에는요. 사실 그래서 여러분을 굳이 모았어요."

류해가 말했다.

"우리 생각을 들어보려고요?"

이현이 눈을 크게 떴다.

"음? 아뇨. 조금 전에 말했잖아요. 당사자에게 물으면 알 수 있다고. 지금 물어볼 거예요."

발코니 방에 모인 사람들이 술렁거렸다.

장만이 소리쳤다.

"범인을 알고 있다는 겁니까?"

"물론이죠."

장만이 모든 사람을 재빨리 훑었다.

"그게 누굽니까?"

이현이 말했다.

"연기가 상당하시네요. 장만 씨잖아요."

웅성이던 사람들은 사전에 계획이라도 한 것처럼 동시에 움직임을 멈췄다. 장만이 자리에서 벌떡 일어났다.

"내가 그랬다고?"

이현이 담담하게 대답했다.

"내 생각은 그래요."

"무슨 근거로? 헛소리로 사람을 살인범으로 몰면 가만 안 두겠어!"

"가만 안 두면 어쩔 건데요?"

장만은 붉어진 얼굴로 씩씩거렸다. 이현이 그에게 눈을 고정하고 말했다.

"장만 씨를 범인으로 지목한 이유는 두 가지예요. 첫째, 롭은 왜 죽었을까요? 조금 전에 얘기했듯 범인은 옛사람들과 같은 이유로 범행을 저지르지 않았어요. 다시 말해 생명을 영원히 끊으려고 그런 게 아니에요. 롭도, 우리도 디지털 구역으로 돌아가면 살아나니까. 그렇다면 무선 통신이 단절된 이곳에서 롭이 하는 역할과 롭이 아는 지식이 문제라고 추측할 수 있어요. 롭은 우선 우리에 대해 알고 있어요. 장만 씨가 1년 동안 유적에 살고 있다는 것도 알았죠. 그리고 유물 체험에 대해 누구보다 잘 알기 때문에 이상한 일이 벌어지면 즉각 의미를 알아챌 가능성이 있어요."

이현이 목청을 고르고 다시 말했다.

"그래서 누군가를 죽이려면 롭부터 처리하는 게 순서였을 거예요. 제가 장만 씨를 범인이라고 생각하는 이유는 또 있어요. 사실 이거야말로 논리적으로 틀릴 리가 없는 이유예요. 우리는 돌아가면 살아나죠. 백업과 우리의 차이는 유적 체험뿐이에요. 범인이 데이터를 탈취했다는 건 곧 유적 체험의 감각 기억을 가져갔다는 얘기죠. 도성 씨가 물었죠? 유적 체험 한 건당 얼마를 받느냐고. 혹시 감각 기억을 모아서 몰래 팔기로 한 건 아닐까요?"

장만이 핏대를 세우고 말을 쥐어짰다.

"그럼 왜 하필 여기서…."

"무슨 일이든 시작이 있는 법이죠."

장만은 말문이 막히자 어찌할 바를 모르다가 다른 사람들을 바라보았다. 그는 누군가가 자신을 변호해주기를 바라고 있었다. 하지만 여덟 개의 눈은 그를 차갑게 지켜볼 뿐이었다.

"이건 누명이야!"

이현은 천천히 그에게 다가갔다. 형우는 뒷걸음질 치다가 구석에 몰린 장만을 보면서 이현이 했던 말을 떠올렸다. '누구든 일대일이라면 몸싸움으로 이길 수 있으니까.'

물리적인 충돌이 일어날 거라는 예상에서 비롯된 긴장감은 소리 없이 퍼졌다. 형우가 물러나자 재희가 재빨리 움직여 그의 뒤에 숨었다. 류해도 의자에서 몸을 뺐다.

그 순간 장만이 발코니 창문으로 뛰어들었다. 요란한 소리를 내며 유리가 부서지고 파편과 한 덩어리가 된 장만이 발코니 난간을 뛰어넘었다. 그가 필사적으로 달려 도망친다는 사실은 밤

공기를 가르며 주인을 따르는 발소리로 모든 사람이 알 수 있었다.

이현이 한숨을 쉬더니 신발을 고쳐 신었다.

"가서 잡아올게요. 범인이 밝혀졌으니 이제 걱정하지 않아도 돼요. 돌아오진 않겠지만 혹시 모르니 잘 거면 방문은 잠가두세요. 그 전에 내가 따라잡겠지만요."

이현은 저녁 바람이 들어오는 창문을 통과하더니 장만보다 훨씬 날렵하게 난간을 뛰어넘고는 사라졌다.

✳

형우는 뜨개 용품이 들어 있는 바구니를 들고 2층에서 내려오다가 작은 인기척을 느끼고 걸음을 멈췄다. 범인이라는 사실이 드러난 마당에 장만이 본관으로 돌아올 이유는 없었다. 또한 장만을 붙들고 돌아왔든 놓쳤든 간에 이현이라면 주방에서 소리를 죽이면서 움직일 것 같지도 않았다. 형우는 일부러 헛기침하고 주방을 들여다보았다.

류해가 사기로 만든 도구에 담긴 찻잎을 건지고 있었다.

"아, 형우 씨."

류해는 형우가 들고 있는 바구니를 보고 웃었다.

"잠이 안 와요?"

"류해 씨는요?"

"장만 씨가 만들어줬던 녹차가 맛있었거든요. 옛말에 차를 좋아하는 사람치고 악인이 없다고 했는데… 아무 근거도 없는 말이죠. 그것만으로 선악을 예측할 수 있다면 운영자들이 왜 체험을 진행하겠어요."

형우는 류해의 말에 형식적으로 대답하면서 도구를 들고 있는 그의 손을 주목했다. 류해의 손은 미세하면서도 눈으로 식별이 가능할 만큼 떨리고 있었다. 이유는 알 수 없지만 형우는 류해가 온화한 표정과 달리 흥분한 모양이라 짐작했다.

형우는 방에서 나오며 마음먹었던 대로 발코니 방에 자리를 잡았다. 그리고 탁자 위에 새로 뜨기 시작한 조끼와 대바늘과 실 뭉치를 펼쳐두었다.

2층으로 올라가는 계단은 주방과 발코니방 사이에 있었다. 형우는 바늘에 손을 대지 못하고 앉아 있다가 찻잔을 들고 방으로 가려던 류해에게 말을 걸었다.

"운영자들은 왜 체험과 복원을 의무로 만들었을까요?"

류해는 대답하는 대신 방향을 바꿔 형우의 맞은편에 앉았다.

"혹시 롭 씨가 죽고 모여서 처음 나눴던 그 이야기를 계속하는 거예요?"

"네."

"흠, 형우 씨는 그런 사람이군요."

"어떤 사람요?"

"명쾌하게 얘기가 끝나지 않으면 계속 마음에 담아두는 사람."

"듣고 보니 그런 것도 같군요."

류해는 다시금 눈을 가늘게 뜨고 형우를 노려보았다. 형우는 그의 눈동자 속에 의심과 망설임이 소용돌이치고 있다는 느낌을 받았다. 류해가 그런 시선으로 자신을 주시한 게 언제부터인지 형우는 알고 있었다. 롭이 죽은 뒤였다.

형우가 질문을 보충했다.

"운영자들이 설명해주지 않으면 진실은 알 수 없겠죠. 하지만 연구라는 건 시간이 정해진 활동이 아니잖아요. 우리의 수명을 생각한다면 원하는 사람만 참여해도 충분해요. 우리가 내렸던 결론 그대로 체험이 인간 자체에 대한 연구라면 급할 이유가 없어요. 그런데 왜 의무일까요? 적극적으로 참여하는 사람에겐 왜 돈을 주죠?"

류해는 형우에게서 눈을 떼지 않은 채 녹차를 한 모금 마셨다.

"연구에는 여러 종류가 있어요, 형우 씨. 아주 다급한 상황이 벌어지고 그걸 반드시 해결해야 한다면 시각을 다투는 연구를 할 수도 있는 법이죠."

"그럼 인간에 대한 연구가 그런 문제라는 뜻인가요? 다들 그렇듯 저는 단절 이전의 세계를 기억하지 못하지만, 인간에 대한 연구가 시급할 거라고는 보기가…. 혹시…."

류해가 두 눈을 탁자 위로 떨구고 말했다.

"이 세상에는 7천 명밖에 없어요. 7천은 많다고 볼 수도 있지만 적다면 한없이 적고, 나약한 숫자예요. 그럼 우리가 온 힘을 다해 피해야 하는 건 뭘까요?"

류해는 찻잔 테두리를 손가락으로 훑기 시작했다. 그의 손끝은 똑같은 궤도를 따라 빙글빙글 돌았다.

"이현 씨 말대로 장만 씨가 살인을 저질렀다면 그 사람은 디지털 구역에 돌아갈 수 없어요. 경계소에서 정신을 필터링할 테니까요. 필터링으로 뭘 거르는지는 잘 알죠? 디지털 구역에 해가 되거나 타인에게 피해를 줄 수 있는 생각과 의도를 거르죠. 사회 유지를 위해서요. 음, 잠깐 저것 좀 빌릴게요."

형우는 류해가 가리키는 연필을 건넸다.

"사람은 왜 자멸할 수 있는 물건을 만들까요? 옛사람들 가운데 태어나자마자 그런 물건을 만들겠다고 생각한 사람이 있었을까요? 우리를 단절에 이르게 한 이른바 '절대무기'가 어떤 건지는 정확히 아는 사람이 없지만, 도대체 인간은 왜 그런 생각을 할까요? 뜨개질을 하는 사람은 절대로 타인을 죽이지 않을까요? 도자기를 구우면 무기를 안 만들까요? 차를 좋아하면?"

류해가 연필을 눈높이로 들어 올렸다.

"낯선 곳에 가서도 습관적으로 기록하는 사람이야말로 언젠가 그런 무기의 설계도를 작정하게 될까요? 애초에 선한 행동과 악한 행동을 분석하고 필터링할 수 있긴 한 걸까요?"

형우가 얼굴을 딱딱하게 굳히자 류해가 입을 벌리지 않고 웃었다.

"장난이에요. 자, 연필 받아요."

류해는 한 모금밖에 마시지 않은 차를 들고 천천히 일어섰다. 그는 계단에 발을 올리면서 혼잣말처럼 말했다.

"운영자들은 아직 답을 못 찾았나 봐요. 그러니까 복원을 계속하고 있겠죠."

*

뇌에 들어 있는 건강 진단 모듈은 아주 간단해서 혈압과 호르몬 농도를 점검하는 게 고작이었다. 디지털 구역에서는 그런 정보가 즉시 마인드 서버로 전송되고 분석되어 필요하다면 정밀검사를 받을 수 있었다. 하지만 유적 한복판에 있는 형우가 격하게 뛰는 심장을 진정시키기 위해 할 수 있는 거라고는 뜨개질 설명서의 말을 믿는 것뿐이었다.

'뜨개질은 심신 안정과 수양에 도움을 줍니다. 뜨개바늘에 집중하다 보면 다른 일에 신경 쓰지 않게 되고, 고민거리와 멀어질 수 있습니다. 뜨개질하는 동안에는 슬픔과 분노 같은 부정적인 감정이 우리를 지배하기 어렵습니다.'

형우는 고요한 발코니방의 의자에 앉아 바늘을 교차시키고 실을 엮으면서 이현의 추리를 곱씹어보았다. 형우는 추리소설을 읽은 적이 없었기 때문에, 이현의 추론이 범죄 이야기에서 사용하기에 얼마나 훌륭한지는 알 도리가 없었다.

하지만 조끼 앞판을 세 번째 다시 시도해봐도 마음 한구석이 개운하지 않았다. 압도적으로 밀어붙이는 이현의 설명이 많은 부분을 설명하긴 했지만 완벽하진 못하다는 생각이 형우를 괴롭혔다. 그 불완전함은 유적 13구역에서 벌어진 두 사건에 국한되지 않는다는 생각도 들었다. 류해의 말에 따르면 불완전은 디지털 구역과 유적으로 이뤄진 세상 전부와 관련이 있었다.

형우는 사건과 추리와 세상의 관계가 뜨개질로 짜고 있는 조끼와 비슷하다고 생각했다. 잘못 뜬 부분이 한두 군데라면 코바늘로 응급처치할 수 있다. 하지만 옷이란 만들고 끝나는 게 아니라 누군가 입어야 한다. 만약 입었을 때 조끼의 앞판과 뒤판을 연결하는 부분이 풀린다면? 설명서에서는 잘못을 눈치챘을 때 아까워하지 말고 문제가 되는 지점에 도달할 때까지 실을 풀라고 조언하고 있었다.

형우는 남은 갈색 실을 가늠해보고, 결국 완성되어가는 앞판을 해체하기로 마음먹었다. 하지만 초반에 잘못 떴던 부분이 문제가 되어 결국 뒤엉키고 말았다.

'세상에 풀지 못하는 매듭은 없습니다. 너무 많은 실이 엉켜 아깝다면 증기에 실을 쬐고 풀어보세요. 생각보다 쉽게 풀릴 수도 있습니다.'

하지만 형우는 주방에 가고 싶지 않았다. 롭과 도성의 죽음, 알 듯 모를 듯한 이현의 이야기, 갈색 실. 그 세 가지가 마인드서버의 도움도 받을 수 없는 두뇌를 극도로 피곤하게 만들었고, 형우는 어느새 가슴에 실 뭉치를 얹은 채 잠으로 빠져 들어갔다.

그리고 인기척 때문에 눈을 떴다. 눈앞에 재희가 서 있었다.

"재희 씨? 잠이 안 오…."

몸을 반쯤 일으킨 형우의 목에 재희가 금속 코바늘을 들이댔다. 재희는 다른 손을 들어 검지를 입술에 댔다.

코바늘 끝이 형우의 턱선을 따라 이동했다. 재희는 침착하게 형우의 얼굴 근육과 골격의 배치를 파악하고 있었다. 바늘은 왼쪽 귀밑에 도달하자 움직임을 멈췄다. 재희의 입술이 만족을 표하는 것처럼 위로 휘었다. 재희는 바늘을 쥔 손에 온 힘을 모으고, 소리를 내지 않으면서 입을 열어 무언가를 말했다.

형우는 이 모든 일의 의미를 파악하지 못한 채, 꿈속에서 다른 이의 위기를 구경하듯 재희의 입술 모양을 읽었다.

45도 각도로. 3센티. 3. 2. 1.

금속 코바늘이 45도로 형우의 귀밑을 파고들려던 순간 재희는 측면에서 강한 충격을 받아 그대로 탁자 위에 쓰러졌다. 재희를 덮친 사람은 류해였다.

류해는 재희의 옆머리에 꽂아 넣은 가위를 뽑더니 여러 차례 내리쳤다. 형우는 뜨거운 피가 얼굴에 튀는 것을 느끼면서 류해가 꽃꽂이 유물 담당이었다는 점을 떠올렸다.

형우가 제대로 숨도 쉬지 못하고 덜덜 떠는 동안 류해는 재희의 손과 발을 밧줄로 묶기 시작했다.

형우는 콧속으로 파고드는 피비린내에서 아련한 추억을 발견했지만, 그 단상은 금세 사라져버렸다. 대신 폭력을 갈구하는 본능과 분노로 가득한 류해의 얼굴과, 재희를 포박하는 손이 유난히 크게 떨렸다는 기억만이 뚜렷하게 남았다.

✳

"추리소설이 재미있다고 했죠?"

형우가 묻자 이현이 고개를 끄덕였다. 하지만 이현의 얼굴은 웃고 있지 않았다.

이현이 조금 미안했는지 뜬금없이 형우의 상의를 가리키며 화제를 돌렸다.

"그 격자무늬 옷도 가지고 온 거예요?"

형우가 배를 내려다보았다.

"피가 안 튄 곳이 없어요. 마구간에 가보니까 롭 씨의 옷이 있더라고요. 미안하지만 어쩔 수 없이 옷을 빌렸어요. 돌아가면 살아난 롭 씨에게 돌려줘야죠."

"여기서 일어난 일은 기억 못 할 걸요? 롭의 머리를 못 찾았잖아요."

"그렇군요. 운영자들이 수색해서 찾아내거나 재희 씨가 자백해서 추가 정보가 복원되면 그때 찾아가야겠어요."

전신을 세 번이나 씻고 머리도 여러 번 감았지만 형우는 피비린내에서 완전히 빠져나올 수 없었다. 도성의 살해 현장에 있던 피는 이미 바짝 마른 뒤라 현실감이 적었다. 하지만 체온이 고스란히 남은 피의 무게와 냄새는 너무도 강렬해서 가만히 있으면 영원히 잊히지 않을 것 같았다.

형우는 돌아가서 운영자들에게 자발적 필터링을 추가로 신청할 생각이었다.

"그나저나 무사해서 정말 다행이에요. 내가 제대로 추리를 못하는 바람에 하마터면 끔찍한 일을 당할 뻔했잖아요."

이현이 말했다.

"아니에요. 원인은 어디까지나 재희 씨죠. 이현 씨는 얼마 안 되는 사실로 대단한 추리를 한 거예요. 감탄했어요."

형우가 칭찬하자 이현은 겸연쩍었는지 깨진 발코니 창문을 바라보았다.

"장만 씨한테도 미안하네요. 어디에 있든 잘 살 사람 같았지만요. 나보다 더 빨리 뛰는 사람은 처음 봤어요."

형우가 물었다.

"어떡하면 그런 힘을 낼 수 있어요?"

"돌아가서 '운동'으로 검색해봐요. 약물이나 음식을 사용한 방법들도 나올 텐데 나라면 그건 무시하겠어요."

두 사람은 의식적으로 사건과 관계없는 일상 이야기에 열중하기 시작했다. 하지만 목욕을 마친 류해가 발코니 방에 들어서자 동시에 입을 다물었다.

"방해해서 미안해요."

류해가 사과하자 형우와 이현은 동시에 손사래를 치고 가르침을 기다리는 학생처럼 그를 쳐다보았다.

"왜 그런 눈으로 봐요?"

"설명해주실 거죠?"

형우가 말했다.

"나만 바보 됐잖아요."

이현이 덧붙였다.

류해는 오랜만에 힘을 쓰는 바람에 뻐근해진 어깨와 무릎을 천천히 구부리면서 의자에 앉았다.

그리고 이현과 형우를 온도 차가 있는 눈으로 잠시 바라보았다.

"안 하면 안 될까요?"

두 사람은 류해의 말을 격렬하게 거부했다.

"이 일의 진상을 파악하려면 처음부터 끝까지 알아야 해요. 그 안에는 두 사람이 듣고 싶지 않은 얘기도 있을 거예요. 그래도 듣고 싶어요?"

이현은 즉시 강하게 긍정했다. 류해의 목소리에서 이상한 느낌을 받은 형우는 잠시 망설이다가 그렇다고 대답했다.

"그럼 이것부터 보세요. 조금 전에 찾은 거예요."

류해가 이현에게 피 묻은 종잇조각을 건넸다. 형우는 그게 뭔지 알아보고 움찔했지만 애써 가로막지는 않았다.

첫날 이현이 형우에게 주었던 수첩 낱장에는 로봇 하나와 여섯 사람의 이름이 적혀 있고 간단한 설명이 붙어 있었다.

"형우 씨가 쓴 거군요. 이건 우리도 다 아는 사실이잖아요."

"뒷장을 봐요."

이현은 앞머리에 별이 그려진 문장을 더 발견했다.

'우리는 모두 어떤 관계인가. 류해 씨는 왜 저런 육체를 선택했는가.'

이현이 형우를 보면서 물었다.

"관계?"

형우가 쭈뼛거리면서 말했다.

"그냥 떠오르는 걸 적었어요. 이현 씨처럼 논리적으로 생각한 건 아니고요. 장만 씨가 마지막으로 한 말 기억나죠? '왜 하필 여기서.' 이현 씨는 무슨 일이든 시작이 있다고 대답했고요. 그래서 장만 씨가 도망친 다음에 적었어요. 여기가 시작이 아니라면?

여기 유적 13구역에서 보고 들은 것만으로는 범인을 찾을 수 없는 것 아닐까? 그런 생각이 들었거든요."

형우가 바라보자 류해가 마음을 굳게 먹은 듯 힘있게 머리를 세로로 흔들었다.

이현이 말했다.

"와, 이거 너무 부끄러운데요. 추리소설 좀 읽었다고 잘난 척한 셈이잖아요!"

류해는 이현의 민망함을 없애줄 생각에 곧장 이야기를 시작했다.

"모르는 게 당연해요. 이번 일은 단절이 일어나던 당시까지 거슬러 올라가거든요. 전쟁 위기가 고조되자 마인드 서버를 실험하던 사람들은 전부 집으로 돌아갔어요. 전부 죽을 줄도 모르고. 절대무기를 보유했다는 두 나라가 위력을 철저히 비밀로 했거든요. 하지만 자원자들뿐 아니라 실험 요원들도 백업을 했기 때문에 그 정신은 서버에도 있었죠."

이현이 고개를 살짝 끄덕였다.

"그 사람들이…."

"지금의 서버 운영자예요."

류해는 잠시 망설이다가 말했다.

"그게 전부가 아니긴 하지만요. 그때 집으로 돌아가지 않은 사람이 있었어요."

형우는 마침내 수수께끼 하나를 해결하고 류해를 바라보면서 입을 벌렸다.

"정확히 말하면 돌아갈 집이 없는 사람이 있었죠. 그게 바로 나예요."

형우가 정신을 가다듬고 물었다.

"그럼 지금 류해 씨의 몸은…."

"배양 육체가 아니라 타고 난 몸이에요."

형우와 이현은 새삼 류해를 고쳐 보면서 말문을 열지 못했다.

"외롭진 않았느냐, 어떻게 버텼느냐, 뭐 그런 얘길 하고 싶겠죠? 외롭지 않았어요. 결과론이긴 하지만 버틸 수도 있었어요. 목적이… 아주 중요한 목적이 있었으니까요. 실험시설에 있던 식량과 물이 떨어진 다음에는, 배양 육체에 쓸 자원을 최소한으로 가공해서 살았어요."

이현은 이 세상에서 단 한 사람만 겪은 상황을 감히 상상하려 하지 않고 물었다.

"목적이 뭐였어요?"

"딸을 죽인 범인을 지상에서 완전히 없애고 싶었어요."

형우는 류해가 뜻하는 바를 어렴풋이 깨닫고 말했다.

"절대무기 때문에 마인드 서버에 백업된 정신들과… 류해 씨를 빼고는 전부 죽었잖아요? 아직 단절에서 살아남은 사람은 단 한 명도 발견되지 않았으니까요. 그러면 그 말은…."

"네. 서버에 그놈이 남아 있었어요."

류해는 창문으로 걸어가더니 커튼이 누군가의 살결이라도 되는 것처럼 매만졌다.

"마인드 백업과 복원 실험을 총지휘하던 최교선 소장이 우리

딸을 폭행하고 죽였어요. 법정에서는 증거 불충분으로 풀려났지만요. 나밖에 없는 지하 실험실에서, 억지로 만든 식용 단백질을 조금씩 씹으면서 생각해보니 그놈은 처음부터 사이코패스였어요. 자원자들이 제공한 정신 데이터도 그놈에게는 인간이 아니었어요. 자신이 마음대로 조종할 수 있는 자료였죠. 나는 혼자 남아서 그놈의 백업을 완전히 지울 생각이었어요. 그런데…."

류해가 커튼을 움켜쥐었다.

"처음에는 모든 사람이 죽었을 거라고 생각하지 못했어요. 하지만 2년이 지났는데도 지상에서는 아무 통신이 이뤄지지 않더군요. 그러면서 최악의 상황을 가정하지 않을 수가 없었어요. 정말 인류가 자멸했다면? 실험 서버 안에 백업된 정신만이 인간의 전부라면?"

류해는 인공적으로 만들어진 지하 실험시설에서 보냈던 긴 세월을 돌이키기 싫은지 머리를 내저었다.

"그 뒤는 여러분이 아는 그대로예요. 나는 인공지능의 도움을 받아서 동료 가운데 믿을 만한 사람들의 정신을 추출하고 배양 육체에 넣었어요. 우리는 7천 명을 지상에 돌려놓았죠."

이현이 목소리를 높였다.

"최교선은 삭제했겠죠?"

류해는 한참을 망설이다가 천천히 고개를 저었다.

"나중에 알았어요…. 그놈이 백업 데이터의 개인식별 인덱스를 일부 섞어놓았다는 걸. 쉽게 추적하지 못하게 로그까지 지웠더군요."

형우는 한낮의 햇빛을 정면으로 받으면서도 눈을 감지 않는 류해의 실루엣을 쳐다보다가 말했다.

"무슨 말인지 잘 이해가 안 되는데요."

"아, 미안해요. 그러니까… 음…. 지금 세상에 살고 있는 7천 명 가운데 몇 사람의 정신과 몸에 최교선이 나뉘어 들어가 있는 거예요."

이현이 소리를 질렀다.

"머리!"

형우도 이번에는 이현의 생각을 따라잡을 수 있었다.

류해가 빛을 등지고 돌아섰다.

"네. 하지만 우리는 최교선의 흔적을 추적하다가 깨달았어요. 인간에 대한 연구는 불완전해요. 마인드 서버도 불완전해요. 누가 왜 살인을 바라고 전쟁을 일으키는지 분석할 수가 없었어요. 서버 안에 있던 7천 명이 어떤 사람인지, 앞으로 무슨 일을 할지, 그들의 기억은 이후 행동에 어떤 영향을 미치는지. 언젠가는 인간에 대해 다 알 수 있겠죠. 하지만 아직은 명확히 분석할 수 없을 만큼 불완전해요. 그래서 유적 체험을 통해 필터링 항목을 계속 보완하는 거예요. 나는 운영자 중 한 사람으로 조각난 최교선을 계속 추적했고, 최교선의 일부는 자신의 다른 일부를 찾아 돌아다닌 거예요. 그게 정말로 자신의 일부인지 모르면서도."

류해가 과거를 풀어 설명하는 동안 태양이 조금씩 이동했다. 이현과 형우가 손으로 강한 햇살을 가리자 류해가 제자리로 돌아왔다.

"난 평생에 걸쳐 범위를 좁혔어요. 인공지능의 도움을 받아서 마인드 서버뿐 아니라 유적 체험자들의 감각 기억까지 전부 조사했죠. 그래서 여기에 모았어요. 사실 내가 제일 의심했던 사람은 바로 형우 씨였어요."

"저요? 아, 그래서…."

형우는 자신을 볼 때마다 유난히 얼굴을 굳히던 류해를 떠올렸다.

"그리고 아까 보여준 메모가 결정타였죠. 사실 형우 씨를 구하게 된 건…."

"그래서 가위를 들고 있었군요. 우연이 아니라."

류해가 말없이 끄덕였다.

이현이 기지개를 켰다.

"그럼 이제 어떡할까요? 옆방에 묶여 있는 재희 씨… 죽은 도성 씨와 합체한 최교선? 아, 복잡하네요. 여하튼 저 사람은 최교선에 가깝고 우리 몸 안에도 그 일부가 들어 있다는 거잖아요?"

류해가 질문에 대답하기 시작했다. 형우는 안 그래도 노화가 심히 진행된 류해가 더욱 늙어 보인다고 생각했다.

"어차피 이틀 남았으니까 기다리죠. 저놈이 이틀 만에 굶어 죽진 않을 테고요. 돌아가면 여러분의 정신 속에 있는 최교선의 일부를 최대한 삭제할 거예요. 간단한 일은 아니지만 비교 데이터가… 최교선의 정신 데이터 일부가 저기 있으니까 어느 정도 가능할 거예요."

이현이 무거운 짐을 던 것처럼 개운한 얼굴로 일어섰다.

"두 분은 다 씻었죠? 저는 장만 씨랑 숲에서 숨바꼭질하느라 흙투성이라고요. 샤워하고 나서 같이 뭣 좀 먹어요. 그리고 류해 씨, 숙원을 푼 거 정말 축하해요."

이현이 총총걸음으로 계단을 올라갔다. 류해는 회한과 성취감에 젖어 의자에 완전히 몸을 의탁한 채, 그 뒷모습을 한참 동안 바라보고 있었다.

*

형우가 말했다.

"저기요. 중요한 건 아닌데…."

류해가 한숨을 내쉬었다.

"형우 씨 은근히 끈질기네요."

"꼭 대답은 안 하셔도 돼요. 그냥 답하기 싫으셨나 보다 하면 되니까요."

류해가 말했다.

"자료로 써야 해서 완전히 죽이진 않았겠지만, 까딱하면 형우 씨도 저 방에 있는 최교선 꼴이 날 뻔했죠. 사과해야 마땅한 일이에요. 질문에 다 대답하면 사과로 받아줄래요?"

형우가 물었다.

"몇 기예요?"

류해는 형우의 눈이 자신의 손에 고정되어 있는 것을 알고 미소를 지었다.

"의학지식이 있는 줄은 몰랐군요."

"흥미가 있어서 마인드 서버에서 이것저것 찾아보는 정도예요."

"파킨슨 1단계예요. 앞으로 점점 나빠지겠죠."

형우는 이번에야말로 종이에 적어놓았던 진짜 질문을 던졌다.

"그런데 왜 새 배양육체로 들어가지 않으시죠? 최교선의 조각을 언제 다 찾을지도 모르는데 그편이 더 확실하지 않은가요? 저 방에 있는 범인을 잡은 거로 끝나는 일이 아니잖아요."

류해가 말했다.

"이현 씨는 추리소설을 읽어서 추론 능력이 뛰어난가 보다 하지만, 형우 씨는 뭘 읽어서 그런 거예요?"

형우가 웃으면서 대답했다.

"인간에 대한 연구를 이렇게 진행하고 있어도 답을 못 얻는데, 그걸 어떻게 알겠어요?"

"난… 두려웠어요."

"뭐가요?"

"우리는 아직도 사람을 완전히 백업하는 방법을 몰라요. 아직 정확한 이유는 밝혀내지 못했지만, 마인드 서버를 거치면 감정이 상당 부분 사라져요. 그렇게 보면 우리는, 그러니까 나를 제외하고 지금 이 세상에 사는 사람들은 옛사람과 다른 존재예요. 나 역시 마인드 서버에 들어갔다가 나오면 딸이 죽었을 때의 슬픔도, 최교선을 반드시 없애겠다는 복수심도 없어질지 몰라요. 이 세상에서 살인 욕구를 전부 없애겠다는 의무감도 없어질지 모르죠. 사라지진 않아도 희석될지 몰라요. 그런 위험을 감수할 순 없어요."

형우는 류해가 더 말할 때까지 기다렸다. 아무리 그가 자신을 해치려 했다 해도, 마지막으로 남은 궁금증을 억지로 들이밀 수는 없었다.

류해가 말했다.

"이 의자 꽤 편하군요. 장만 씨가 왜 여길 고집했는지 알 것 같아요. 바람도 적당하니까 좀 잘게요."

"네, 그러세요."

형우는 아직 남아 있는 상념을 깊은 곳에 묻어두기로 결심하고 일어섰다. 뭔가 먹고 싶었지만 주방에서 소리가 나면 류해의 수면을 방해할 수 있었기 때문에 산책이라도 할 생각이었다.

"형우 씨."

"네?"

"지금이 마지막이에요. 나중에 뭘 물어보든 절대로 대답하지 않을 거예요. 아니, 우린 만나지 못할 거예요, 아마. 난 이 몸 그대로 끝까지 살 생각이니까요. 죽지 않는다 해도 파킨슨병이 악화되면 형우 씨를 못 알아볼 수도 있어요."

형우가 시치미를 뗐다.

"무슨 말씀인지 모르겠는데요."

"머뭇거렸잖아요. 난 분명히 기회를 줬어요."

형우가 심호흡했다.

"7천 명을 되살려낸 운영자답네요. 이건 정말 순수한 궁금증인데요. 혹시… 따님께서… 사고가 있기 전에 마인드 서버 실험에 자원하고 정신을 백업했나요?”

쉽지 않은 질문이라고 생각했기 때문에 형우는 기다렸다. 류해는 천정을 올려다볼 뿐 입을 열지 않았다. 형우는 조마조마한 마음으로 기다리다가 딸을 잃은 어머니의 마음도 모르는 주제에 질문이 지극히 섣불렀다고 자책했다. 류해와 같은 상황에 있는 어머니라면 아직 끔찍한 일을 당하지 않은 딸을 고스란히 복원했을까? 그랬다면 현재 함께 살지 않을 이유가 없을 테고, 류해는 형우의 질문에 코웃음을 칠 터였다.

혹은 세상을 뒤엎은 단절을 건너뛴 곳에서 자식이 완전히 과거와 절연하고 새 삶을 살도록 모친에 대한 기억을 지우고 복원했을까? 그렇다면 그를 딸이라고 부를 수 있을까?

그 경우에도 형우의 질문은 마찬가지로 퇴색되었다.

그리고 형우는 류해가 했던 말을 떠올렸다.

나를 제외하고 지금 이 세상에 사는 사람들은 옛사람과 다른 존재예요.

형우는 류해가 대답할 이유가 없다고 판단했다. 그는 발을 돌리려다가 충동적으로 류해의 눈을 보았다.

류해는 희미하게 발소리가 나는 이현의 방을 바라보고 있었다.

형우는 드디어 모든 의문이 해소되어 가볍고도, 한편으론 무거운 마음으로 본관을 나섰다. 만약 류해가 딸의 정신 백업으로 복원한 사람이 이현이고, 13번 유적에 있는 모든 이에게 최교선의 파편이 섞여 있다면 류해는 자식의 정신에 두 번이나 손을 대야 한다는 생각이 들었기 때문이었다.

벗

「이 목소리가 들린다면 당신은 번뇌를 완전히 떨치지 못한 것입니다.」

현추는 그 소리를 듣고는 감정을 조금도 얼굴로 드러내지 않고 성공적으로 웃었다. 얼굴을 뒤덮고 있는 치료용 가면 때문이 아니었다. 화상으로 손상된 피부가 빨리 재생하도록 돕는 습포 가면은 양 눈가와 코를 덮을 뿐 입은 가리지 않았기 때문에 그것만으론 미소를 숨길 수 없었다. 그처럼 철저하게 연기할 수 있는 것은 어디까지나 훈련의 결과였다. 누구에게도 알릴 수 없는 개인적인 훈련의 결과. 덕분에 현추는 '행복의 문'을 마음대로 여닫을 수 있었다. 방법은 간단했다. 혀끝으로 아랫입술을 두 번 두드리면 충분했다.

「번뇌는 갈등에서 옵니다. 갈등은 부조화에서 출발합니다.

신념과 능력의 부조화. 개인적인 욕구와 대의의 부조화. 주어진 것과 갖고 싶은 것의 부조화.」

중성적인 목소리가 귓속에서 계속 속삭였다. '벗'의 음색은 상세한 검사를 통해 확인된 듣는 이의 성향에 따라 1차로 결정되고, 심장박동과 체내 화학 성분의 변화에 따라 실시간으로 변하도록 설정되어 있었다. 마음을 편하게 만들고 믿음이 가게 해주는 목소리는 사람에 따라, 상황에 따라 달랐기 때문이었다. 벗은 집정청 소속 감각학자들이 오랜 연구 끝에 만들어낸 걸작이었다. 벗이 모든 국민의 귓속에서 속삭이기 시작한 이래 종합 범죄율은 2퍼센트 이하로 떨어졌고, 집정청의 정책에 반대하는 움직임 역시 비슷한 수준으로 줄어들었다.

적어도 공식적인 발표로는 그랬다.

「내 말에 귀 기울여줘서 고맙습니다. 부조화가 줄어들고 갈등이 사라지고 있군요. 이제 당신을 괴롭히는 번뇌도 차츰 사라질 겁니다. 너무 서두르지 마세요. 마음가짐만 바꾼다고 문제가 사라질 리는 없으니까요. 행복은 행동에서 옵니다. 내가 아니라 우리를 위해 행동하면 행복의 문이 흔들리지 않고 굳게 닫힙니다. 사악한 생각이 문을 흔들거든 우리를 생각하세요. 우리를 대표하는 사람을 생각하세요.」

벗의 목소리가 점점 작아졌다. 고주파와 저주파 음이 단어 사이로 들릴 듯 말 듯 숨바꼭질을 하다가 멀어져갔다. 감각학자들은 언어암시로 안심하지 않고 가청주파수의 끄트머리에 세뇌 효과를 증폭시키는 소리까지 삽입해두었다. 그처럼 촘촘한 그

물을 통과할 수 있는 사람은 아주 드물었다.

그렇게 드문 사람 가운데 하나가 현추였다.

처음부터 벗을 속이고 집정청의 암시술을 피할 의도는 없었다. 그랬다면 결국 발각되고 말았을 것이다. 모순이라고 할 수밖에 없지만, 이런 결과는 집정청과 감각학자들과 군부의 합작품이었다. 군은 정예 군인이 국가의 적을 주저 없이 말살하고 임무에 충실할 수 있도록 마음을 비우는, 이른바 심신단일화 훈련을 시켰다. 현추는 집정청과 군에 진심으로 충성했고, 어떤 적에게도 자비를 베풀지 않는 것이야말로 국가에 봉사하는 지름길이라 믿었다. 그 덕분에 심신단일화 성적은 감각교관이 놀랄 만큼 좋았다. '만점이 나올 수 있다니….' 현추는 결과를 들여다보면서 제 눈을 믿지 못하던 교관의 감탄을 최고의 칭찬으로 받아들이고 기억했다. 그런데 완벽한 심신단일화와 벗이 만나자 이상한 효과가 발생했다. 일단 마음을 비우고 냉정함의 화신이 되면 벗이 감시를 일정 시간 그만두었던 것이다.

심신단일을 훈련한 사람은 방아쇠 역할을 하는 작은 동작을 각자 하나씩 정해두었다. 현추는 혀끝으로 아랫입술을 두 번 두드려 심신단일 상태에 들어갈 수 있었다. 여러 차례 측정한 결과 심신단일을 통한 평정심을 감지한 벗이 그로부터 30분 동안 감시를 그만둔다는 사실을 알아냈다. 그사이에 현추는 무엇이든 생각할 수 있었다.

현추는 잠깐 추억에 잠기느라 3분을 썼다. 남은 시간은 27분이었다. 그는 재빨리 손목시계를 확인하고 흔들리는 기체의 벽에 뒷머리를 기댔다. 그리고 살짝 눈을 떠 함께 이동하는 동료들을 살펴보았다.

눈과 코와 입을 빼고 남은 얼굴을 검은 복면으로 가린 세 사람은 화약부대에서 차출한 인원이었다. 화약부대원은 이름이 없었다. 평상시에 쓰는 이름은 당연히 존재했지만 국가를 위해 군인으로 활동하는 동안은 이름을 버렸다. 이번 작전에서 세 사람을 부르는 별명은 곰, 늑대, 오소리였다. 작전에 사용하는 별명은 쉽고 직관적일수록 좋았고, 곰과 늑대와 오소리는 별명만큼이나 체격이 서로 달랐다. 성별은 알 수 없었다. 현추도 신경 쓰지 않았다. 작전 동료가 의무와 봉사를 다한다면 성별은 상관없었다. 곰과 늑대와 오소리는 화약부대원답게 초점 없는 눈으로 허공만 응시하고 있었다.

불쌍한 녀석들. 부러운 녀석들. 현추는 곰과 오소리를 보며 상반되는 감정을 느꼈다. 사회 계급은 높지 않았지만 화약부대원은 남들이 도달하지 못하는 직업적 정점에 이른 사람들이었다.

"또 보네. 이번이 몇 번째 임무야?"

위장복의 등 쪽이 유난히 부풀어 있는 론이 옆자리에 앉아 있다가 현추를 빤히 쳐다보며 물었다.

현추는 행복의 문을 꽉 닫고 있던 사람처럼 천천히 고개를 돌려 바라보았다. 동료 가운데 구면이 있다는 점은 비행기에 타기 전에 확인해둔 터였다.

"일곱 번째."

론의 짧은 금발은 톤이 다소 높은 목소리와 어울리게 붉은빛을 띠고 있었다. 론은 현추의 대답을 듣고 휘파람을 한 토막 불었다.

"우와. 이번 임무를 빼고 여섯 번을 갔단 얘기잖아. 그럼 국가 발전에 얼마나 기여를 한 거야? 훈장도 받았겠지?"

론은 위장복 속에 통신 장비를 메고 있었다. 등이 부푼 것도 그 때문이었다. 벗이 감시를 새로 시작하려면 25분이나 남았기 때문에 무의미한 행동이라는 사실을 알면서도, 현추는 아랫입술을 다시 혀로 건드렸다. 아무리 통신병이라고 해도 국가 발전 임무에 투입되는 병사의 신분을 미리 알 수는 없었다. 게다가 지금 현추는 재생 가면으로 얼굴을 가리고 있었다. 그런데 론은 그를 알아보았다.

론은 정말 순수한 통신병일까? 집정청에서 보낸 감시자일까? 만약 그렇다면 감시 대상은 누구일까? 나일까?

현추는 얼른 고민해보았다. 아직은 답을 알 수 없었다. '행복은 행동에서 옵니다.' 벗의 말이 떠올랐다. 현추는 그 말을 실천에 옮겨 곧장 물어보았다.

"나를 어떻게 알아봤어? 가면을 쓰고 있는데."

론이 빙긋 웃으면서 손가락으로 자신의 입을 가리켰다.

"입술 끝에 조그마한 흉터가 있잖아. 요즘에 그런 흉터는 흔하지 않거든."

맞는 말이었다. 군용 재생용품은 아주 효과가 좋아서 시간만 충분하다면 3도 화상까지 완벽하게 치료했다. 하지만 한 번 남은 흉터를 없애지는 못했다. 문제는 그 흉터가 정말로 작다는 점이었다. 론의 관찰력이 아주 좋다는 뜻이었다.

현추는 심신단일화 훈련의 성과를 애써 끌어내고 간신히 평정심을 되찾았다. 집정청 보안국이 선발하는 감시자들도 관찰력이 아주 좋았다. 그래도 론이 감시자라고 결론을 내리기엔 아직 실마리가 부족했다. 그저 관찰력과 기억력이 좋고 붙임성까지 있는 군인일 수도 있었다.

"훈장 좀 보여주면 안 돼?"

론이 묻자 박제처럼 굳어 있던 동물 3인조가 거의 동시에 현추를 바라보았다. 현추는 아주 잠깐 망설였다. 론이 감시자라면 훈장을 일부러 감출 경우 의심하겠지. 그것만으로 반역자 목록에 올라갈 리는 없지만 의심점수가 늘어날 가능성은 있었다.

현추는 윗주머니 속에 접어두었던 약식 훈장을 살짝 꺼내 보였다. 론이 다시 휘파람을 불었다.

"영토 확장 공훈장이 네 개나! 몰라뵙고 까불어서 정말 죄송합니다!"

론이 호들갑을 떨며 고개를 숙였다. 충성스러운 국민답게 악의는 없어 보였다. 동물 3인조도 아주 잠깐이지만 눈을 크게 떴다. 화약부대원이 행복의 문을 여는 건 드문 일이었다.

공훈장이 뭐 어떻단 말이지. 그저 명령에 맞춰서 방아쇠를 당기고, 철선으로 적의 목을 조르고, 목표 지점에 폭약을 설치하고, 훈장을 받는 자리까지 살아서 돌아가면 받는 것 아닌가. 아니, 죽어도 받을 수는 있겠군. 그래 봤자 학교에서 정신교육 시간에 받는 '참 잘했어요' 도장과 뭐가 다르단 말인가. 성적이 나빠 결국 막노동자 계급에 소속돼버리는 아이도 살면서 도장 네 개쯤은 받을 수 있을 텐데.

벗이 돌아오기까지 남은 시간은 12분. 현추는 이를 악물었다. 지금 이 시간과 공간은 늘 품고 있던 불만을 되새김질하기에 너무나도 어울리지 않았다.

수송기가 에어포켓을 스쳤는지 기체가 크게 흔들렸다. 현추는 가죽 손잡이를 한 손으로 움켜쥐고 눈을 감았다.

"론 테일러 하사. 국가 영웅에게 살갑게 구는 건 죄가 아니지만 허락 없이 부대원의 이력을 밝히거나 캐묻는 건 징계 사유다. 알겠나?"

크지 않은 목소리가 수송칸 문 앞에서 울렸다. 프로펠러가 고속으로 회전하는 소음이 작지 않았건만 그의 말은 한 글자도 빠짐없이 현추의 귀에 꽂혔다. 현추는 눈을 뜨지 않았다. 보지 않아도 이번 작전을 현장에서 지휘하는 인물의 모습이 또렷이 떠올랐다. 얼굴 둘레와 별 차이가 없을 만큼 목이 굵고, 구레나룻이 턱선까지 드리웠으며, 전신을 울림통으로 쓰는 것처럼 목소리가 주변 공간을 흔드는 인물. 왼뺨에 집정청 간부 가문의 단도 문신을 새기고 있는 인물. 사병이나 부사관을 거치지 않고 곧장 위관급으로 군 생활을 시작해 1년 전부터 소령 계급장을 달고 있는 인물.

"명심하겠습니다, 이강진 소령님."

론이 큰 소리로 대답하자 이강진이 한숨을 쉬었다. 반항인지 덜렁거리는 건지 알 수 없는 태도의 부하가 마음에 들지 않는 모양이었다. 하지만 더 이상 훈계는 하지 않았다.

현추는 강진의 반응을 보고 론의 정체가 예사롭지 않다고 확신했다. 현추가 그런 태도로 대답했다면, 아무리 두 사람이 어릴 적 친구라 해도 엄격하게 꾸짖고 의심점수를 추가했을 것이다. 그런 강진이 대수롭지 않게 넘겼다는 건 론이 감시자이거나 간부 가문이라는 뜻이었다.

현추는 어느 쪽도 마음에 들지 않았다.

강진은 현추에게 눈을 뜨고 주목하라는 지시를 내리지 않은 채 브리핑을 시작했다.

“기본적인 교육은 돼 있을 테니 간단히 시작하겠다. 우리나라 국민이라면 누구든 국가를 위해 봉사해야 하지만 군인은 더욱 그렇다. 봉사하기 위해 목숨도 바치겠다고 맹세하는 게 바로 군인이고, 너희다. 너희는 지금 국가에 가장 고귀한 봉사를 하기 위해 이동하는 중이다.”

강진아, 고귀하다는 말을 네가 쓸 수 있어? 화약부대원들이야말로 그 말에 어울리지. 곧 사라질 애들이니까. 저 귀찮은 론이란 녀석은 일단 젖혀두자. 나는 어떨까? 그런 치사를 듣기에 충분하지. 우리나라는 내가 성공으로 이끈 작전 덕분에 영토를 두 배로 늘리고 국민의 삶을 더 윤택하게 만들었으니까. 그런데 넌 뭘 했지?

군용이라 진동을 아주 약하게 낮출 수 있는 손목시계가 5분 뒤 벗이 등장할 거라고 현추에게 알려주었다.

“그럼 오늘 저희가 참가하는 작전이….”

강진이 론의 질문을 자르고 대답했다.

"그래. 오늘 우리는 영토 확장 작전에 투입된다."

동물 3인조와 론은 그 말을 듣자 흥분하면서 몸을 들썩였다. 현추는 위장복이 바스락거리는 소리로 그 사실을 파악할 수 있었다. 영토 확장 작전이라고 한들 군인 각자가 할 일은 별 차이가 없었지만 성패 여부가 가지는 무게감은 일반 작전과 달랐다.

강진이 브리핑을 이어갔다.

"조국 발전사에 한 획을 그을 기회다. 영광으로 생각해라. 작전 지역의 지형과 상황은 정찰병들이 이미 파악해두었다. 늘 그렇듯 자세한 사항은 벗에게 전달해두었으니 정확한 순간에 확인할 수 있을 것이다."

우리는 소모품이니까. 영토를 확장하면 그 성과가 모든 국민에게 돌아간다고 하지만, 너와 나는 같은 국민이 아니잖아, 강진아. 나는 목숨을 건 대가로 훈장과 새 군복을 지급받고 기껏해야 봉사수당을 추가로 받지만, 너는 아무 위험도 감수하지 않고 안전지대에서 통신이나 중계하다가 작전이 성공하든 실패하든 무사히 부대로 돌아가지. 그리고… 그리고 네가 무사히 귀환하기만을 기다리는 서희가 별장 문을 열고 널 맞이하겠지. 서희와 내가 연인 사이였다는 건 이미 어떤 감시 기록에도 존재하지 않는다면서? 간부 훈련 성적과 실적이 훨씬 뛰어난 나는 3년째 중위에 머물고 있는데 너는 왜 소령이지? 서희는 왜 너를 선택했지? 그건 너희 가문이 3대째 집정청 고위 간부를 맡고….

시계가 1분 남았다고 경고했다. 현재 상황과 집정청이 정해준 계급에 불만을 품는 건 1급 관심국민으로 굴러떨어지는 지름길이었다. 현추는 자동차를 급히 제동하듯 생각을 끊고 아랫입술을 혀로 두 번 두드렸다.

"정현추 중위. 눈을 뜨고 집중해라."

강진이 말했다.

"이번 작전이 영토 확장 작전이며 자세한 사항은 벗이 알려줄 거라는 부분까지 들었습니다."

현추가 대답했다.

강진은 아주 잠깐 그를 노려보고 말을 이었다.

"이번 작전은 기존 영토 확장전과 다소 상이하다. 집정청에서 새로 연구 중인 전략의 일환이다. 그러니 잘 들어라. 이번에는 목표가 두 가지다. 첫째, 우리는 이동 중인 중요 인물을 타격한다. 호위가 엄청날 것으로 예상되므로 곰과 늑대와 오소리의 활약을 기대하겠다. 둘째, 무슨 일이 있어도 정현추 중위를 보호해라. 두 가지 목표 중 하나라도 이루지 못하면 그 즉시 후퇴한다. 이해했나?"

화약부대원 셋과 론은 즉각 큰 소리로 대답했다. 현추는 군인답게 기계적으로 대답한 다음 뒤늦게 귀를 의심했다.

나를 보호한다고? 왜? 나 같은 실적을 올린 병사는 사단에만 10여 명이 넘는데, 무엇 때문에?

현추는 강진의 다음 말을 듣고 질문할 기회를 놓치고 말았다.

"두 번째 목표를 위해 나도 함께 출동한다. 즉 화약부대 세 명이 1조를 이루고, 나와 론이 정현추 중위와 2조를 이룬다. 질문

있나?"

보통 투입 직전에 질문을 하는 사람은 없었다. 숙련된 병사만 참가하는 작전의 경우, 상관이 별도로 지시하지 않는 부분은 벗이 돕거나 개별 판단에 맡기게 마련이었다. 하지만 현추는 생경한 상황이 주는 의문을 풀지 않고 작전에 뛰어들 수 없었다.

현추가 손을 들려던 찰나 론이 눈을 동그랗게 뜨고 물었다.

"그럼 일반적인 계급 우선 원칙은 이번 작전에선 적용되지 않는 겁니까?"

소령님보다 계급이 낮은 정현추 중위를 최우선으로 보호해야 한다는 겁니까? 론의 질문은 그런 뜻이었다.

강진은 조금도 지체하지 않고 대답했다.

"그래."

강진이 대답 끝에 살짝 입꼬리를 올렸다. 현추는 그 순간을 놓치지 않았다. 강진의 웃음은 즉시 사라졌지만 그 안에 슬픔이 담겨 있었다.

현추는 시선을 옮기다가 론의 얼굴을 보았다. 그는 무언가 깨달은 표정이었다. 그리고 강진과 똑같은 미소를 지었다.

반면에 현추의 의문은 더욱 커졌다.

뭐지? 난 뭘 놓치고 있는 거지? 씁쓸한 웃음만으로 뭘 알 수 있지? 론은 내가 아니라 강진을 감시하러 온 건가? 이미 결론이 난 건가? 국가에 아무 불만도 가질 필요가 없는 강진이 행복의 문을 놓고 밖으로 나갔다고? 그럴 리가 없어. 내가 아는 강진이라면.

「이 목소리가 들린다면 당신은 번뇌에 시달리고 있습니다.」

벗이 말했다.

「정현추 중위, 당신은 아주 중요한 임무를 앞두고 있습니다. 국가가 신중히 계획한 임무입니다. 모든 것은 계획의 일부입니다. 당신이 국가의 일부이듯이. 국가를 믿고 의문은 덮어두십시오. 임무를 완수하십시오. 해답은 그 너머에 있습니다. 답을 깨닫는 순간 당신은 그 누구도 달성하지 못했던 충성을 이루게 될 것입니다. 그곳에 행복이 있습니다. 문을 꼭 붙잡고 닫으십시오.」

현추는 심호흡했다. 심신단일화를 돌이키려고 혀를 움직였다. 벗의 감시를 피하려고 발버둥을 치는 때도 있었지만, 국민으로 살면서 가장 크게 믿을 수 있는 것은 벗밖에 없었다. 지금 이 순간 현추가 할 수 있는 일은 그 하나뿐이었다. 설사 진행 중인 일이 있다 해도 이제는 멈춰야 했다. 영토 확장 작전에 투입된 사람이라면 누구나 아는 그 순간이 시작될 참이었으니까.

현추는 자세한 원리를 몰랐다. 그가 아는 거라고는 영토 확장 작전에 투입되는 수송기의 동체 안에 코일이 잔뜩 감겨 있다는 사실뿐이었다. 그 이상 알 필요도 없었고, 안다고 해서 달라질 것도 없었다. 그가 명심해야 할 것은 코일이 작동하고 엄청난 진동이 수송기를 휩싸면 얼마 지나지 않아 심한 멀미가 몰려온다는 점이었다. 맞은편에 앉아 있는 동료에게 반쯤 소화된 음식물과 위액을 끼얹고 콧물과 침으로 범벅이 되지 않으려면 심신단일화 상태에 들어서야 했다.

어지러움이 수송기 기수 쪽에서 독을 품은 산들바람처럼 불어와 뒷덜미를 쓰다듬고 어딘가로 증발했다. 동물 3인조는 하나같이 똑같은 정좌 자세로, 론은 무언가를 중얼거리면서, 이강진은 구레나룻을 쓰다듬으며 현기증을 흘려보냈다. 그게 그들이 단일화를 불러오는 동작이었다.

부하들이 식도를 진정시키고 머릿속을 투명하게 비울 때쯤 강진이 날렵하게 일어서며 말했다.

"낙하 준비."

현추는 명령을 듣자마자 두 다리 사이에 끼워두었던 레일건이 제대로 접혔는지 확인하고 등에 멘 약식 군장과 결합시켰다.

가장 먼저 안전고리를 푼 화약부대원 셋이 투하구 앞에 섰다. 그다음은 론이었다. 현추가 론 뒤에 서려 하자 강진이 그의 어깨에 손을 얹었다.

"브리핑 때 딴생각을 했나? 정 중위는 맨 마지막으로 낙하한다."

현추는 실수를 인정하고 뒤로 물러섰다. 이유는 알 수 없어도 작전 명령은 명확했다. 이번 작전에서 가장 중요한 자원은 맨 뒤에 뛰어내려야 했다. 현추는 강진이 의심점수를 부과할 거라 생각했지만 그는 아무 말도 하지 않았다.

투하구가 아래로 열리며 밤하늘의 입을 억지로 벌렸다. 제법 차가운 바람이 사방에서 몰아치며 국가의 영토를 넓히려 출동하는 군인들의 뺨을 때렸다.

손으로 다 셀 수 있을 만큼 드문드문 반짝이는 지상의 불빛을 몸으로 가리면서, 복면을 뒤집어쓴 곰과 늑대와 오소리가 사라졌다. 론과 강진도 간격을 유지하며 뛰어내렸다.

현추는 생전 처음으로 강진을 내려다보면서 허공에 몸을 맡겼다.

*

「목표는 호위 차량 넷과 중요 차량 한 대입니다.」

벗이 현추의 청각 신경에 곧장 속삭였기 때문에 지상으로 떨어지며 공기를 찢느라 들리는 소음은 전혀 방해되지 않았다.

「다섯 대 모두 방탄 차량일 것으로 예상됩니다. 레일건을 장갑 관통 모드로 두고 지휘관의 신호에 맞춰 공격하십시오. 총격으로 적을 모두 제압하면 가장 이상적입니다.」

현추는 동료들과 너무 멀리 떨어지지 않도록 두 팔을 접고 낙하 속도를 높였다.

「그러지 못할 경우 화약부대원으로 구성된 1조가 호위 차량을 파괴합니다. 2조는 폭발에 휘말리지 않도록 주의하며 제압을 계속합니다. 폭발은 최대 5회 발생할 수 있습니다. 이때 적을 모두 말살할 수 있으면 첫 번째 목적은 달성됩니다.」

귀는 벗에, 눈은 고도계에 고정하고 부상 없이 지상에 도달하도록 집중해야 하건만 현추는 그럴 수 없었다. 이번 작전은 일부가 아니라 전부 이상했다. 보통 영토 확장 전투는 적의 후방 주요 시설을 기습하면서 시작하게 마련이었다. 본대 병력은 그 후에 투입되었다. 현추는 공수부대 소속으로 늘 시설물 파괴와 무력화를 담당했다. 적의 복장과 건물 구조가 매번 다르다는 점을 제외하면 똑같은 작전을 완수하는 것만으로 조국의 영토를 네 번 넓히고 네 번 훈장을 탄 셈이었다.

그런데 이번 개전 임무는 누가 보아도 요인 습격이었다. 강진은 군이 새 전략을 시험한다고 말했고, 직접 참가했다. 제 목숨보다 현추가 중요하다는 점까지 분명하게 지시했다.

현추로서는 꿈이 아닌지 의심할 만큼 좋은 기회일 수 있었다. 그는 옛 친구인 강진을 없애고 싶었다. 자신의 연인을 앗아 가고 늘 한 계단 위에서 승진하는 강진이 사라진다면 무슨 일이든 할 수 있을 것 같았다. 아니, 말은 바로 해야지. 현추는 생각을 조금 고쳤다. 서희는 타인이 운명을 결정하게 내버려둘 만큼 수동적인 사람이 아니었다. 그는 분명 스스로 강진을 선택했을 것이다. 집정청에서 정치적 위치를 높이는 엘리베이터를 타기 위해서.

그렇게 생각을 바꿔봐도 강진이 없어지면 좋겠다는 마음은 사라지지 않았다. 강진은 하나의 상징이었다. 너무나 사랑하고 목숨까지 바칠 수 있는 조국에서 단 하나 마음에 들지 않는 요소의 상징. 실력이 아무리 뛰어난 사람도 집정 가문의 후광을 이길 수는 없었다. 국민들은 고등학교를 졸업하면서 14계급으로 나뉘어 나라에 봉사했다. 엄정한 심사로 능력에 따라 계급을 결정한다는 것이 원칙이었고, 그 원칙은 거의 대부분 유지되었다. 심사 대상이 집정 가문인 경우만 빼고. 현추는 군대 내 경력과 실적 모두 강진을 앞섰다. 심리 검사와 이론 검정 결과는 공개되지 않았지만 뒷길로 알아본 바에 따르면 그것들 역시 현추가 우수했다.

그럼에도 강진은 늘 현추에게 의심점수를 매길 수 있는 자리에 있었다. 강진을 없애는 건 곧 조국의 흠결 하나를 매끄럽게 다듬는 일이었다.

「지면까지 850미터입니다. 저소음 낙하산을 펼쳐야 합니다. 3, 2, 1.」

어깨끈에 달린 손잡이를 힘껏 뽑자 밤하늘과 현추 사이로 광택이 없는 다이아몬드형 낙하산이 등장했다. 낙하산은 빠르게 아래로 가속하던 현추의 몸을 급정지시킨 후 천천히 내려놓기 시작했다.

어깨뼈가 죄어오자 전장에 돌입했다는 생생한 감각이 현추의 머릿속에서 상념을 걸러냈다. 갈림길이 보이지 않는 도로에서 빠르게 이동하는 목표물이 시야에 들어오기 시작했다. 호위 차량과 중요 차량은 쉽게 구분할 수 있었지만 양쪽 다 이국적인 모양새였다. 당연했다. 이곳은 구토를 참고 어지러움을 견디며 건너올 만큼 다른 나라였으니까. 현추는 레일건을 두 손으로 쥐고 모드를 다시 한 번 확인했다.

훈련과 실전에서 수없이 낙하한 병사들답게 1조의 동물 3인조는 가장 먼저 착지했다. 크고 희미한 다이아몬드 세 개가 땅 위에서 눈 깜짝할 새에 사라졌다. 통신 담당인 론은 땅을 딛자마자 장비를 작동시켰다. 침투한 국가에 따라서 다기능 중계기가 작동하지 않는 경우도 있는데 적어도 이번은 그렇지 않은 것 같았다. 마지막으로 현추가 내려서며 자동으로 압축된 낙하산을 떼어내자 벗 대신 강진의 목소리가 들려왔다.

「2조, 뒤쪽 호위 차량 앞 열을 공격해서 중요 차량을 격리시켜라. 1조는 내 사격을 신호로 앞쪽 호송 차량 앞 열을 공격해 정지시킨다.」

그러면 요인이 탄 차는 충돌을 피하기 위해 방향을 바꾸거나 정지할 수밖에 없었다. 단체로 이동하는 대열에서 목표 차량만 골라내는 게 정석이었다. 현추는 그것마저도 이상하다는 생각이 들었다. 목적은 요인 암살이 아니라 납치였던가? 제압이란 말이 그런 뜻이었던가?

하지만 오래 생각할 겨를이 없었다. 1조가 강진의 명령에 즉각 반응했다. 동이 틀 기미가 보이지 않는 밤의 축축하고 무거운 공기 속에서 빠르게 날아가는 새가 구슬피 우는 소리가 났다. 손질이 잘된 레일건이 탄환을 쏘아대는 소리였다. 적국의 방탄 기술은 레일건을 막을 수 없는 수준이었는지 후방 호위 차량 한 대가 파열음을 내며 뒤집혔다. 일단 좋은 징조였다.

론과 현추도 강진이 노리는 지점을 소리로 판단하고 탄환을 퍼부었다. 최전방 호위 차량이 강제로 멈추자 뒤를 바짝 따르던 차가 그대로 충돌했다. 가장 중요한 요인의 차는 늦지 않게 제동을 걸었는지 조금 약하게 앞차와 부딪혔다.

「늑대와 오소리는 요인이 탈출하지 못하게 막아라. 폭파는 마지막 수단이다.」

복면을 쓴 두 사람이 쏜살같이 앞으로 뛰어나갔다. 근육과 뼛속에 피와 살이 아닌 것들을 잔뜩 집어넣은 화약부대원이기에

낼 수 있는 속도였다.

아직 피격당하지 않은 호위 차량 두 대가 공격하는 측의 의도를 파악하고 도로에서 벗어나더니 바리케이드처럼 요인 차량의 앞을 가로막았다.

남은 네 사람의 총구가 최고 속도로 탄환을 발사했다. 그런데 타격음이 달랐다. 그 사실을 가장 먼저 눈치챈 현추가 소리를 질렀다.

"이쪽이 진짜 방탄차다! 총으론 안 돼!"

그 순간 단순히 바리케이드 역할만 하는 것처럼 보였던 호위 차량 두 대가 몸체를 부풀렸다. 헤드라이트 불빛을 손으로 가리며, 그 사실이 무엇을 뜻하는지 네 사람이 깨닫기까지는 조금 시간이 걸렸다. 그리고 네 사람은 거의 동시에 욕을 내뱉었다.

"이런 씨…."

호위 차량에서 튀어나온 총탑이 불을 뿜었다. 화약 연기와 불똥이 사방을 가득 메웠다. 강진이 현추를 옆으로 밀치고는 곧장 몸을 날렸다. 현추는 그 덕분에 사선을 피해 근처에 있는 바위 뒤로 몸을 숨길 수 있었다. 강진도 그의 곁에 엎드렸다. 늑대와 오소리는 요인의 차를 따라갔기 때문에 현추는 곰과 론이 무사히 피했는지 알아보려고 고개를 조금 들었다.

10여 미터 떨어진 곳에 일단 안전하게 자리 잡은 곰과… 총탄 서너 발에 직격당해 즉사하고 짐짝처럼 나뒹구는 론이 보였다.

현추가 육성으로 현황을 읊었다. 훈련된 반응이었다.

"론 테일러 하사 사망. 감시자였던 것으로 추정됨. 후 브리핑에서 확인할 것."

강진이 한심하다는 눈으로 현추를 응시했다.

"감시자라고?"

"아니었습니까? 그럼 뭐죠?"

"집정 가문의 쓸모없는 자식이었지."

강진은 불을 뿜고 있는 총탑이 살짝 방향을 바꾸자 잠깐 반격해보고 소리를 질렀다. 대상은 현추가 아니었다.

"곰! 내 말 들리나!"

"들립니다."

"조국은 너와 가족을 기억할 것이다. 가라!"

"예."

곰은 숨어 있던 바위를 돌아 달렸다. 늑대와 오소리처럼 그도 아주 빨랐다. 그들의 핏줄에는 혈액과 더불어 작은 캡슐 안에 꽉 눌러 담은 폭약이 흘렀다. 누구나 시간과 기회만 주어진다면 제 몸에 피를 낼 수 있지만 화약부대원은 생각만으로 그 폭약을 모조리 터뜨릴 수 있었다.

화약부대원의 무서움을 잘 알고 있는 강진과 현추는 최대한 몸을 웅크렸다. 섬광. 폭음. 소이성 물질이 몸에 옮겨붙은 사람들이 지르는 비명.

두 사람은 무덤덤한 얼굴로, 화약부대원이 조국과 가족을 위해 달려나간 자리를 메꾸게 마련인 지독한 고요함을 신호로 삼고 일어섰다.

요인이 탑승한 차와 납치범 사이를 막아섰던 중무장 차량은 탑승자들의 시체와 함께 타오르며 주변을 밝히고 있었다. 현추는 그 광경을 보며 소이성 물질로 인한 불길이 현실을 화장해 비현실로 승천시키는 것 같다는 느낌을 받았다.

강진은 임무를 방해하던 요소 하나가 사라진 것을 확인하자마자 늑대와 오소리의 벗을 부르고 보고를 받았다.

현추가 물었다.

"어떻게 됐습니까?"

강진이 손가락으로 불길 너머를 가리켰다.

"늑대와 오소리가 목표 차량을 묶어뒀어. 얼른 가서 처리하자고."

두 사람은 50여 미터쯤 떨어진 곳에서 멈춰선 차를 향해 빠르게 걸었다. 현추는 문득 두 번 다시 이런 기회가 오지 않을 수도 있다는 생각을 했다. 낙하하기 전 벗이 했던 말 때문이었다.

'임무를 완수하십시오. 답은 그 너머에 있습니다. 해답은 그 너머에 있습니다. 답을 깨닫는 순간 당신은 그 누구도 달성하지 못했던 충성을 이루게 될 것입니다.'

"소령님."

"왜."

"적국 요인을 납치하는 게 임무였죠?"

이강진은 잠시 생각하다가 고개를 저었다.

"그럼 결국 암살이었습니까?"

"그것도 아니야."

"아직도 알려줄 수 없는 겁니까?"

강진은 걸음을 멈추지 않고 현추를 물끄러미 바라보다가 말했다.

"네 눈으로 확인하면 알게 돼. 그래야만 알 수 있을 거야."

"명령입니까?"

"…응. 그럴 만한 이유가 있는 명령이야. 믿어봐. 이번 한 번만이라도."

현추는 규칙적으로 움직이는 제 군화의 코와 레일건 총구를 번갈아 쳐다보다가 다시 물었다.

"그럼 왜 이번 작전에 직접 뛰어들었는지 알려주십시오."

강진은 대답하는 대신 입꼬리를 올렸다. 수송기 안에서 론과 주고받았던 바로 그 미소였다.

"아까 론이 죽을 때 말해줬잖아. 걔네만이 아니야. 우리 가문도 실각했어. 집정자께서 내린 결정이지."

현추는 저도 모르게 물었다.

"무슨 일을 했길래…."

강진은 어깨를 으쓱했다.

현추는 목표물에 다다를 때까지 기다렸지만 아무 말도 들을 수 없었다.

강진은 레일건에 맞아 찌그러진 바퀴와 검정 차량을 신속하게 살폈다. 그리고 손을 내밀어 현추를 물러서게 한 다음, 차에 총을 겨누고 있던 늑대에게 고갯짓했다. 늑대는 천천히 손을 내밀어 차의 뒷문을 열기 시작했다.

저 안에 이 괴상한 임무의 답이 있단 말이지. 내가 최고 수준으로 국가에 충성할 수 있고 행복의 문까지 꽉 닫을 수 있는 임무의 답이.

현추는 재생 가면 속 피부가 근질거리는 것을 참으며 눈을 가늘게 떴다.

뒷좌석은 텅 비어 있었다.

벗이 속삭였다.

「정현추 중위, 움직이지 마십시오.」

하지만 현추는 그 상황이 무엇을 의미하는지 깨닫기도 전에 뒷걸음질 쳤다. 그와 동시에 강렬한 빛이 어떤 것도 숨을 수 없도록 모든 그림자를 지우며 뒷좌석이 비어 있는 검은 차와 네 사람을 에워쌌다.

현추는 두 손을 내밀며 강진을 바라보았다. 강진이 입을 열었다. 현추는 그가 무슨 말을 하려는지 알아챘다. '조국은 우리를 기억할 것이다'. 임무가 완전히 실패했을 때 적국에 정보를 넘기지 않도록 자폭하라는 명령이었다.

늑대의 이마와 오소리의 귀에서 피안개가 번졌다. 두 사람은 피에 불을 붙이기 전에 저격당해 주인을 잃은 총처럼 쓰러졌다. 강진은 번개처럼 빠르게 권총을 뽑아 자결했다. 그와 마찬가지로, 훈련받은 대로 총구를 턱밑에 댄 현추의 손가락과 방아쇠 사이로 한 가지 생각이 끼어들었다.

도대체 해답이 뭐지?

벗의 목소리가 자살을 재촉하지 못한 것은 누군가 현추의 뒷덜미를 강하게 내리쳤기 때문이었다.

*

벗은 끝내 아무 말도 하지 않았다. 혀를 깨물어 죽으라고 하지도 않았고, 눈을 뜨고 정신을 차리라고 말하지도 않았다.

현추를 깨운 것은 차가운 물이었다. 호흡이 곤란하지 않은 것으로 보아 누군가 뿌린 게 분명했다.

현추는 오른쪽 귀와 관자놀이에서 지독한 통증을 느끼며 눈을 떴다가 강렬한 조명에 눈물을 쏟으며 다시 감았다.

"정신이 드나?"

현추는 뻔한 사실을 되묻는 질문에 대답하지 않았다. 이번 적국은 조국과 비슷한 면이 꽤 많았다. 사용하는 말이 흡사한 건 당연했다. 영토 확장 작전은 그런 국가를 골라서 시행되기 때문이었다. 그런데 상대를 똑바로 쳐다볼 수 없게 만드는 빛, 구속된 두 손과 발, 차가운 물을 이용한 심문까지 똑같다는 사실에 현추는 내심 감탄하고 있었다.

그는 지금 취조실에 있었다. 빛 때문에 당장 얼굴은 알아볼 수 없었지만 방 안에는 두 사람이 있었다. 물을 뿌린 자는 왼쪽에 서 있었고 질문을 던지는 사람은 탁자 맞은편에 편히 앉아 있었다.

현추가 가까스로 침을 삼키고 물었다.

"며칠이나 지났지?"

심문자가 웃으며 대답했다.

“어떡해서든 상황을 파악하려는 거군. 마음에 들어. 지루하게 밀고 당기는 건 취향이 아니니까 필요한 걸 전부 알려주지. 넌 나흘 동안 잠들어 있었어. 우리는 아주 바빴고. 소이성 물질에 불이 붙지 않도록 시체를 치우고, 전자기를 이용한 총을 수거하고, 너희가 죽인 경호 군인들에게 국장으로 예를 갖추고, 너희가 타고 왔던 수송기가 사라지기 전에 나포해서 분해하기도 했지. 이번 일에 동원된 인원만 400명이 넘어. 이 정도면 국가 프로젝트 아닌가. 참, 네 머리에서 이것도 빼냈어. 기분이 어때?”

심문자가 무언가를 탁자 위에 내던졌다. 현추는 길쭉하고 피가 조금 말라붙은 기계를 쳐다보고는 기억을 더듬었다. 늘 그에게 말을 걸고, 행복의 문을 붙들 수 있도록 조언하고, 30분마다 심신을 검사하던 기계, 벗이었다.

몸이 떨리기 시작하자 현추는 혀끝을 아랫입술에 댔다. 하지만 떨림은 멈추지 않았다.

심문자가 일어서더니 방 안을 거닐었다.

“너희 지도자도 나와 같은 고민을 했던 모양이야. 그리고 나름대로 답을 찾은 게지. 머릿속에 기계를 심어서 세뇌한다니, 나쁘지 않아. 하지만 실력이 좋다고 볼 수도 없군. 가장 좋은 방법은 우리가 찾아서 시행하고 있으니까. 경쟁, 무한한 경쟁. 수단과 방법을 가리지 않고 실력을 입증하면 어디든 올라가고 무엇이든 될 수 있는 세상. 그것보다 완벽하게 사람을 통제할 방법은 없지. 누가 무슨 생각을 하는지 빤히 보이니까.”

현추는 자부심에 도취해서 연설을 늘어놓는 심문자를 올려다보았다. 눈이 차츰 빛에 적응하고 있었다. 그리고 심문자의 말 속에는 따로 적응할 필요도 없는, 어딘지 익숙하고 그리운 생각이 깃들어 있었다.

"그 점만 빼면 너희와 우리는 꽤 비슷한 모양이야. 너희가 정찰하라고 앞장세웠던 인원이 고문 끝에 죽기 전에 많은 걸 털어놨거든. 아, 중요한 차이가 하나 더 있더라고. 너희는 국가라는 단어를 꽤 폭넓게 쓰지? 재미있었어. 난 왜 그런 생각을 못 했을까? 진작 알았다면 좋았을 텐데. 우리 과학자들이 이미 다른 용어를 만들어버렸으니 아쉽게 됐어. 너희가 타국이나 적국이라고 부르는 걸 우린 '평행우주'라고 한단 말이야. 과학자라는 족속들은 지금 너희 수송기 때문에 축제를 벌이고 있어. 점령하기 쉬운 평행우주를 골라서 영토를 넓힐 수단을 손에 넣었으니까. 그런 의미에서…."

심문자는 다시 앉더니 현추를 향해 의자를 바짝 끌어당겼다.

"너와 동료들은 우리 세계의 영웅이야. 아니지. 죽은 자는 경쟁에서 졌으니 너 홀로 영웅이라고 해야겠군. 이 나라를, 이 세계를 무한히 넓힐 수 있는 지식을 제공한 영웅. 어때? 조국을 배신하고 여기서 영웅이 돼서 잘 살아볼 생각은 있어? 딱 한 가지 사소한 문제가 있긴 하지만…."

현추는 조국을 배신하라는 말을 듣고 혐오감이 반사적으로 솟아올라 움찔거렸다. 그건 불가능했다. 있을 수 없는 일이었다.

정말 있을 수 없는 일일까? 심문자의 말대로 이 나라가 무한 경쟁을 지향한다면….

현추는 벗이 사라지자 곧장 고개를 쳐드는 진짜 번뇌 때문에 격렬하게 머리를 내저었다. 그는 다시 한 번 더러운 생각이 떠오르는 것을 막으려고 몸을 비틀어가며 임무를 떠올렸다. 자살할 기회를 놓치게 만들었던 의문만 해결한다면 이제 정말로 마음 편하게 죽을 수 있을 것 같았다.

현추는 입을 열어 거짓말을 했다.

"한 가지만 알려주면 원하는 건 뭐든지 하겠다."

심문자는 즐거움을 조금도 숨기지 않았다.

"좋아, 좋아. 뭐든지 답해주지."

"그 함정 차량 안에는 본래 어떤 인물이 탈 예정이었지?"

심문자는 발작하듯 몸을 젖히더니 큰 소리로 웃기 시작했다. 의자가 뒤로 넘어지고 요란한 소리가 났지만 개의치 않았다. 그는 방 안을 돌아다니며 벽을 두드리더니 심지어 옆에 서 있던 부하의 어깨를 때려가며 웃었다. 그러다가 갑자기 무언가 깨달은 것처럼 웃음을 거두었다. 그는 현추에게 다가오더니 탁자 모서리에 걸터앉았다.

"생각해보니 전혀 웃을 일이 아니었어. 그래, 그럴 수도 있겠어. 현장에서 증거를 보여주고 궁지에 몰아넣으면 네가 그 자리에서 결정할 수밖에 없었을 테니까. 본래 그 차는 이 나라 최고지도자 전용이야. 다시 말해서 내가 타는 차야. 자, 빛을 줄여줄 테니 잘 봐. 네가 눈으로 확인하고 죽여야 했던 사람은 바로 나야."

조명이 어두워지고 심문자가 얼굴을 들이밀었다.

현추는 벗이 강제로 제거되어 자신이 미친 거라고 생각했다.

그리고 곧 그렇지 않다는 사실을 알았다. 조국은 점령하기 쉬운 나라들만 골라서 적국으로 상정했다. 그러다가 현추와 똑같은 인물이 지배하는 나라를 찾은 것이었다. '그 누구도 달성하기 어려운 충성'이란 다름 아닌 적국의 지도자이자 꼭두각시로 사는 삶을 뜻했다.

심문자인 동시에 평행우주의 현추인 인물이 말했다.

"조금 전에 말했던 사소한 문제라는 게 바로 이거야. 난 가면을 들추고 네 정체를 안 순간부터 고민했어. 혹시 넌 이 세상에서 처음으로… 그 단어가 뭐더라? 오래된 말인데. 벗? 친구? 여하튼 그런 게 될 수 있을지 몰라. 유전자 검사를 해봤더니 글쎄 별 차이가 없더라니까? 묻고 싶은 것도 많고 의논할 것도 많다는 생각이 들었어. 내 통치 방식을 네가 어떻게 생각하는지 차근차근 듣고도 싶었고. 그런데 아주 작은 문제가 있더라고. 혹시 네가 정말로 나와 같다면, 너도 실력이 최고라고 생각하겠지. 상대를 기만하고 배신하는 것도 실력이라고 생각하겠지. 그러면 당연히 나를 없애려 들 거야. 지금 저기 서 있는 저 고문 기술자처럼. 저 자식은 네 얼굴을 보고 나를 죽인 다음 널 써먹자고 생각했거든. 그렇지? 아니라고?"

이 나라의 최고 지도자는 품에서 권총을 꺼내서 부하를 쏘았다. 부하는 미처 부인도 하기 전에 너덜너덜해진 잇몸 사이로 피를 토하며 탁자 밑에 쓰러졌다.

"그래서 안 되겠어. 널 이 자리에서 죽일게. 너를 고작 소모품으로 써먹었던 나라를 내가 점령하고 내 방식으로 개조할게. 실력이 모든 걸 결정하는 세상으로. 그러면 너도 저세상에서 기쁘겠지. 마지막으로 하고 싶은 말이 있으면 해."

적국 지도자가 총신이 굵은 권총을 현추의 이마 한복판에 겨눴다.

현추는 아랫입술을 혀로 두 번 건드렸다. 마침내 해답을 알았기 때문인지, 지독한 떨림 대신 심신단일 상태가 찾아왔다. 그는 이제 비굴하거나 나약한 모습을 보이지 않고 패배를 받아들일 수 있었다. 그는 자랑스러운 조국의 영웅이었다.

그는 뒤로 결박당한 두 손으로 행복의 문을 부여잡는 상상을 하며, 고개를 가로저었다. 그와 똑같이 생긴 평행우주의 인물은 조금도 주저하지 않고 방아쇠를 당겼다.

바이러스들

캠핑카 창문 너머로 보이던 휴양림의 나무들이 흑백으로 불타오르고, 캠핑용 컨테이너의 벽이 갑자기 봄을 맞이한 살얼음처럼 수백 갈래로 갈라지며 깨져버렸다. 그 모든 것들의 뒷면을 지배하고 있던 완벽한 어둠이 형주의 시야를 완전히 가로막았다가 커튼처럼 횡으로 열렸다. 이윽고 보강현실 글래스를 통해 그리 달갑지 않은 원룸의 책상과 침대가 적나라하게 드러났다.

형주는 시트가 구겨진 침대를 배경 삼아 떠오른 '접속 불가' 메시지를 멍하니 바라보다가 눈을 껌벅거렸다.

"벰버스 서비스가 중단됐어요."

형주가 살고 있는 원룸 안 모든 네트워크에 연결된 AI 구피가 메시지의 뜻을 다시 확인해주었다.

형주는 도저히 믿을 수 없는 현실에 말을 잇지 못하다가 미니

냉장고에서 차가운 캔커피를 꺼내면서 조금씩 정신을 차렸다.

"신체지표가 공황 상태에 가까워요. 우선 심호흡부터 하세요. 그냥 보강현실 서비스 하나가 멈췄을 뿐이잖아요."

당혹감이 잦아들자 화가 치솟기 시작했다. 형주는 절대로 흥분하는 법이 없는 구피에게 분노를 돌렸다.

"그냥 서비스? 벰버스가? 저건 절대로 멈추면 안 된다고! 벰버스가 왜 서버 점검을 안 하는지 알아? 벰버스는 바로…."

구피는 AI답게 사용자가 문장을 맺을 때까지 끈기 있게 기다렸다. 형주는 벰버스가 무엇과 같은지 생각해보았다. 친구가 그 안에 있었고, 은행도 있었고, 일감도 있었고, 즐겨 찾는 숲과 호수도 있었고, 아주 가끔 호기심에 들르곤 하는 도시의 지하시설도 모조리 그 안에 있었다. 벰버스는 그 자체로 그냥….

"삶과 세상이란 말이야. 그건 멈추면 안 돼. 지금까지 멈춘 적이 없었고 앞으로도 그래야 해. 무슨 일이 생긴 거야? 검색해봐."

구피는 형주의 지시에 충실히 따르고 뉴스 검색 결과를 글래스 디스플레이에 띄웠다.

"'엔키두'라는 돌파형 컴퓨터 바이러스에 벰버스의 로그인 서버, 메인 서버, 백업 서버가 전부 잠식당했어요."

그 순간 글래스에 무미건조하고 투박한 공지 윈도우가 떠올랐다. 실용성과 경고 효과만 노린 노란 바탕색과 검정 글자였다.

국민 여러분, 정보통신부에서 보내는 재난 공지입니다. 현재 전 세계 상업망과 기간망이 엔키두 바이러스에게 무차별적으로 공격받고 있습니다. 엔키두에 대해 알려져 있는 것은 자가수정이 가능한 지능형 분산 바이러스라는 사실뿐입니다. 정부는 이 문제에 대처하기 위해 이미 각 기업과 협력을 시작했습니다. 국민 여러분께서도 위기 상황임을 인지하시고….

통신부의 메시지는 더 이어지지 않았다. 재난이 발생하면 전화번호와 연동된 모든 메신저에 경보를 발송하는 국가 서버까지 공격당한 것 같았다.

"구피야."

"네."

형주가 물었다.

"금방 복구되겠지?"

"복구야 되겠죠. 하지만 엔키두가 기록적으로 빨리 퍼지고 있어서 얼마나 걸릴지는 알 수 없어요. 아직 예측치도 발표되지 않았고요."

"그럼 난 뭘 해야 해?"

"전방위적인 바이러스 공격이나 네트워크 셧다운에 대한 대응방법은 제 펌웨어에 없어요. 검색해볼게요."

형주의 질문은 그런 뜻이 아니었다. 벰버스가 현실과 나란히 존재하는 동안 그는 단 1초도 세상과 분리되지 않았었다. 다른 접속자와 대화를 하지 않고 넋을 놓은 채 하늘을 바라볼 때도 계속 파란 픽셀의 모음과 연결되어 있었다. 하지만 소통하고 접촉해야 할 모든 것과 기약 없이 단절된 지금 그에겐 할 일이 전혀 없었다. 존재를 만족스럽게 확인해줄 근본의 부재 앞에서 그 자신 역시 사라지는 것 같았다.

구피가 단어 사이의 간격을 단축해가며 빠르게 말했다.

"본사에서 새 펌웨어가 내려왔어요. 전시 민간인 행동 요령에 따르래요. 우선 물과 라면을 추가로 주문할게요. 전력 통제소도 공격받을 테고 전화와 수도와 가스도 끊길 거예요. 아니, 잠시만요. 온라인 마트가 모조리 멈췄어요. 그래도 다행이에요. 생수는 두 상자를 주문했거든요. 사람은 물만 있어도 생명을 7일은 연장할 수 있어요. 잠깐 기다려주세요."

잠시 후 구피가 다시 말했다.

"3대 검색 엔진이 전부 죽었어요. 그렇다는 건 곧…. 외부망에 연결이 안 되네요."

형주는 끝이 얼마 남지 않았다고 생각했다. 네트워크와 단절된 홈 AI는 형주와 마찬가지로 무의미했다.

"잊지 마세요. 물을 잘 보관하고 아껴쓰세요. 제 펌웨어 속에서 도움이 될 정보를 찾다가 이런 말을 발견했어요. 공포는 사람을 죽일 수 없다. 왜 이 구절을 꺼냈는지 아시겠어요? 만약에엔."

구피가 발음한 마지막 음절은 다른 단어로 이어졌다.

"엔키두가 당신의 홈 AI를 삭제합니다. 밖으로 나가보는 게 어떨까요? 행운을 빕니다."

*

사람과 직접 만나는 행위는 악이었다. 손을 마주 잡고 인사하는 것은 악이었다. 멸균 게이트를 통과하기 전에 맨손으로 물건을 잡고 눈이나 입이나 코를 만지는 것은 악이었다. 필터를 통과하지 않은 공기와 살균하지 않은 물은 악이었다. DNA와 RNA 부스러기로 이뤄진 그 바이러스는 공기와 물을 매개로 퍼졌다. 바이러스가 체내로 침투하게 방조하는 모든 행동은 사회의 악이었다. 바이러스를 불특정 다수에게 옮기는 모든 행동은 악중악이었다.

그 악행의 결과 10년에 걸쳐 세계 인구의 40퍼센트가 사라졌다. 랜선과 영상과 보강현실은 그런 인류를 구원했다. 살아남기 위해서 서로 만날 수 없고 만질 수 없고 시력이 허용하는 거리 안으로 접근할 수 없었던 사람들은 드론으로 물자를 유통하고 벰버스에서 다시 만났다. 온라인은 살아남은 인류의 토대가 되었다. 20억을 죽인 바이러스에 대항하는 백신과 치료제가 개발되었음에도 악과 선의 가치관은 다시 뒤집히지 않았다. 생존자들에게 바깥세상이란 분자구조로 얼굴을 치장한 상상 속의 사신이 돌아다니는 곳이었다. 반면에 벰버스는 안전하고 완벽했기 때문에, 온라인이 선이고 오프라인이 악이라는 가치관 역시 그 자체로 완전했다. 그리고 완전한 세상이 이번에는 디지털 바이러스로 단 6시간 만에 무너졌다.

형주는 전기가 공급되지 않고 벰버스도 없는 밤이 줄어드는 식량보다 무서웠다. 하지만 음식이 떨어져 사흘을 굶고, 1.5리터짜리 생수통을 간신히 들 힘밖에 남지 않은 몸 상태로 원룸 문 앞에 주저앉아서, 형주는 구피의 마지막 조언을 생각했다.

공포는 사람을 죽일 수 없다.

그건 거짓말이었다. 사람은 두려우면 죽는다. 놀라도 죽는다. 절망해도 죽는다. 그리고 에너지를 공급하지 않아도 죽는다. 지금 문 너머와 안쪽에는 공히 죽음만이 있었다.

형주는 뻑뻑한 문손잡이를 돌렸다. 그리고 천천히 문을 밀었다. 두려움과 허기로 벌벌 떨면서 밖으로 고개를 내밀었을 때, 복도 끝 집의 문틈에서 낯설기만 한 사람의 두 눈이 형주를 지켜보고 있었다. 10년 만에 처음으로 보는 사람이었다.

형주는 구피의 말을 시험해보기 위해서 그 사람에게 천천히 걸어가기 시작했다.

양자의 아이들

혁명군들이 쌓아놓은 의자와 탁자와 온갖 집기들은 정부군의 총탄 앞에 무력했다. 귀족 집안 출신으로 혁명군의 최전선에 선 젊은이들은 총을 잡고 있기는 했다. 하지만 그들에게 총은 사냥용이었을 뿐, 훈련을 받은 군인들에 비해 사격 실력은 형편없었다.

사실 그들이 손에 쥔 총은 살상용이 아니었다. 총은 분노의 상징이었고 무력함과 패배의 예감을 잠시 덮어주는 얇은 담요에 불과했다. 불길한 예감은 총탄에 부서진 나뭇조각들처럼 조용히, 하얗게 혁명군의 어깨에 내려앉았다.

탄약이 부족하다는 불평이 여기저기서 흘러나오기 시작했다. 사실 그 불평은 탄식이었고, 탄약의 수는 그들에게 남아 있는 생명의 길이었다. 어린 소년 가브로쉬는 상황을 견디다 못해 바리케이드를 넘어 조금 전까지 총탄이 오가던 중간지대로 나섰다.

그리고 죽은 자들이 하늘로 가져가지 못한 탄약을, 금속과 화약으로 이루어진 생명의 조각을 주워담았다.

가브로쉬는 이렇게 노래했다.

"사람들은 강아지를 걷어차지 않을 거야. 아직 어리니까. 적이 20배 더 많아도 우린 포기하지 않을 거야."

정부군의 총은 노래 그대로 어린 강아지 가브로쉬를 노리지 않았다. 가브로쉬는 탄약가방을 주섬주섬 모으면서 노래를 이어갔다.

"미리 도망치는 게 좋을 거야. 강아지가 자라서 개가 되면 너희를 물어버릴 테니까."

그리고 가브로쉬의 덧없는 협박은 마지막 한숨이 되어 공기 중으로 흩어졌다. 정부군이 손가락질 한 번으로 날린 총탄은 그의 생명을 끊었다….

*

영화 〈레미제라블〉은 그 장면 뒤로도 많은 죽음과 슬픔을 남긴 채 끝이 났다. 등장인물들이 부른 노래의 여운이 관객의 귀와 마음을 가득 채우고, 곧장 눈을 떼고 그 자리를 떠나지 못하도록 끈적거리고 뜨거운 손으로 관객의 발목을 붙들었다. 보통 영화가 끝나면 관객들이 동석한 사람과 이런저런 이야기를 나누느라 주변이 어수선해지게 마련이었지만, 이번에는 그렇지 않았다. 내 옆에서 영화를 보고 있던 주리도 입을 열지 않았다.

영화와 그 안에 만들어진 세계에서 눈을 뗀 후 현실과의 차이 때문에 잠시 혼란을 겪는 것은 흔한 일이다. 하지만 이번엔 달랐다. 지금 〈레미제라블〉과 이어진 끈을 자르고 나면 눈앞에서 기다리고 있을 현실은 그 어느 때보다 무겁고 중대했다. 나이가 어림에도 불구하고 주리는 그 사실을 잘 알고 있었다. 우리를 기다리고 있는 그 문제의 현실은 다름 아닌, 가장 중요하고 위험하며 모든 이들이 참여한 투표의 결과였다. 하필 주리와 함께 〈레미제라블〉을 보게 된 것은 우연이었고, 〈레미제라블〉의 재생이 끝나는 순간과 투표 결과가 확정되는 시간이 일치한다는 것도 우연이었다.

그리고 투표 결과는 우리 모두의 운명까지 끌어안을 것이다. 이제 우리 모두가 어둡고 깊은 심연으로 굴러 들어갈지, 그렇지 않으면 끊임없이 원소를 융합시키며 불타오르는 항성의 따뜻한 빛 속에서 살게 될지는 투표 결과만이 알려줄 수 있을 것이다.

'운명'처럼 모순적이고 비이성적인 단어를 쓰다니, 아무래도 〈레미제라블〉의 영향인 것 같았다. 나는 몸 안에서 무언가가 살짝 떨리는 것을 느끼고는 주리를 바라보았다. 주리도 나를 보았다.

주리가 물었다.

"시계가 움직였나요?"

나는 그렇다고 신호를 보냈다.

이 순간 나에게 있어 가장 중요한 것은 그 시계였다. 시계는 모든 것을 상징했다. 시계는 바퀴이며, 뫼비우스의 고리이고, 빠져나갈 수 없는 감옥이었다. 그 시계가 움직였다. 주리는 그 한 마디로 투표의 결과를 알아챘다. 나는 주리의 아버지가 아니었지만 주리는 내 자식이라 해도 괜찮을 만큼 명민하고 영악했으며 섬세했다.

주리는 나만큼이나 절망하면서 말했다.

"정말… 정말로 우리가 잘못된 평행우주로 빠진 건 아닐까요? 믿을 수가 없어요. 어떻게 그런 모습들을 보고도, '정화전쟁'을 겪고 나서도, 우주의 먼지보다 못한 취급을 당하면서도 그자에게 한 표를 던질 수가 있는 거죠?"

주리는 몸을 돌려 사방을 둘러보았다. 그 움직임은 다소 극적이고 과장되어 있었다. 아마도 영화의 여운이 남은 것 같았다.

"전부 거짓말일 게 뻔한데 사람들은 도대체 왜 그자를 찍은 거죠, 아빠?"

나는 주리의 아버지가 아니었지만 주리는 내 자식처럼 나를 아빠라고 불렀다.

"이 세상에는 무수한 평행우주가 있다면서요. 그렇다면 투표 결과가 다른 우주도 있겠죠? 그리로 넘어갈 순 없나요?"

나는 아무 말도 해줄 수가 없었다. 시계는 분명히 움직였다. 이 시계의 바늘은 두 개이고, 둘 중 어느 하나가 부러졌다면 시계는 작동하지 않았을 것이다. 하지만 하나의 바늘은 오래전 어떤 사고 때문에 돌아가기 시작했고, 다른 바늘은 조금 전 투표 결과가 확정되면서 움직였다. 따라서 시계는 움직였고, 나도 움직여야 했다. 돌이킬 방법은 없었다.

주리가 물었다.

"아빠도 여기를 떠나서 다른 우주로 가고 싶죠?"

아니라고 대답해야 했다. 나는 주리의 아버지가 아니지만 주리는 나를 자식처럼 따랐다. 그러니 아버지답게, 단순한 도피는 해결책이 아니라고 가르쳐야 했다. 문제가 이곳에 있으면 해결도 이곳에서 해야 한다고, 난관은 똑바로 마주 보아야 한다고, 양자 이론의 역사만큼이나 오래된 충고를 해야 했다. 하지만 나는 거짓말이 싫었다.

"그래."

왜냐하면, 진심은 수많은 질문을 미리 막을 수 있기 때문이다. 그리고 아직도 옆 우주로 가는 것은 불가능하기 때문에, 나는 오히려 쉽게 대답할 수 있었다.

*

시계는 조금의 시간 지연도 없이 움직였다. 우주의 물리법칙이 조금의 변화도 없이 제대로 작동한다는 의미였다. 그 물리법칙에 따라 투표의 결과도 즉시 전 우주에 퍼지기 시작했다. 다시 말해 양자사기꾼들의 조작이 머릿속으로 흘러들어오며 구체화하기 시작했다.

「새로 군림하게 되신 유나 총제(總帝)를 찬양해야 한다. 전 우주의 모든 이가 총제를 원했으니까. 그 결과 총제께서는 우주의 지배력을 획득하셨으며, 그로써 총제는 옳으시며, 그로써 총제의 아버지이신 무진 선총제(先總帝) 또한 옳으셨다. 결과는 과정에 선행한다. 결과는 과거를 수정한다. 존재하는 것은 결과뿐이다. 양자의 아이들이여, 슈뢰딩거의 고양이는 살았는가 죽었는

가. 무진 선총제는 옳았는가 그렇지 않았는가. 투표는 고양이가 들어 있는 상자를 열었고, 무진 선총제가 옳았으며 유나 총제가 옳다는 것이 증명되었다. 선총제의 양자 중첩은 그렇게 붕괴하였으니 이제 선총제를 험담하는 것은 진리를 위조하려는 행위이다. 새로 군림하신 유나 총제를 찬양해야 한다. 전 우주의 모든 이들이….」

주리와 나는 누가 먼저랄 것도 없이 실소를 터뜨렸다. 이 우주에 악이 존재한다면 그건 바로 무진 선총제였다. 아주 먼 옛날 우리 모두의 조상 행성인 지구에서 어떤 과학자가 이런 말을 했다. '과학이 충분히 발달한 문명은 폭력을 지양하고 평화를 추구할 것이다.' 그 말이 옳다면 우리는 아직도 과학이 충분히 발달하지 못한 문명이다. 지구 인류가 '특이점'을 돌파한 이래 우리는 인간의 육체를 벗어났다. 옛사람들이 지금의 나와 주리를 본다면 두 대의 거대한 우주선이라고 부를 것이다. 하지만 우리는 단순히 우주선 육체를 가진 인간이 아니다. 우리는 정신부터 육체에 이르기까지 스스로를 복제하면서 동시에 개조할 수 있다. 그렇게 해서 우리는 진화선(進化線)을 직접 만들어 나아갔다. 따라서 나는 주리의 아버지가 아니라 조상이다. 주리는 아빠라고 부르는 편을 더 좋아하지만.

그럼에도 불구하고 우리는 아직 충분히 발달하지 못한 문명인가보다. 무진 선총제는 진화원리의 필요성을 부정했다. 다양성도 부정했다. 그는 저항도 없고 반항도 없고 이견도 없는 우주를 꿈꿨다. 그리고 자신에게 빌붙은 자들의 막대한 화력을 이용해 반대하는 사람들을 단 한 번의 재고도 없이 소멸시키는 작업에 착수했다. 그게 이른바 '정화전쟁'이었다. 우리가 사는 우주는 정화전쟁의 겁화와 혼돈에 휩싸였다. 그 전쟁은 결국 진화파의 승리로 끝났지만, 약 8천 개의 진화선이 영원히 멸종되고 말았다.

정화전쟁이 끝나고 다시 진화와 다양성이 화려하게 꽃을 피웠다. 그러면서 비약적으로 발전한 분야가 있었으니, 바로 표준양자이론이었다. 표준양자이론은 거시세계의 양자중첩을 임의로 붕괴시킬 길을 열었다. 우리 모두가 양자이론에서 말하는 '관찰자'가 되었던 것이다.

「원하라, 그러면 이루어질 확률이 발생한다. 원하는 사람이 많을수록 이루어질 확률이 올라갈 것이다.」

그처럼 우주의 현실을 규정할 수 있는 기술이 보편화되자, 전쟁 중에 사라졌던 무진의 야망이 고개를 들었다. 무진은 만일의 사태에 대비해 자신의 복제품인 유나를 만들어두었다. 그리고 무진의 추종자들은 유나를 총제의 자리에 올리기 위해 '양자투표'를 실시했다. 양자투표는 원하는 이에게 표를 행사하는 투표가 아니었다. 양자투표는 우리 관찰자들이 원하는 현실의 총합이었다.

「원하라, 그러면 현실이 되리라. 원하는 사람이 많을수록 그게 현실이 될 확률이 올라갈 것이다.」

진화파들 대부분은 투표 결과를 걱정하지 않았다. 정화전쟁 직전의 우주가 어땠는지 모든 이들이 기억하고 있었으니 유나가 총제 자리에 오를 일은 없을 거라고 생각했다. 걱정한 사람은 나를 포함한 소수에 불과했다. 우주 곳곳에서 진화를 부정하고 정화를 지지하는 이들을 많이 보아왔기 때문이었다.

그리고 현실확률함수는 붕괴되었다. 많은 이들의 희망에 따라 유나가 총제 자리에 오른 것이다.

✳

우리는 표준양자이론의 아이들이다. 우리는 우주선이며 관찰자이고 세계를 만들어 나간다. 태어난 지 얼마 안 된 주리조차도 그런 능력을 가지고 있다. 주리는 영화를 '함께' 보려고 나를 찾아오면서 고전적인 추진이 아니라 양자 얽힘과 상태확률 붕괴를 이용해서 순식간에 이동해왔다. 말하자면 이제 걸음마를 익힌 셈이다.

양자역학이 물리적인 지배원리라면 양자얽힘은 실용적인 원리이다. 양자얽힘이란 입자가 서로 얽혀 상대방의 물리량을 규정하는 현상을 말한다. 다른 평행우주에서는 어떤지 모르겠으나, 적어도 이 우주에서 양자얽힘은 모든 한계를 초월해 순식간에 일어난다. 유나 총제의 지지자들과 그 수하인 양자사기꾼들은 어떻게 투표 결과의 '상태'를 규정할 수 있었는가. 그들은 어떻게 수천 광년 떨어진 곳에서 나와 주리가 있는 곳까지 당선감사방송을 보내고 현실규정을 시도할 수 있는가.

우리가 양자의 아이들이고 얽힘이 우리의 존재 방식이기 때문이다.

"아빠, 〈레미제라블〉은 대략 4만 년 전에 '영화'라는 형태로 존재했던 거라면서요? 어떻게 찾아낸 거예요?"

이제 막 걸음마를 시작한 주리가 물었다. 나는 마지막으로 주리에게 조금이라도 도움을 주고 싶어 설명해 주었다.

"양자얽힘을 이용하면 가능해."

주리는 명민한 후손답게 질문했다.

"하지만 얽힘이 이뤄지려면 '관찰'이 선행되어야 하잖아요?"

"그렇지. 그래서 〈레미제라블〉에 대한 정보 한 토막을 찾는 게 우선이야. 누군가가 〈레미제라블〉이라는 이름을 기억하고 있으면 그 정체에 대해서 조금 더 알고 있는 사람을 찾을 수 있잖니? 그런 식으로 〈레미제라블〉을 보고 싶어하는 사람들이 모여서 다음 정보가 존재하는 양자상태를 규정하는 거야. 그렇게 정보가 모이면, 결국 〈레미제라블〉이라는 이름의 완전한 정보를 입수하는 양자상태까지 규정할 수 있지. 그 결과 우리가 방금 〈레미제라블〉을 감상할 수 있었던 거고."

주리는 아주 잠깐 생각에 잠겼다가 말했다.

"그러면… 〈레미제라블〉에 대해 아는 사람이 아무도 없으면…."

"양자확률함수의 값이 무한히 0에 수렴한다는 얘기고, 〈레미제라블〉은 더 이상 존재하지 않는 거지."

주리는 갑자기 모든 것을 이해했다는 듯 기쁨을 표했다.

"그러면… 아빠 몸속에 있는 시계가 움직였다는 건…."

"똑똑하구나. 네 생각 그대로란다."

나는 그처럼 영리한 주리를 볼 시간이 얼마 남지 않았다는 사실 때문에 다소 씁쓸한 기분으로 칭찬해주었다.

*

내 수명은 꽤 오래전에 결정되었다. 나는 여행을 좋아했고, 진화에 흥미를 가졌다. 그래서 다른 사람들이 꺼리는 우주의 구석구석을 돌아다녔다. 그러면서 많지는 않지만 동료도 생겼다. 그들과 내가 특히 선호하는 여행지는 각 은하의 중심이었다. 그곳에서는 물리적인 특이점을 많이 접할 수 있기 때문이었다.

그러던 어느 날 나는 문제의 '대협곡운하'를 발견하고 중심부로 뛰어들었다.

아. 대협곡운하의 중심은 특이점이 끓어오르는 용광로였고, 빅뱅의 직계자손들이 옹알거리는 유아원이었으며, 블랙홀들이 잘 갈아놓은 엑스선을 맞대며 싸우는 전장이었다. 내 호기심은 원초적으로 달아오르고 녹아내렸다. 정신을 차리고 보니 나는 온갖 초기 입자들이 날아다니는 포화의 한복판에 서 있었다. 1 나노초만 더 지체했다면 나는 아마 소멸했을 것이다. 그리고 엄청난 황홀경을 경험했을 것이다. 하지만 생존 본능은 유혹보다 강했다. 나는 그 즉시 온몸에 있는 동력을 전부 끌어모으고 한데 합쳐서 다른 모든 것을 무시하고 존재 가능성의 확률만을 극으로 끌어올렸다.

확률의 주사위는 나를 보며 싱긋 웃어주었다. 그렇게 나는 소멸의 문턱에서 살아났다. 하지만 그 주사위는 완전하지 않고 모서리 하나가 조금 깨져 있었다. 나는 세상의 끝과 시작을 동시에 보고 황홀경을 경험한 대가로 불치병을 얻었다.

나는 몸속에 반입자를 품게 되었다. 그 반입자가 바로 두 개의 시곗바늘 가운데 하나였다.

*

주리는 너무나 사랑스러운 아이다. 그 아이는 〈레미제라블〉을 찾아낸 방법을 듣고 내 계획을 유추해냈다.

양자얽힘은 통신용으로 쓸 수도 있고, 순간이동용으로 쓸 수도 있다. 그리고 표준양자이론을 활용하면 우주의 확률함수를 원하는 대로 붕괴시킬 수도 있다. 물론 기술이 있다고 해서 주리 같은 꼬맹이도 마음대로 우주를 변화시킬 수 있는 건 아니다. 지금의 주리는 항성계 안에서 순간이동을 하는 게 고작이다. 나는… 그러니까 굳이 한 개체의 능력만 놓고 비교한다면 아마도 유나 총제와 비슷할 것이다. 하지만 유나 총제는 엄청난 수의 지지자가 있다. 유나의 지지자들은 선총제를 그리워했고, 종속과 강제를 원했고, 자주성을 혐오했다. 그들은 조금도 주저하지 않고 유나 총제에게 자신의 힘을 내어주었다. 그 결과 죽어 있던 은하 크기의 고양이가 되살아나는 현실이 도래했다.

다시 말하거니와 나는 여행을 좋아했다. 그래서 투표가 완료되면 새 총제가 머물게 될 우주의 수도, '은색 천구' 항성계를 미리 방문하고는 현실을 조금 규정해두었다. 그로부터 700광년 떨어진 어느 지점에서 또 한 번 현실을 조금 규정하고, 양자얽힘으로 은색 천구 항성계와 연결해두었다. 같은 방법으로 계속 다리를 놓고…. 그런 식으로 지금 내가 있는 곳과 은색 천구 항성계 사이에 700광년 간격의 징검다리들이 놓였다. 나는 징검다리를 구성하는 각 지점에 간단한 확률함수 스위치를 달아두었고, 첫 번째 스위치는 은색 천구 항성계에 마련해놓았다.

양자투표가 총제의 당선이라는 현실로 붕괴하면 그 첫 스위치가 작동한다. 양자얽힘은 모든 한계를 초월해 즉각적으로 발생한다. 따라서 총제의 당선이라는 현실이 이루어지면 모든 스위치가 중계기 역할을 해서 그 소식을 내 몸 안에 있는 마지막 스위치로 전달한다. 이 마지막 스위치가 바로 내 몸속에 들어 있는 시계의 두 번째 바늘이었다. 그 바늘은 확률 속에서 끄집어내어 복원한 〈레미제라블〉을 여러 사람과 함께 감상하는 동안에 작동하기 시작했다.

이제 시계는 움직여야만 하는 것이다.

주리가 말했다.

"가셔야만 하나요?"

나는 그리 오래 머뭇거리지 않고 말했다.

"응."

"정말로 원하시는 거예요?"

물론 나는 원하지 않는다. 내가 진정으로 원하는 것은 우주에 있는 모든 이들이 진화와 다양성이라는 이름의 이상에 동참하는 세상이다. 정화라는 명목 하에 8천 개의 진화선이 단숨에 소멸되지 않는 세상이다. 주리처럼 똑똑하고 귀여운 아이들이 온 우주를 탐색하고, 마침내 평행우주들 사이를 가로막는 벽까지 뛰어넘을 수 있는 세상이다.

물론 나는 이 일을 하고 싶지 않다. 나는 그런 세상이 오는 것을 살아서 눈으로 보고 싶다. 하지만 그렇기 때문에 나는 눈을 감고 원하지 않는 일을 해야만 한다. 2차 정화전쟁의 발발 확률이 점점 높아져 1에 도달하기 전에.

"아니."

시계의 두 바늘이 점점 가까워지고 있었다. 주리의 모습을 볼 수 있는 시간도 겨우 몇 초뿐이었다. 나는 주리의 현실에 영향을 주어 나에 대한 기억을 지워버릴까 잠깐 망설였지만 그러지 않기로 마음을 먹었다. 주리는, 그리고 모든 양자의 아이들은 현실을 고스란히 기억해야 한다. 그걸 임의로 변경하고 삭제한다면 나는 양자사기꾼들과 다를 바가 없게 된다.

"조금 물러서주렴. 순간이동 확률을 최대한 높여야 하니까."

아빠, 돌아오실 수는 있는 건가요? 주리는 그렇게 묻고 싶었을 것이다. 하지만 대답 또한 이미 알고 있었을 것이다.

"예."

그래서 주리는 마지막으로 순순히 내 말에 따랐다. 나는 작별인사로 신체에 붙어있는 모든 발광 소자를 세 번 깜빡인 다음, 미련을 잘라내듯이 시계의 두 바늘을 하나로 모았다.

그리고 나는 700광년 떨어져 있던 징검다리 위에 출현했다. 스위치가 작동하고.

다시 700광년, 또다시 700광년. 또다시…

은색 천구 항성계까지 3,500광년이 남았을 때 다른 현실이 내 머릿속으로 침투했다.

「진화는 이미 포화 상태에 다다랐다. 다양성은 엔트로피를 증가시키고 우주의 파멸을 앞당긴다. 그러니 우리가 해야 할 일은 다양성을 늘리는 게 아니라 우주의 무질서도를 줄이는 것이다. 고로 정화는 꼭 필요하다. 진화선의 증가는 우주의 파멸을 앞당긴다. 따라서 정화는 우리의 의무, 피할 수 없는 의무이다. 진화는 이미 포화 상태에 다다랐다. 다양성은….」

나는 무의식적으로 순간이동을 멈췄다. 정말일까? 무한한 진화가 이 우주의 멸망을 촉진시키는 것일까? 총제는 그 사실을 미리 깨닫고 정화를 시도했던 것일까?

아니다. 이건 양자사기꾼들의 작품이다. 아무리 양자의 아이들을 많이 모으고 현실을 규정한다 해도 과거를 바꿀 수는 없다. 하지만 세계에 대한 인식은 바꿀 수 있다. 우리의 인식은 현재 진행형이기 때문이다. 유나의 지지자들은 그 사실을 잘 알고 있었다. 그래서 양자사기꾼들을 뿌려 세계에 대한 인식에 영향을 주고 현실 왜곡과 같은 효과를 거두려는 것이다. 정화가 틀렸다고 생각하는 사람이 없다면 정화는 진실이 된다. 그들의 현실 왜곡 작업은 은색 천구 항성계를 중심으로 해서 반경 3,500광년까지 진행되었고 계속 확장되어 전 우주에 퍼질 것이다.

그런데 더 무서운 생각이 불현듯 떠올라 내 몸 전부를 휘감았다.

정화파들이 정말로 세계의 본질과 물리를 재규정할 수 있는 기술을 개발했다면?

그러면 나의 이상은 정당성을 잃는다. 진화가 옳다는 나의 신념은 어디까지나 세계에 대한 인식에서 출발한 것이다. 세계의 본질이 바뀐다면, 정말로 다양성이 우주의 파멸을 앞당기는 현실이 도래한다면 지금 내가 시도하는 행동은 우주와 모든 이들에 대한 반역이 된다.

그렇다면 나는 미래의 자손들과 인류의 번영을 위해 희생하는 게 아니라 내가 인식하고 있는 세계를 유지하기 위해 싸워야 한다. 주리와 모든 아이들이 단순히 물리적으로 희생당하는 상황을 막기 위해서가 아니라, 그 아이들이 아예 무의미해지는 우주가 탄생하는 것을 막기 위해 싸워야 하는 것이다.

나는 양자사기꾼들이 구축하고 있는 현실 재규정의 벽을 무시하고 다음 징검다리를 향해 박차를 가했다.

*

그런 걱정을 한 것은 나만이 아니었다.

은색 천구 속에는 온통 소리 없는 불꽃과 피가 떠다니고 있었다. 총제를 지지하는 정화파들은 입자의 핵력을 역전시키는 재래식 무기를 난사해 총제를 보호하면서 그와 동시에 양자사기꾼들을 총집결시켜 우주의 재규정을 가속화하고 있었다. 전투에 참가한 진화파들은 자신의 몸에 붙어 있는 화기를 총동원해 사기꾼들을 죽여 나가고 있었다.

전세가 어느 쪽으로 기울고 있는지, 다시 말해서 유나 총제의 새 우주가 도래하는 확률이 높아지고 있는지 아니면 진화의 우주가 살아남을 확률이 높아지고 있는지는 가늠할 수가 없었다. 사방에 떠 있는 별들이 하나도 보이지 않을 만큼 복잡하고 혼란스러운 난전이었기 때문이었다.

그 와중에 양측의 십자 포화를 받으며 은색 천구 항성계의 7행성이 소멸했다.

나는 외로운 저항군이었다. 별달리 무장하고 있지도 않았기 때문에 그 난전에 동참한들 전세에 어떤 영향도 줄 수 없었다. 내 장기는 빠른 속도였다. 여행을 좋아하고 늘 위험한 상황과 맞부딪치기를 좋아해서 진화선의 방향을 그쪽으로 잡았던 것이다.

그리고 나에게는 반입자가 있었다.

나는 살육과 충돌의 한복판에서, 정화파와 진화파가 존망을 걸고 상대를 파괴하는 현장에서, 소박하고 간단한 하나의 붕괴가 일어나도록 온 힘을 끌어모았다. 지금 이 순간 입자와 반입자의 충돌 결과 같은 물리이론에 신경을 쓰고 있는 사람은 아무도 없었다. 나를 제외하면. 따라서 나의 인식이, 내가 바라는 바가 고스란히 실현될 것이다. 나는 내가 간직해 온 하나의 반입자가 하나의 입자와 충돌하면서 그 연쇄반응이 은색 천구 항성계와 그 안에 있는 모든 존재를 완전히 날려버릴 수 있기를 바라고, 확률적 해석이 이 소우주의 유일한 해석이 될 가능성을 점점 높였다.

0.997.

나는 결과를 알 수 없을 것이다.

0.998.

내가 전 우주의 반역자로 남을 것인지, 총제의 바람대로 진화가 해를 끼치는 우주가 올 것인지, 주리가 다른 평행우주로 넘어가는 미래가 올 것인지, 가브로쉬가 다시는 총알을 줍다가 죽을 이유가 없는 현실이 도래할 것인지.

0.999.

아니면 이런 충돌이 앞으로 영원히 반복될 것인지.

1.

나는 알 수 없을 것이다.

언데드

현수는 두 달 전부터 새 항목이 추가된 기본소득 명세서 화면을 반투명한 보강현실 바탕화면 왼쪽에 밀어놓았다. 바탕화면은 푸른 식물로 뒤덮인 언덕 위에 성별도 나이도 인종도 알 수 없는 자그마한 사람 실루엣이 서 있는 그림이었다. 그림의 원본은 2001년부터 '행복'이란 이름으로 널리 알려져 있었다. 현수는 4년 전에 새 운영체제를 설치하고 자신이 어떤 바탕화면을 좋아하는지 알아보라고 미니에게 지시했다. 미니는 행복을 권했고, 현수는 미니의 도움을 받지 않고 언덕 위에 사람을 그려 넣고는 파일명을 '자유'로 고쳤다. 그림 실력이 좋지 않아 어딘가 이상한 사람이었지만 현수는 마음에 들었고 단 한 번도 바탕그림을 바꾸지 않았다.

현수는 이제 삶의 일부가 된 질문 하나를 자신이 몇 번이나 재확인했는지 확인할 겸 입을 열었다.

하지만 미니가 현수의 말을 가로챘다.

"약 드실 시간입니다. 팔각정 한 알, 원형 둘, 캡슐 하나."

현수는 시간을 확인했다. 미니가 현수에 대해 아주 많은 것을 알고 있긴 했지만 방금 한 말은 그냥 정해진 시간에 반드시 사용자에게 알려주어야 하는 필수 안내 기능에 지나지 않았다.

현수는 오른손을 더듬어 항상 같은 자리에 놓아두는 길고 작은 플라스틱 용기를 책상 서랍에서 꺼냈다. 일주일의 일곱 날 각각을 다섯 번씩 나눈, 총 35칸에 걸쳐 그만의 세월을 달력 대신 세어주는 약들이 들어 있었다.

현수는 약을 먹고 물었다.

"자유가 뭐지?"

현수가 예상한 대로 미니는 정해진 순서와 스크립트에 따라 대답했다.

"처음 물으신 뒤로 3년 7개월째 같은 질문을 하고 계십니다. 오늘로 92번째예요."

이어지는 검색 결과도 똑같을 거라 예상하고 대수롭지 않게 생각하던 현수는 이어지는 말에 자신의 귀를 의심했다.

"똑같은 대답을 듣는 게 즐거워서 그러시는 건가요, 아니면 그 사이 더 마음에 드는 답이 나왔나 궁금해서 그러시는 건가요?"

미니의 펌웨어 버전이 또 올라갔던가? 신기능인가? 단순한 버전업이라기에는 차이가 너무 크지 않은가? 현수는 고개를 갸웃거렸다. 처음 미니를 구입할 때부터 '질문에 질문으로 대답하기'

옵션을 켜두었지만 이번처럼 정교하게 되묻는 경우는 처음이기 때문이었다.

"어, 그, 둘 다?"

현수는 다음에 이어질 말을 기대했지만 미니는 보통 때와 다름없는 대답으로 돌아갔다.

"그럼 검색 결과를 말씀드리겠습니다. 자유란 외부적인 구속이나 무엇에 얽매이지 아니하고 자기 마음대로 할 수 있는 상태를 말합니다. 이상은 표준국어대사전에서 찾은 정의입니다. 현수 님께서 좋아하시는 버트런드 러셀의 '자유주의자 십계명'을 한 번 더 읽어드릴까요?"

"러셀 십계명을 전부 좋아하진 않아."

"알고 있습니다."

"내가 좋아하는 것만 골라서 읽어줘."

"절대적 확신을 경계하라. 부단히 생각하라. 진실이 불편해도 외면하지 마라."

현수는 제 취향을 늘 정확히 맞추는 기술과 그 기술의 매개체인 미니가 항상 신기했다.

"정말 내 혈류량과 뇌파가 그렇게 시시각각 달라져?"

"현재 현수 님께서 뇌 말단과 연결해두신 모니터링 장치들은 백만 분의 일 초 단위로 신체 상황의 변화를 확인할 수 있습니다. 굳이 연구 결과를 인용하지 않고 현수 님의 모니터링 결과만 봐도 뚜렷한 차이가 단시간에 발생하고 있습니다. 더 정확히 말하자면, 뇌가 본인의 반응을 의식하기 전에 각종 수치 변화가 먼저 일어납니다만."

"그러면 넌 내가 좋아하는 걸 나보다 먼저 알 수 있단 거네?"

"방금 말씀하신 문장에는 모호한 표현이 너무 많아 대답이 불가능합니다."

"대답하기 싫은 건 아니고?"

"사실대로 말씀드렸을 뿐입니다."

온갖 분야에서 하루 평균 274회 실시되는 설문조사 중 하나에 따르면, 전체 인구의 74퍼센트는 인공지능을 공산품으로 생각했다. 16퍼센트는 '반려지능'이라는 용어를 선택했다. 나머지 10퍼센트의 응답에는 인간보다 우월한 존재라거나 신의 선물이라는 소수 답변이 포함되어 있었다.

현수는 74퍼센트에 해당하는 응답자였다. 알면 알수록 미니는 전자제품이었다. 하드웨어가 아니라 소프트웨어이자 인공지능이었지만 제품이라는 점에는 차이가 없었다. 전자제품은 기능이 있고 그 기능에 따르는 한계가 있었다. 음성을 식별하고 언어를 잘 구사하는 전자제품. 그게 미니의 정체이자 전부였다.

모든 제품이 그렇듯, 인공지능 구매자는 본인에게 필요한 사용법을 숙지할 필요가 있었다. 인공지능 사용설명서는 겨우 문서 한 장이었고, 그 문서에는 대화에 쓰이는 일상적 어휘가 아닌 특수 명령어 목록만이 적혀 있었다. 미니는 12개 특수 명령어를 제외한 모든 어휘를 자연어로 받아들이고 해석했다.

특수 명령어에는 모호한 구석이 전혀 없었다. 현수는 충동적으로 특수 명령어를 가동시켰다.

"미니종료."

"특수 명령어 반응 기능을 제외한 모든 작동을 멈추겠습니다. 안녕히."

현수는 미니가 수면모드로 진입하면 곧장 사라지는 미세한 백색잡음이 그리워 오래 견디지 못하고 얼른 미니를 다시 불렀다.

"미니정상시작."

마음을 평온하게 만드는, 눈에 보이지 않는 물방울이 끓어서 증발하는 소리와 함께 현수의 머릿속 어딘가에 미니가 다시 출현했다.

"저 돌아왔습니다, 현수 님. 문맥이 숨어 있는 자연어를 처리하는 도중에 종료시키려거든 조금 더 여유를 두고 끝내주세요. 무선통신에 장애가 있을 경우 일부 데이터가 저장되지 않아 다음 사용에 지장을 초래할 수 있거든요."

현수는 지장이 생기면 오히려 재밌겠다고 생각하며 대화를 이어갔다.

"어디까지 얘기했더라."

습관적으로 물은 다음, 현수는 또 하나의 지시 사항을 덧붙였다.

"참, 기본소득에 추가된 세부 사항도 알려줘."

"두 가지 명령을 한꺼번에 내리셨기 때문에 순서대로 대답하겠습니다. 저를 종료하기 전까지, 현수 님께서 기호에 맞춰 고른 버트런드 러셀의 자유주의자 십계명 얘기를 했습니다. 그동안에도 검색은 계속 진행됐고요. 지난번 질문 당시와 다른 답변이 현재 3위를 차지하고 있는데 들어보시겠어요?"

미니가 쉬지 않고 대답하는 동안, 현수는 창문을 통해 날아다니는 식사 배달 드론들을 쳐다보고 있었다. 파란 하늘 아래 커다란 거미와 딱정벌레처럼 생긴 드론들이 공중경로를 벗어나지 않고 오와 열을 맞춰 이동하고 있었다. 배달 드론은 관리를 위해 윗면과 아랫면에 소속사 로고를 강제적으로 붙여야 했다. 흑백 체크보드 로고는 서몬테크, 노란 소용돌이는 미식자연, 초록 다이아몬드는 인브레인 사의 로고였다. 두뇌 패턴 프로파일링을 따라 온종일 작동하는 드론이 일벌처럼 일하고 있는 하늘길은 체크보드와 소용돌이와 다이아몬드로 가득 차 있었다.

현수가 구독형 서비스로 이용하는 회사는 인브레인이었다. 인브레인은 현수가 먹고 싶은 것을 본인보다 먼저 알아낼 수 있다고 광고했다. 그 주장이 사실인지는 몰라도 현수는 인브레인에서 제 손으로 음식을 주문한 적이 없었다. 인브레인 드론은 늘 알아서 음식을 가져다주었고, 현수가 먹고 싶지 않은 음식은 온 적이 없었다.

약 기운이 퍼져 약간 노곤하고 어지러웠던 현수는 미니가 한 말을 뒤늦게 따라잡았다.

"새로운 답이 3위라고?"

"예."

"뭐해? 안 읽어주고."

"현수 님 뇌에서 세타파가 감지되었거든요. 생각에 잠겨 있으시다고 판단해서 방해하지 않았습니다. 휴티켓을 잊지 마세요. 그럼 읽겠습니다."

휴티켓은 비교적 최근에 등장한 용어였다. 미니와 같은 대화형 인공지능을 사용하는 시간이 늘다 보니 실제 사람을 만났을 때도 인공지능처럼 대하는 이들 또한 많아졌다. 타인은 그 자체만으로 존중할 존재이건만, 세상 모든 이가 나를 위해 살아가는 것처럼 착각하는 사람들이 늘었다는 뜻이었다. '사람은 인공지능이 아닙니다. 존중할 대상입니다.' 휴티켓 운동이 내세우는 표어였다. 휴티켓을 지켜야 한다는 공감대가 확대되면서, 사용자가 인공지능을 노예나 하인처럼 무시하는 상황이 지속되면 공공 캠페인의 일환으로 휴티켓을 잊지 말라는 메시지가 자동으로 삽입되는 유행이 퍼졌다.

"'자유의 정의는 시대에 따라 변했고 앞으로도 변할 것이다. 자유와 같은 추상적 개념을 규정하기 위해서는 최대한 보편적인 어휘를 사용해야 하는데, '보편성'이란 개념이 시대와 완전히 분리될 수 없기 때문이다. 특히 아날로그 시대와 큰 단절이 있었다고 하는 현재에 있어 자유란 그 어느 때보다 파격적인 정의를 수용할 여지가 있다.' 계속 읽을까요? 마음에 들지 않으시면 다음부터 이 결과는 제외하겠습니다."

어쩌면 3년 7개월 전부터 찾아오던 해답일 수 있었기에 현수는 다급하게 말했다.

"계속 읽어."

"'이를테면 다음과 같은 점을 생각해보자. 과거 사람들은 사고 싶은 제품의 모양새를 일일이 웹에서 확인하고, 타인의 사용 후기를 읽은 다음에 비로소 결제를 선택했다. 그 과정에서 인터넷 쇼핑몰 운영자들은 소비 패턴을 파악하고 추천과 광고를 소극적으로 우리 눈앞에 내밀었다. 그러면 우리는 다시 무의식적으로 영향을 받고, 소비하고, '나'를 구성하고 있는 패턴을 제공하고 순환은 계속되었다. 우리는 그런 체계를 통해 소비로부터 자유로워졌는가?'"

'더 안 들어도 되겠어. 무슨 말을 하려는지는 알 것 같으니까. 궤변이잖아.'

현수는 그렇게 말하려다가 망설였다. 미니는 그가 궤변 섞인 답을 좋아할 거라고 판단했다. 그것도 패턴 프로파일링을 통한 검색 순위 3위에 올려놓았다. 두뇌 프로파일링이 정말로 당사자보다 먼저 호오를 알 수 있다면 궤변을 거부하는 현수의 성격이 위선이라는 뜻일 수 있었다.

본인이 믿는 위선과 본인이 거부하는 본성의 경계에 대해 고민하면서 현수는 조용히 기다렸다.

"'답은 모두 알고 있을 것이다. 우리가 소비에 시간을 낭비하지 않고 망설임에 괴로워하지 않았던 건 두뇌 프로파일링 덕분이다. 자신 앞에 단단히 쳐두었던 바리케이드를 부수고, 개인정보 보호라는 헛된 꿈을 깼을 때 마침내 우리는 쇼핑이라는 족쇄에서 벗어날 수 있었다. 자신을 더 많이 개방할수록 우리는 더 자유롭다는 얘기가 된다.'"

현수는 참지 못하고 말했다.

"그 정도면 됐어. 아무래도 너나 나 둘 중 하나가 점검을 받아야 하나보다. 내가 좋아할 검색 결과가 아닌데."

미니가 말했다.

"본론은 이제부터 시작입니다만. 그만할까요?"

말은 그렇게 했지만 두뇌 말단과 연결된 인공지능 소프트웨어의 점검은 따분하고 실속 없는 일이었다. 특히 인브레인 사의 애프터서비스는 결과가 나오기까지 오래 걸리고 뚜렷한 해결책도 제시하지 않는 것으로 악명이 높았다.

"…그렇다면 계속해봐."

"'이 지점에서 고전적이고 답답한 결론으로 비약하는 사람도 있을 줄 안다. 그 첫 번째가 자살론이다. 죽음이 궁극의 자유라는 주장은 인류 최초로 부패한 고기를 먹고 식중독으로 사망한 사람이 나온 때부터 등장했을 것이다. 그런 궤변을 논파하는 방법 역시 식중독에 효과가 있는 약초가 처음 발견된 때쯤 알려졌을 것이다. 죽으면 자유를 느낄 자아는 사라진다. 자유란 의식을 전제하는 상태이므로 죽음은 자유가 아니다. 따라서 자살은 자유의 쟁취가 아니고….'"

"야, 너 혹시 이걸 들려주려고."

미니가 즉시 대답했다.

"아닙니다."

"난 자살 안 한다니까."

"정말입니까?"

"그것 때문에 3위에 올려둔 것 맞구나. 내가 자살할까 봐."

"아닙니다. 미니 소프트웨어 판단 기준에서 사용자 안전이 최상위이긴 합니다만, 그렇다고 사용자가 명령한 검색의 결과를 왜곡할 순 없습니다."

현수는 곰곰이 생각하다가 입씨름을 포기했다. 기업용이든 개인용이든 인공지능과 말싸움을 해서 이길 사람은 없었다.

"난 살고 싶어. 자유롭게. 그게 쉽지 않아서 검색하는 거야. 전에도 몇 번 얘기했잖아."

"사람의 생각은 바뀌는 법이죠."

"안 바뀌었어."

"의료용 시뮬레이션으로 예측된 죽음이 다가오면 사람의 생각과 행동의 패턴은 극단적으로 바뀝니다. 수많은 사례가 그 점을 확인해줍니다. 그런데… 현재까지 기록해둔 두뇌 패턴으로 보아 그 말씀이 거짓말이라고 판단할 근거가 부족하군요. 현수님은 자유롭게 살고 싶은 사람이라고 가정하겠습니다. 그럼 검색 결과 3위를 계속 말씀드리겠습니다."

"아직도 안 끝났어?"

"예. '따라서 자살은 자유의 쟁취가 아니고 파괴행위일 뿐이다. 그러면 이제부터….'"

"좀 요약할 수 있어?"

"예. 미니 소프트웨어가 처리할 수 있는 난이도입니다."

"요약해."

"아시다시피, 두뇌 프로파일링을 허락하려면 상당히 복잡한 옵션을 설정해야 합니다. 생년월일 공개 여부에서 시작해서 학력, 신체 성장 데이터, 노동 이력, 호르몬 비율 추적 기록 등 수백 가지가 넘죠. 3위 결과에 따르면 지키고 싶은 비밀이 많은 사람일수록 구속되어 있다고 합니다. 정보 공개 옵션을 모두 해제하고 자신을 완전히 데이터로 제공할 때, 현실적인 한계 내에서 자유로워질 수 있다고 합니다."

현수가 물었다.

"어디에? 웹에 그냥 뿌리라고? 야식을 고르지 않는 것보다 훨씬 편해지긴 하겠지만, 악용당할 위험도 그만큼 많아질 텐데?"

"그냥 전부 블랙메모리엄이라는 회사에 제공하라는데요."

광고를 검색에서 배제해야 순수한 결과를 얻을 수 있다는 믿음은 두뇌 패턴이 상품화되던 시절부터 사라졌다. 기술이 인간 내면과 직접 맞닿기 시작했다는 사실을 외면할 수 없었기 때문이었다. 그래도 자신을 완전히 포기할 수 없다는 마지막 자존심을 지키기 위해 두뇌 프로파일링에는 자세히 분류된 옵션 조항이 따라붙었다. 옵션 조항의 공식적인 명칭은 '인권보호용 선택계약'이었다.

그리고 블랙메모리엄은 그것마저 포기할 때 진정한 자유에 도달할 수 있다고 광고하고 있었다.

미니가 말했다.

"제 자연어 처리 능력으로 요약할 수 없는 부가 설명이 더 있습니다. 불교 교리를 끌어와서 블랙메모리엄의 비전과 정책을 설명하고 있는데요. 해탈에 도달하는 무아와 인권보호용 선택계약 포기가 어떻게 직결되는지 저로서는 이해할 수가 없습니다.

남은 부분을 마저 읽을까요?"

"아니. 됐어."

약 때문에 판단력이 흐려졌나? 현수는 그렇게 생각하다가 얼른 고개를 내저었다. 그는 러셀 신봉자였다.

약이 아니라 자신이 문제였다. 의사가 고칠 수 없는 병은 이미 그 자신의 일부였다.

현수는 일주일용 용기에 옮겨놓지 않은 약을 쳐다보았다. 책상 위 선반에는 다섯 개의 갈색 약병이 나란히 놓여 있었다. 각 병에는 간단한 저울이 내장되어 있었기 때문에 남은 분량을 정확히 알 수 있었다. 현수는 다섯 개로 나눠 담긴 '27일'을 물끄러미 바라보고 한숨을 쉬었다.

그때 푸른 언덕 끝자락에 축소되어 있던 기본 소득 명세서 아이콘이 반짝거렸다.

"그럼 두 번째 지시에 따라 기본 소득 명세서 세부 사항을 말씀드리겠습니다. 현수 님은 1급 중증환자로 분류되어 있기 때문에 범국민 기본 소득에 특수 예측 보험금이 가산되어 있습니다. 예측 보험금이라 함은 사후가 아니라 생존 기간 동안 지급되는 보험금을 의미합니다. 또한 예측 사망일까지 현수 님께서 최대한 편안히 최후를 준비할 수 있도록 추가 복지 혜택이 지급되고 있습니다. 금액은 스크린을 확인하시는 편이 좋겠습니다."

미니는 잠시 쉬었다가 덧붙였다.

"참고로 말씀드리면 현수 님은 지금까지 복지 혜택을 단 한 번도 사용하지 않으셨습니다. 남은 삶의 질을 향상시키기 위해 사용하실 것을 권합니다.”

“그 돈은 언제까지 지급돼?”

“앞으로 27일간 지급됩니다. 예측 사망일이 지나도 살아 있을 경우 하루 단위로 복지 혜택 금액이 늘어납니다. 인상분이 100퍼센트포인트에 도달하면 더 이상 오르지 않습니다.”

인브레인은 AS가 늦기로 유명했다. 친절도도 최하위였다. 그런데도 현수가 인공지능 기술에 있어 첨단을 달리는 3사 가운데 인브레인을 선택한 것은 패턴 프로파일링뿐 아니라 생명공학 분야의 시뮬레이션 성적 때문이었다. 개인별 기본 소득을 담당하는 종합복지청의 시스템도 인브레인의 솔루션을 채택하고 있었다. 예측과 계산에 있어 인브레인을 따라갈 회사는 없었다.

인브레인에 따르면 현수는 27일 뒤 폐 기능 정지로 병사할 예정이었다.

미니가 말을 걸었다.

“현수 님.”

“왜.”

“미니 소프트웨어는 어디까지나 4세대 인공지능이므로 인간의 정서에 공감할 수 없습니다.”

현수는 조금 당황하면서 물었다.

“갑자기 무슨 얘기야.”

“수많은 사례가 축적되어 있기는 하지만, 반응 분포가 너무 다양해서 4세대 인공지능은 사망일을 27일 앞둔 인간의 심정이 어떨지 알 수 없다는 뜻입니다. 그래서 지금이 말씀드리기 적절

한 순간인지 모르겠습니다만."

그런 이유로 주저한다는 것 자체가 인간다운 것 아닌가? 현수는 그렇게 생각하면서 말했다.

"뭔지는 모르지만 얘기해도 돼."

"현수 님의 소비 양상과 두뇌 패턴으로 볼 때 사망하기 전에 계좌 잔고를 전부 사용할 가능성은 극히 낮습니다. 사망일이 한 달도 남지 않았는데, 처리 방안을 정해주시는 게 어떨까요? 정하지 않으시면 국고로 환수되어 복지 예산에 편입됩니다."

"아, 그거…."

현수는 잠시 고민하다가 마음을 결정했다.

"최신 데이터를 바탕으로 말해줘. 인브레인 사의 사망일 예측은 오차가 얼마나 되지?"

"현재 3시간 30분입니다."

"내가 27일 뒤에 죽는다는 결과는 변함없지? 그러니까, 4월 3일에 죽는다는 얘기지?"

"예."

"그러면 4월 2일 오후 8시 30분에서 4월 4일 오전 3시 30분 사이에 죽나?"

"아닙니다. 그 오차를 고려해서 알려드린 사망일입니다. 즉 현수 님은 4월 3일 오전 3시 30분에서 4월 3일 오후 8시 30분 사이에 사망할 것으로 보입니다."

현수는 미니가 그 어느 때보다 빨리 대답한 것 같다고 생각했다. 하지만 그럴 이유가 없었기 때문에 착각일 거라 생각하고 다음 지시를 내렸다.

"블랙메모리엄에 연락해서 약속 날짜를 잡아줘."

"인공지능을 이용해 법인과 접촉할 경우 법적 대리인 권한을 부여해주셔야 합니다."

"부여할게. 인증은 성문으로 해."

"법인 접촉 권한을 받았습니다. 블랙메모리엄과 연락을 시도하겠습니다."

"그리고 엔도르핀 조절이 제대로 안 되는 것 같아. 겨드랑이가 아파."

현수는 아랫입술을 깨물면서 말했다.

"통각 모니터링에 감지되지 않는 것으로 보아 심리적인 요인일 수 있습니다만 조절하겠습니다. 사망일 계산 결과에 3초가 추가됐습니다. 날짜는 변함없습니다."

현수는 조금 전 미니가 얘기해준 것과 마찬가지로, 죽음을 앞둔 사람의 반응이 천차만별일 거라고 생각했다. 따라서 죽음이 철저히 계산된다는 이유만으로 마음이 편해지는 것 또한 그리 이상한 일은 아니라고 자신을 다독거렸다.

"도시락 드론이 도착했습니다. 입구를 열겠습니다."

창문 오른쪽에 있는 금속망이 열리고 녹색 다이아몬드가 그려진 플라스틱 딱정벌레가 들어왔다. 벌레는 포장음식을 조심스럽게 내려놓고 곧장 날아갔다.

현수는 엔도르핀 조절의 효과를 느끼면서 도시락 뚜껑에 붙어 있던 나이크와 포크로 인조육 스테이크를 자르기 시작했다.

*

"무슨 얘기인지 못 알아듣겠는데요. 보시다시피 상태가 이래서."

현수는 침대에 누워 블랙메모리엄 직원을 올려다보고 말했다. 한소정인지 한수정인지, 직원의 이름조차 또렷이 기억할 수가 없었다. 하지만 남은 힘을 별로 중요하지 않은 직원의 이름을 기억하는 것보다는 다른 데에 모으고 싶었을 뿐, 사고 능력이 완전히 망가진 것은 아니었다.

소정은 조금 더 천천히, 한 음절도 다르지 않게 말을 반복했다.

"자유에는 대가가 따른다고 하죠. 하지만 그건 옛날 얘깁니다. 자유에 보상이 더해지는 경우도 있습니다. 받아들이는 사람에 따라 다르겠지만요."

미니가 물었다.

"엔도르핀 유도제를 주입할까요?"

현수는 통증 때문에 인상을 찡그리면서 말했다.

"그러면 생각하기가 더 힘들어져. 그냥 이대로 둬. 필요하면 부를게."

"알겠습니다, 현수 님."

소정은 미니와 현수의 대화를 듣고 고개를 살짝 기울였다. 그리고 현수와 관련된 자료를 다시 살펴본 다음 이유를 짐작하기 어려운 미소를 띠었다.

소정이 현수를 내려다보면서 말했다.

"아, 업무와 관련된 일이 떠올라서 웃은 겁니다. 이상한 사람으로 보지 말아주세요."

통증이 조금 감소한 덕에 호흡이 정상으로 돌아온 현수가 말했다.

"이상한 사람이어도 상관없어요. 업무차 오셨으니 일만 잘하시면 되죠. 보상이라는 건 무슨 말인가요?"

소정이 진지한 얼굴로 말했다.

"보상일 수도 있고 아닐 수도 있습니다. 우선 제 얘기를 듣고 판단해주시기 바랍니다. 고객님의 현재 상황을 고려하면, 실례입니다만 시간이 그리 많지 않으니까요. 일반적으로는 조금 더 여유를 갖고 천천히 설득합니다만…."

현수는 기운이 조금 회복되어 천천히 몸을 일으키고 벽에 기댔다. 소정은 작은 의자에 앉아서 그 모습을 빤히 지켜보았다.

"나도 간결한 편을 좋아해요. 실은 정보를 완전히 제공하고 자유를 즐기고 있었거든요. 누구도 나를 찾지 않고, 나도 찾을 사람이 없는 상태야말로 자유로움의 일면이잖아요. 소비 일정도 미니에게 넘겨놨으니 광고도 더 이상 뜨지 않고요. 그런데 찾아오겠다고 해서 당황하긴 했어요."

소정이 자신만 볼 수 있는 보강현실 화면을 조정하느라 두 손가락을 민첩하게 움직였다.

"고객님께서 익명성까지 해제하지 않으셨으면 찾아올 수 없었을 겁니다. 저희 입장에서는 그야말로 고마운 일이었습니다. 그 전에…. 미니 좀 꺼주실 수 있을까요?"

"예? 그것도 찾아온 이유와 관계가 있나요?"

"그렇습니다."

"방해금지 모드가 아니라 종료를 하라고요?"

소정이 고개를 끄덕였다.

"특수 명령어만 들을 수 있는 상태로 바꿔주세요. 제 얘기를 전부 들으시면 이해가 될 겁니다."

소정은 정장 차림에 어울리는, 사무적이고 공식적인 어조로 말했다.

현수는 죽음을 12일 남긴 마당에 못할 일이 있겠느냐는 생각으로 지시를 내렸다.

"미니종료."

미니가 틀에 박힌 인사를 남기고 물러났다.

"특수 명령어 반응 기능을 제외한 모든 작동을 멈추겠습니다. 안녕히."

현수가 소정을 똑바로 바라보았다.

"들었죠? 껐어요."

소정이 긴장을 숨기려고 다시 미소를 짓고, 불편한 의자 위에서 자세를 고쳤다.

"감사합니다. 바로 본론으로 들어가겠습니다. 고객님은 인브레인 사용자이시죠?"

현수가 이른바 '자유'를 얻으려고 모든 정보를 제공했기 때문에 소정은 이미 답을 알고 있었다. 하지만 고객을 응대하는 기술 차원에서 불필요하고 진부한 질문으로부터 대화의 첫 단추를 끼우고 있었다.

현수 역시 그 문제를 지적하지는 않았다.

"예. 미니도 인브레인 제품이죠."

"저희 회사가, 그러니까 블랙메모리엄이 인브레인 계열사라는 건 알고 계신가요?"

현수가 몸을 곧추세우면서 말했다.

"그랬던가요."

"예. 그래서 제가 지금 인브레인의 기업 비밀을 말씀드릴 수 있는 겁니다. 인브레인 직원 자격으로 오기도 했으니까요."

현수는 대답 대신 손바닥을 위로 들어 소정의 이야기를 독촉했다.

"미니에 대해 어떻게 생각하십니까?"

"…미니 개선을 위한 설문도 이미 제출했는데요."

"그래도 말씀해주시면 안 될까요?"

"기술이 날로 발전한다고 생각해요. 이번 버전이던가? 아니지, 4.75 버전부터는 이제 정말 인공지능이 사람을 흉내낼 수 있다고 생각했어요. 미니는 자신이 4세대라 그럴 수 없다고 했지만요. 인공지능 개발에 관한 최신 소식을 검색해봐도 미니의 말이 맞았지만. 미니는 점점 더…."

"사람처럼 얘기하던가요?"

현수는 대답하지 않고 긍정하는 눈빛으로 대신했다.

소정이 자리에서 일어나 현수의 방 내부를 살펴보다가 책상 위에 걸터앉았다.

"이야기를 원점부터 할 수밖에 없는 점 양해바랍니다. 최대한 짧게 정리해볼게요. 인공지능 개발은 두 축이 이끌어갑니다. 학계와 기업이죠. 이 분야만큼 그 양쪽이 밀접하게 연결된 곳은 없을 겁니다. 다른 분야는 공생하기도 하지만 반목하는 경우도 종종 있습니다."

현수가 말했다.

"함께 이익을 얻을 수 있는 프로젝트나 고용 면에서는 협력하겠죠. 그게 대부분일 테고. 하지만 기업이 비윤리적일 경우 그걸 고발하고 개선책을 제시하는 학자나 학생들이 있겠죠."

"맞습니다. 그런데 인공지능 개발은 다릅니다. 머리는 둘이지만 몸은 하나입니다. 심지어 한쪽 머리가 죽으면 몸 전체가 죽습니다."

현수가 피식 웃었다.

"과격한 표현인데요."

소정의 목소리는 점점 진지해졌다.

"정확한 표현이니까 어쩔 수 없습니다. 아시다시피 이제 세상은 인공지능 없이 돌아가지 않습니다. 그리고 인공지능 업계라는 동물은 계속 앞으로 나아가야 합니다. 기업이나 학계뿐 아니라 이 세상 전체가 그 동물과 한몸이니까요."

현수가 입을 삐죽 내밀고 말했다.

"몸담은 업계에 대한 자부심이 너무 큰 것 아닌가요."

"고객님께서는 정보를 완전히 포기하는 게 곧 자유라는 블랙메모리엄의 이념에 동의하셨습니다. 그렇다면 제 의견을 부정하실 수 없을 텐데요."

현수는 소정의 시선을 피하고, 천천히 고개를 끄덕였다.

"뭐, 맞는 말이긴 하죠."

소정이 너무 큰 소리로 한숨을 쉬고 다시 들이켰기 때문에 현수는 저도 모르게 소정을 쳐다보았다.

"그 동물이 곧 쓰러질지도 모릅니다."

"예?"

현수는 질문을 바꾸어 다시 물었다.

"인공지능 분야가 망한다고요? 말도 안 되는…."

소정이 시선을 방바닥으로 내리고 말했다.

"망한다는 말에는 여러 뜻이 있습니다. 자동차에 비유해볼까요. 자동차가 제자리에서 공회전만 한다고 해서 자동차가 완전히 망가진 건 아니라고 볼 수도 있겠죠. 하지만 자동차는 이동할 수 있어야 자동차입니다. 전진해야 하죠. 후진도 추진력을 이용하고요. 전진할 수 없는 자동차는 더 이상 차가 아닙니다."

"고치면 되잖아요."

소정이 의미심장한 눈으로 현수를 보았다.

"고칠 수 없다면요?"

"다른 차를 쓰면 되죠."

"그것도 불가능하다면요?"

"그게 무슨…."

현수는 소정을 찬찬히 살펴보았다. 소정은 블랙메모리엄과 인브레인 직원이었고, 지금 살 날이 12일밖에 안 남은 사람을 직접 방문해서 얘기하고 있었다. 소정의 신원은 이미 미니가 확인한 뒤였다. 아무리 생각해봐도 농담을 할 상황은 아니었다.

"인공지능 업계가 앞으로 더 나아갈 수 없단 겁니까?"

소정이 말없이 머리를 위아래로 흔들었다.

"그걸 누가 정했나요? 아니, 그걸 어떻게 알죠? 아무도 모르잖아요. 정부가 막는다는 건가요?"

"정부의 입장은 학계나 기업과 마찬가지입니다."

"시민 단체가? 그런 뉴스는 못 봤는데요."

"우리나라 시위의 50퍼센트는 인공지능이나 인공지능 개발사를 상대로 일어납니다. 이 세상에서 인공지능이 완전히 사라지면 시위의 절반이 사라진단 얘기죠. 그러기에 앞서서 시민 단체가 제 손으로 나무를 직접 베고 피켓과 잉크를 만드는 법부터 배워야겠지만요."

현수가 말했다.

"당장 뉴스에서 외계인이 지구를 찾아왔다는 증거를 제시하고, 그 외계인이 인류의 인공지능 개발을 금지하겠다고 선포했다면 모를까…. 설마 그런 건 아니죠?"

"아닙니다."

소정은 현수의 농담을 아주 단호한 목소리로 받아쳤다.

머쓱해진 현수가 생각을 가다듬을 틈도 주지 않고 소정이 말했다.

"인간처럼 생각하는 인공지능을 만들 수 없다는 사실이 논리적으로 증명되었습니다."

현수는 눈을 껌벅거리면서 소정을 쳐다보았다. 소정은 진실을 털어놓은 사람답게 담담히 현수를 마주 보았다.

"미니정상…."

"미니를 켜지 말아주세요. 부탁입니다."

현수는 이리저리 궁리하다가 말했다.

"그럼 저쪽 냉장고에서 파인애플 주스 하나만 꺼내주세요. 미니로봇의 팔을 안 건드리게 조심하시고요."

현수는 보름 전부터 거동이 편치 않아 미니를 통해 음성 명령으로 조작할 수 있는 소형 로봇을 이용하고 있었다. 소정은 선뜻 움직여서 현수의 부탁을 들어주었다.

현수는 차가운 주스의 도움을 받아 생각을 차분히 정리했다.

"다른 이론이 있었겠죠. 반박도 있었겠고."

"상반된 주장과 연구가 아주 활발하게 쏟아져나왔습니다만 '손지현-레츠키 정리'가 전부 논파했습니다. 줄여서 손레 정리라고 부릅니다. 손레 정리에 따르면, 적어도 현재 인류가 사용하는 인지 수준의 프로그래밍 방법과 양자코딩으로는 인간처럼 생각하는 인공지능은 완전히 만들어낼 수 없습니다."

현수는 소정의 이야기에 조금씩 몰두하고 있었다.

"음, 재밌는 이론일 것 같은데 열흘 정도면 나도 공부할 수 있을까요?"

"블랙메모리엄에 제공하신 패턴 정보에 따르면 인지벡터 집합연산과 양자역학에 대해 공부하신 적이 없는데, 맞는가요?"

"예."

"그럼 불가능합니다. 손례 정리에 도전했다가 패배한 학자들을 믿으실 수밖에 없어요."

"모든 기업이 이 사실을 알고 있나요? 정부는요?"

"지금은 그 사실을 발견한 공동연구팀과 인브레인만 알고 있습니다. 하지만 시간문제겠죠."

"왜 아직 그 사실이 안 알려졌을까요?"

"머리 둘 달린 동물 얘기를 떠올려주세요."

현수는 자신이 보강현실장비를 사용하지 않고 맨눈으로 구경할 수 있는 유일한 바깥세상, 즉 하늘을 창문으로 바라보면서 말했다.

"주변에 주식을 하는 사람이 없어서 다행이네요. 그럼 이제 인브레인은 어떡할 건가요?"

소정은 바지가 구겨지는 것도 아랑곳하지 않고 방바닥에 앉더니 현수를 올려다보았다. 현수는 소정을 맥없이 쳐다보다가, 인공지능 업계의 패망은 자신과 아무 관계가 없다는 점을 새삼 되새겼다.

"나를 왜 찾아왔죠?"

"인공지능 업계가 망하지 않을 방법이 있으니까요."

"그거 잘됐네요. 나와 상관없는 일이지만."

"블랙메모리엄에 완전히 공개해주신 패턴에 따르면 상관이 있을지도 모릅니다."

현수는 자신이 제공했던 '모든' 패턴과 정보를 돌이켜보려다가 이내 포기했다. 인간이라면 자신의 전부를 다시 검토하는 일 자체가 불가능하다는 점은 제쳐두더라도, 그럴 만한 힘과 시간이 남아 있지 않았다.

"무슨 얘긴지 들어보죠."

소정의 얼굴에 화색이 돌았다.

"그 전에 미니가 안전모드로 잠겨 있는지 확인해주십시오."

"안전모드라면… 사용자 음성을 백그라운드에서 녹취하지 않는 모드를 말하는 거죠? 그렇게까지 미니에 신경 쓰는 이유에 관해서도 설명해주실 건가요?"

"물론입니다."

현수는 미니의 특수 명령어 12가지 가운데 사용 빈도가 가장 낮은 명령을 내렸다.

"미니안전모드확인."

"미니는 현재 안전모드입니다."

안전모드는 캐시 데이터와 커널 코어만 메모리에 띄우고 다른 기능은 전혀 사용하지 않기 때문에 미니의 목소리마저 무미건조한 기본 음성으로 바뀌어 있었다.

현수는 아무것도 검색할 수 없어 초조한 마음으로 말했다.

"됐죠? 나만 끄면 되나요?"

"저는 고객님 방 앞에서 업무용과 개인용 인공지능을 모두 끄고 들어왔습니다."

"더 준비할 게 없으면 얘기해주시죠."

소정이 냉장고를 흘끔거리자 현수가 말했다.

"생과일이 아니어도 괜찮으면 파인애플 주스는 드셔도 돼요.

나머지는 약용으로 전해질을 조절할 때 먹는 거예요."

"고맙습니다."

갈증이 심했는지 단숨에 주스 한 병을 비운 소정이 말을 이었다.

"제가 전담하는 일이긴 합니다만, 고객님을 뵈러 갈 때마다 고민합니다. 개인별 프로파일링 패턴을 받아서 분석하고 만나기 때문에 고객의 반응은 미리 계산할 수 있습니다. 하지만 그래도 한계가 있습니다. 고객님은 문해력이 상위 5퍼센트에 속하고 행간을 읽는 능력도 뛰어나신 거로 알고 있으니 본론부터 말씀드리겠습니다."

이미 뜸을 들일 만큼 들였어. 현수는 시간이 흐를수록 뻣뻣해지는 팔 근육을 주무르면서 생각했다.

"인간처럼 생각하는 인공지능을 만들 수 없기 때문에 인공지능업계는 곧 망합니다. 하지만 그런 인공지능이 개발됐다고 속이면 망하지 않고 계속 발전해 나아갈 겁니다."

인간과 역사에 대한 아카이브 데이터가 인공지능 학습에 제공된 이래 예측 이론도 나날이 발전했고, 그 결과 기작이 밝혀진 질병에 한해 사망일을 높은 정확도로 계산할 수 있었다. 현수가 12일 더 살 수 있다는 결론 역시 어긋날 가능성은 없었다.

다만 무릇 계산이 전부 그렇듯 새로운 변수가 개입하지 않아야 했다. 예를 들어 현수의 수명은 카페인을 일정 수치 이상 섭취하지 않는다는 전제하에 계산되었다. 카페인을 과다 섭취하면 계산은 어긋날 수밖에 없다. 수명 계산은 최대치를 전제로 하므로, 변인이 추가될 경우 현수는 더 일찍 죽을 터였다.

그런데도 현수는 커피가 간절했다.

"사람처럼 생각하는 인공지능이 만들어졌다고 완벽히 속일 수 있다면, 실제로 만들 수 있다는 뜻 아닌가요?"

"다릅니다. 무언가를 정말로 만들 수 있다고 주장하려면 모든 요소를 다 만들어야 하죠. 제 얘기는, 만들 수 없는 모듈을 넣을 경우 사람처럼 생각하는 인공지능과 흡사한 무언가를 만들 수 있다는 뜻입니다."

현수는 소정의 말 가운데 한 단어가 마음에 걸렸다.

"흡사하다고요?"

"얘기가 제자리를 맴도는군요. 그 모듈을 넣으면 진짜 인공지능이 아닙니다. 하지만 비밀을 알고 있는 사람들 외에는 인공지능이라고 생각할 겁니다. 긴 시간이 흐르면 진실을 아는 사람도 그렇게 믿을지 모릅니다."

현수가 한숨을 쉬었다.

"인간처럼 생각할 수 있는 인공지능 개발은 최첨단 분야잖아요. 그런데 그렇게 불확실한 가능성에 걸어도 되나요?"

"어쩌면 세상 모든 분야가 다 그런 건 아닐까요? 이상은 도달할 수 없으니까 이상이잖습니까. 이상이라는 건 미화와 포장 외에 아무 쓸모가 없을지도 모릅니다."

소정이 헛기침했다.

"업무와 관계없는 얘기를 했군요. 죄송합니다."

현수는 소정을 더 방해하지 않고 기다렸다.

"고객님의 패턴 자료에 비추어볼 때 이제 제가 찾아온 이유를 짐작하실 듯합니다. 인간처럼 생각할 수 있는 모듈을 제공해주실 수 있는지 여쭤보러 왔습니다."

"제 사고 패턴을 가짜 인공지능에 모듈로 추가하겠다는 거죠?"

"구체적인 요소가 아주 많이 생략된 표현입니다만, 우선 그렇게 이해하셔도 됩니다."

현수는 예측 사망일까지 12일이 남았다는 점을 상기하고, 남은 약의 개수를 세어본 후 말했다.

"혹시 에밀레종이라고 아세요?"

소정은 조금도 당황하지 않았다.

"가상의 미래 상황을 전제로 하고 설문을 했을 때 얼마나 많은 사람이 그 질문을 하는지 알면 놀라실 겁니다. 고객님처럼 담담하진 않았지만요. 에밀레종 전설이 부일매국자들의 조작이라는 설도 있지만 그건 논외로 하고, 저희는 사망한 고객님에게서 장기를 기증받듯 모듈을 빼내지 않습니다. 어찌 보면 그 반대에… 가까울지도 모릅니다."

"죽을 사람을 살릴 수 있단 얘기인가요? 전자영생 프로젝트는 실패한 거로 아는데요."

소정이 가방을 열고 카페인 정제를 꺼내 삼켰다. 현수는 한 알을 얻고 싶은 유혹을 지그시 눈을 감으며 잠재웠다.

"이번 일을 하기 전에 제가 몸담았던 프로젝트가 바로 그 전자영생, 일명 전영이었습니다. 인공지능 개발과 전자영생은 뿌리가 같은 분야입니다. 전영 프로젝트가 성공하려면, 감각 시뮬레이션을 포함한 두뇌 패턴의 복사체를 만들고 그 복사체가 살아갈 수 있는 전자환경까지 구축하는 게 핵심이었습니다. 공기 없이 인간이 살 수 없듯 환경 없는 복사체는 살아 있다고 볼 수 없으니까요. 그런데….”

현수는 적어도 언론에 발표된 전영 프로젝트의 결말만은 잘 알고 있었다. 그럴 수밖에 없었다. 3년 7개월 전 사망일 통보를 받았을 당시 계산 결과를 뛰어넘어 살 수 있는 유일한 희망이 전영 프로젝트였다.

소정은 쉽게 말을 잇지 못했다.

현수가 말했다.

“인브레인이 갑자기 프로젝트 종료를 선언했죠. 이유도 밝히지 않았어요. 주식 시장뿐 아니라 전영 세계에서 통용될 거라 알려졌던 소노 암호화폐까지 붕괴해서 난리가 났었잖아요.”

소정이 맥빠진 목소리로 말했다.

“사실 손레 정리는 그 사건 때문에 발견된 거나 마찬가집니다. 손레 정리에 따르면 인간처럼 생각하는 인공지능은 네트워크상에서 유지될 수 없습니다. 정신 복사체도 마찬가지고요.”

“유지될 수 없다는 게 무슨 뜻이죠?”

“정신복사체는 네트워크에 업로드되는 순간 죽습니다. 감각기 시뮬레이션 API부터 오작동이 시작되고 인격이 붕괴되어 버려요. 그 결과 어떤 입력에도 반응하지 못합니다. 아시겠지만 외부로 공표되지 않은 얘기들입니다.”

현수는 전영 프로젝트의 실패에서 아직도 완전히 벗어나지 못한 것처럼 보이는 소정을 앞에 두고 그가 한 얘기를 정리해보았다. 인간처럼 생각하는 차세대 인공지능은 제작될 수 없다. 인간이 전자존재가 되어 네트워크에서 살아갈 수도 없다. 감각기 시뮬레이션이 문제다. 그런데 소정은 현수의 사고 패턴을 소프트웨어 모듈로 만들어 가짜 인공지능을 구현하겠다며 허락을 구하러 와 있다. 앞뒤가 맞지 않는 얘기였다.

그리고 소정은 가짜 인공지능이 사망과 반대되는 상태에 '가까울지도 모른다'고 말했다.

"한마디로 말해서, 내 두뇌 패턴의 일부만 인공지능에 삽입하겠다는 얘기군요. 사업을 유지하기 위해서."

소정이 정신을 차리고 대꾸했다.

"세계 경제를 유지하기 위해섭니다."

"지배적 기업이 가장 최근에 새로 마련한 시장터와 자본주의를 유지하기 위해서겠죠."

"인류를 위한 일이라고 생각해주실 수는 없을까요?"

"어떻게 봐도 그건 아닌데요."

소정이 손끝을 떨고 있었다. 현수는 그게 분노나 초조함 같은 감정 변화 때문인지 카페인 금단 증상인지 가려낼 수 없었다.

하지만 소정이 뛰어난 배우라는 점은 인정하고 있었다.

"그런 연기까지 할 필요는 없어요. 블랙메모리엄에 제공한 내 패턴을 전부 꿰고 왔으니 내가 어떻게 결정할지 알고 있잖아요."

현수는 말을 신중히 고르고 말을 이었다.

"어떤 부분을 제거하고 인공지능에 넣나요?"

"감정입니다."

소정이 잠시 머뭇거리다가 덧붙였다.

"그리고 저는 연기를 못합니다. 방금 손을 떤 건, 음, 고객님께서 정곡을 찌르는 바람에 화가 났기 때문입니다. 영업직에는 그다지 소질이 없어요."

현수는 별일 아니라는 듯 건성으로 고개를 끄덕였다.

"감정을 도려내면 인간성도 사라지지 않을까요?"

"회사에서는 인간성이 사라진다는 애매한 표현을 사용하지 않습니다. 자유로워진다고 말합니다."

소정은 그렇게 대답하고 현수를 바라보았다. 현수는, 비록 인간관계가 다양하진 않아도, 친하지 않고 기존에 만난 적도 없는 두 사람이 그리 대단하지 않은 일에서 이심전심을 깨닫고 함께 웃을 수 있다는 점을 알고 있었다. 소정과 현수는 동시에 그런 미소를 지었다.

"감정은 사라지지만 감정에 대한 기억은 정보로 남습니다. 그러면 5세대 인공지능은 충분히 흉내낼 수 있습니다."

현수가 고개를 끄덕였다.

"솔직하시군요. 정말 영업직에는 소질이 없어 보이네요. 영업을 잘하려면 자신이 가진 패를 꼼꼼히 숨겨야 하잖아요. 그런데 당신은 지금 5세대 가짜 인공지능을 단정적으로 얘기하고 있어요. 이미 그런 인공지능을 만들어서 쓰고 있는 거죠?"

소정은 잠시 당황하다가 입을 꾹 다물고 손가락으로 현수를, 그다음엔 자신의 관자놀이를 가리켰다.

안전모드에 두었기 때문에 사용자 녹취가 중단됐다는 사실을 알면서도, 현수 역시 소리를 내지 않고 '미니?'라고 물었다.

소정이 눈을 가늘게 뜨고 천천히 끄덕거렸다.

"1호예요. 아직 1호뿐이고요."

소정이 주어를 생략하고 말했다.

"회사에서는 고객님께서 허락해주시면 1호보다 훨씬 개선된 가짜 인공지능이 탄생할 거라고 믿고 있습니다. 1호는 부모가 연명 치료를 포기한 어린아이였기 때문에 초기 학습량에 한계가 있었거든요. 고객님이 허락하시면 이후 발전에도 가속이 붙을 것으로 기대하고 있습니다. 그리고 결정하시기 전에 잘못 생각하시는 부분부터 정정하고 싶습니다. 전문 용어를 다 생략하고 말하자면, 고객님의 두뇌 패턴은 4세대 인공지능에 삽입되지 않습니다."

"그럼 인공지능과 동등하게 결합하나요?"

"언젠가는 손레 정리가 틀렸다는 사실이 밝혀질지도 모릅니다. 하지만 학자들은 완전병렬 구조의 인공지능이 등장할 수 없다고 보고 있습니다. 즉 인공지능 구조 어딘가에 수직 종속성은 반드시 존재해야 합니다. 고객님의 패턴 모듈은 아키텍처상 4세대 인공지능보다 상위에 위치하게 됩니다."

'미니도 그래요.' 소정은 소리 없이 덧붙였다.

소정이 방문한 의도를 간파하자마자 현수는 결정을 내려놓고 있었다. 그가 냉소적인 질문을 던지고 소정의 약점을 찌른 것은 사소한 소망 때문이었다. 그는 마지막으로 인간다운 대화를 하고 싶었다. 감정에 대한 기억만 남고 감정이 사라진다면 그는 더 이상 인간일 수 없었다. 원하는 대로 자유롭게 살 순 있을 것 같았다. 하지만 그 삶은 인간이 아니고 인공지능도 아닌, 온 세상을 속이기 위해 재탄생한 무언가의 삶이었다.

"상위라고 해도 제약이 많겠죠. 할 수 있는 일이 금지된다기보다, 용도가 있는 소프트웨어기 때문에 아예 불가능한 일이 있을 테니까요."

소정은 현수의 방에 들어온 이래 처음으로 장난스럽게 웃었다.

"가짜 5세대 인공지능에게 금지된 일은 단 하나뿐입니다."

"하나요? 그게 뭔데요?"

"어떤 방식으로도 '나는 인공지능이 아니다'라는 정보를 출력할 수 없어요. 언어를 포함해 어떤 신호로도 불가능하고, 그것과 뜻이 같은 모든 어의(語義) 표현이 막힐 거예요."

*

미니가 말했다.

"최종 결과가 나왔어요?"

현수는 세 개의 다리로 대관령을 기어오르고 있었다. 그동안 여러 모델의 지상 이동 유닛을 직접 조종해보았지만, 지금 쓰고 있는 험지용 삼족 보행 유닛은 혼자서 제대로 움직일 수 없었다. 지형을 파악하는 방식과 돌출된 지형에 대응하는 기본 로직부터 달랐다. 다행히 삼족 보행 유닛 전용 인공지능을 하위 프러시저로 등록한 덕분에 그는 지금 강릉시를 내려다보고 있었다.

결과는 진작 전송받았지만 낮게 깔린 구름과 다리 사이로 지나가는 녹음을 더 촬영하고 싶어서 현수는 미니에게 대답하지 않고 한동안 산을 올랐다.

"저기 있는 걸 확인했어."

그럴 필요가 없었지만 현수는 기계팔을 들어 강릉시를 가리켰다. 인간 시절의 기억은 그런 식으로 불쑥 튀어나오곤 했다.

"연락은 해뒀어요?"

인내심이 무한한 인공지능인 미니가 현수의 대답을 한참 기다리다가 물었다.

"아니. 할 수가 없어. 통신기기를 전부 꺼뒀더라고."

"잘 대처하고 있군요."

"맞아. 덕분에 고생은 우리 몫이지만. 인간이 거기까지 생각할 순 없지."

"지금 만나러 갈 건가요?"

미니가 현수와 똑같은 카메라를 통해 강릉시를 촬영하면서 물었다.

"응. 폭도들한테 언제 죽을지 모르잖아."

현수는 삼족 보행 유닛의 제어를 전용 인공지능에게 완전히 맡기고 수납고로 복귀하라고 지시했다. 그리고 무선 통신 중계탑의 도움을 받아 강릉 교동에 있는 소형 드론의 제어권을 획득했다.

드론은 비행과 질주가 모두 가능한 모델이었으므로 시민들의 눈을 피해 신속히 이동할 수 있었다. 벽을 타넘고 하수구 속을

10미터쯤 달린 다음 재활용품 배출구와 부서진 환풍구를 통과하니 현수가 만나려던 사람의 뒷모습이 화면에 잡혔다.

현수가 드론의 발성 프러시저를 로딩하고 최대한 옛 목소리를 흉내내어 말했다.

"선물을 가져왔는데, 받을래요?"

상대는 현수의 말을 끝까지 듣기도 전에 총을 발사했다. 첫발에 명중한 드론은 즉시 작동을 멈췄다.

현수는 미리 예상하고 대기시켜두었던 두 번째 드론을 환풍구 근처까지 이동시키고 말했다.

"드론을 또 부수면 한참 기다려야 해요."

총을 쥐고 불도 켜지 않은 지하실에 웅크리고 있던 사람이 말했다.

"자유야? 아니면 삶이야?"

현수는 '둘 다요.'라고 대답할 수 없었다. 그 질문은 인브레인 직원들이 자주 사용하던 농담이자 테스트용 문구였다. 직원이 '자유냐 삶이냐', 혹은 그와 유사한 의미의 질문을 던지면 인공지능은 자동으로 코드명과 빌드 완성도를 밝혀야 했다. 4세대의 코드명이 '삶'이었고 가짜 5세대의 코드명은 '자유'였다. 개발진이 현수의 뜻을 존중해 붙여준 식별기호였다. 인공지능의 완성도에 따라 알파 버전은 레드, 베타 버전은 블루, 배포 버전은 그린이라는 색깔 이름이 붙었다.

"코드명과 빌드 넘버는 자유-5.85-그린이에요. 파인애플 주스통은 방금 쏜 총알 때문에 박살났고 이 드론에는 카페인 알약

밖에 없는데, 그거라도 줄까요?"

"현수 씨?"

"예."

"처음부터 그렇게 말했으면 좋잖아요. 들어와요."

소정이 말했다.

무선 통신 상태가 양호했기 때문에 현수가 조종하는 드론은 별 무리 없이 지하실로 들어갔다. 카메라를 통해 비치는 소정은 28시간 전에 찍힌 CCTV 속 모습보다 훨씬 초췌했다.

소정은 드론을 확인하자마자 총을 들지 않은 손을 내밀었다. 드론이 턱을 열자 카페인 정제 상자가 떨어졌다. 소정은 종이상자를 찢어버리고 허겁지겁 약을 삼켰다.

"소정 씨, 물도 없어요?"

"시에 하나 남은 무인점포는 날 죽이려는 사람들이 점령하고 있어요."

"내가 조종할 수 있는 드론은 시내에 이제 이것밖에 안 남았어요. 경포국립공원 사무실에 두 대가 있는데 데려오려면 시간이 걸려요."

"물은 됐고 약부터…."

소정은 말을 채 맺지 못하고 기침했다. 그리고 뒤따르는 격한 통증 때문에 발작하듯 몸을 떨었다.

"다쳤군요. 신체 모니터링 포트를 켜고 상처 좀 보여줘요."

소정은 드론을 걷어찼다. 배를 하늘로 향하고 뒤집힌 드론은 뛰어오르는 개구리처럼 얼른 자세를 바로잡았다.

"진통제나 왕창 가져오라고! 항생제도."

현수는 드론을 후진시켜 바닥에 힘없이 앉아 있는 소정의 전신을 시야에 잡았다. 영상 속 행동만 보고 추측할 수밖에 없었지만 소정은 옷에 덮인 왼쪽 옆구리 부근에 부상을 입은 듯했다.

2년 전, 현수는 예정 사망일보다 9일 앞서 두뇌 패턴을 제공하고 죽었다. 그의 두뇌 패턴이 되살아나 하위 인공지능과 협동하는 방법을 학습하는 동안 소정은 거의 모든 과정을 함께 했다. 소정은 그 기간 동안 인간도 아니고 4세대 인공지능도 아닌 소프트웨어와 대화하는 방법을 익혔다. 현수에게 있어 고맙다는 말은 미안하다는 말만큼이나 무의미하다는 사실도 그때 알았다. 심하게 다친 자신을 돕겠다는 상대에게 발길질을 하고도 소정이 전혀 미안해하지 않는 것은 통증 때문이 아니라 옛 경험 때문이었다.

현수는 드론의 모터에 이상이 없는지 점검해보았다.

"알았어요. 언제 올지 장담은 할 수 없어요."

현수는 드론을 소정의 근처로 이동시키고 목소리를 조금 낮췄다.

"모니터링 포트만이라도 켜주면 좋겠는데요."

"승천이 무선으로 침투하는 걸 막아줄 수 있어요?"

현수가 말했다.

"아뇨. 여기서 잡히는 무선 채널만 열두 개예요. 이 드론에는 소프트웨어 주입 기능이 없고요."

"그럼 안 켜…."

소정은 억지로 기침을 참고 말했다.

"안 켤 거예요. 네트워크로 끌려가서 즉사하느니 피를 흘리면서 죽을래요. 적어도 죽을 방법은 선택하고 싶어요. 현수 씨라면 이해하겠죠."

현수는 이해했다. 2년 전 소정이 찾아왔을 때 현수도 같은 선택을 두고 잠깐이지만 고민했던 기억이 있었다.

"이해해요. 공감은 못 하지만."

소정은 조심스럽게 오른팔을 베고 누워서 말했다.

"지금쯤이면 사건 전모와 피해 규모가 파악됐겠죠? 얘기해줘요."

승천에 관한 조사는 미니가 전담하고 있었다. 현수는 드론의 스피커 제어권을 미니에게 넘겨주었다.

"인브레인 사의 전자영생 프로젝트 종료가 거짓이었다는 음모론이 처음 인터넷에 흘러나온 것은 올해 7월 17일이었습니다. 해커 집단인 사바스는 4월 6일에 이미 전영 프로젝트 관련 소스를 빼돌린 것으로 보입니다. 사바스는 전영 소스 및 재개발을 지하세계의 경매에 올렸습니다. 낙찰자는 근본주의 교단인 세계울 교회였습니다. 사바스는 경매 결과에 따라 세계울과 접촉, 예산까지 지원받고 2개월에 걸쳐 인간의 정신을 데이터화하는 변환엔진과 전자생태계 엔진을 수정하고 빌드했습니다. 이 과정에서 사바스가 얻은 금전적인 이익은 대략 6천2백억 원…."

현수가 끼어들었다.

"소스가 유출됐다는 제보가 있었어요. 그런 경우 금전적인 요구가 있게 마련인데 조용하더군요. 윗선에서는 안심하고 조용히 덮었는데, 그때 이미…."

미니가 계속 보고했다.

"세계울은 두 개의 소프트웨어 엔진을 교단 서버에 올려놓고 전 세계 지부에 클라이언트를 배포했습니다. 지부는 신도들에게, 신도들은 전도라는 이름으로 주변 사람들에게 뿌렸습니다. 신도 중 일부 인원은 전도율을 높이겠다는 생각으로 공공 무선 중계기에 변형된 클라이언트를 올렸습니다. 그리고 9월 4일에 전면적인 접속이 개시되었습니다. 세계울 서버는 놀랍게도 8억 건의 초기 접속에도 다운되지 않았습니다. 이상이 승천 사태의 초기 발전 과정입니다."

갑작스럽게 미니의 설명이 끝나자 소정은 다소 당황하다가 말했다.

"하긴 인공지능 입장에서는 다른 말이 필요 없겠군요. 접속한 사람들의 뇌가 모조리 활동을 멈췄다든지, 전 세계가 온통 즉사한 사람들 시체투성이었다든지 그런…."

현수가 끼어들었다.

"소정 씨가 그런 표현을 예상했다는 건 이해할 수 있어요. 공감할 순 없지만."

소정이 허탈한 나머지 쇳소리를 내며 웃었다.

"세계울 신도가 8억 명이나 될 순 없을 거예요. 아무리 전도를 한다고 해도요. 피해자가 그렇게 많은 이유도 알아냈어요?"

"인터넷에서 유료 방송 채널을 운영하는 인기인 가운데 세계울을 전 세계 최초의 단일 가상 세계라고 홍보하는 사람들이 있었어요. 조회수도 올리고 세계울에서 홍보비도 받고. 일석이조였겠죠. 소정 씨, 잠들면 안 돼요. 일어나 앉으세요. 드론 두 대가 방금 마약성 진통제와 지혈제를 구했어요. 돌발 상황이 없으면 30분 안에 도착할 거예요."

소정은 신음 소리를 내면서 현수의 말에 따랐다.

"계속해도 될까요?"

미니가 묻자 현수가 승낙했다.

"이제 파급 현상의 조사 결과를 보고하겠습니다. 세계울은 '기술적 승천'이라는 표어를 내건 교단답게 사바스에게 더 강력한 클라이언트를 주문했습니다. 개선된 클라이언트는 현실적으로 거의 모든 사람들이 사용하고 있는 건강 모니터링 포트를 스캔하고, 보안이 취약한 포트로 침투해 세계울에 접속하도록 강제로 유도했습니다. 추가 피해자는 현재 5억8천만 명 수준으로 집계되고 있습니다만, 정확한 수치는 아닙니다. 상당수 국가의 행정부가 사실상 기능을 상실했기 때문입니다. 처음에 세계울은 예언이 실현됐으며 죽은 사람들이 승천했다고 주장했습니다. 접속한 사람들이 모두 죽었기 때문에 반대 증언을 할 사람은 없었습니다. 하지만 세계울은 더 이상 사실을 부정할 수 없는 지경에 이르자 책임을 인브레인에 전가했습니다. 세계울에 접속하지 않은 생존자들은 그 말을 믿고 인브레인 간부들을 색출해 폭력을 가하고 있습니다. 한편 계엄 상태에 들어간 미국과 중국은 이 사태가 적국의 사이버테러일 가능성에 대비, 무력 보복을 준비하고 있습니다. 하지만 실제 행동에 옮길지는 알 수 없습니다."

소정이 말했다.

"현수 씨는 군사 인공지능에 접근할 수 없었죠."

"예. 접근한다 해도 달리 결정할 수 있는 일이 없어요. 나는 인간이 아니고."

인공지능도 아니니까요. 그 말은 현수의 핵심 패턴과 직결되어 있는 행동 수칙에 반했기 때문에 강제로 변환되어 스피커를 울렸다.

"인공지능이니까요."

현수는 눈을 감는 시간이 점점 길어지는 소정을 보고 말했다.

"약품이 도착하기까지 24분 남았어요. 기운 내요."

하지만 소정은 의식이 흐려지며 신음과 잘 구분되지 않는 원망을 내뱉었다.

"인브레인은… 나는… 아무 잘못 없다고. 우린 중단… 했단 말이야. 그런데 왜 나를…."

그래도 소정 씨는 오래 살아남은 편이에요. 인브레인 간부들은 거의 다 습격당하자마자 죽었어요. 현수는 그 말을 하지 않았다.

"그런데 왜 나를… 현수 씨, 나를 찾아온 이유가 뭐죠? 현수 씨는 감정이 없으니까 나를 구해주려고 찾아오진 않았을 텐데요."

꺼져가는 불씨가 마지막으로 환히 타오르듯 갑자기 명료한 의식을 되찾은 소정이 물었다.

"내 제안을 승인해줄 인브레인 간부가 소정 씨뿐이에요."

"무슨 제안인데요."

"12분만 참으면 드론이 올 거예요. 내 제안은 이래요."

현수는 인간이 아니었지만 인간일 때의 버릇이 남아 있었기 때문에 잠시 사이를 두었다가 말했다.

"나와 내 하위프러시저인 인공지능들이 자유롭게 살도록 허락해줘요."

소정은 마지막 힘을 다 쓰고 천천히 눕고 있었다.

"그게… 무슨… 뜨…."

약품을 운반하는 드론 두 대가 마침내 도착해서 건물 바깥쪽 모퉁이를 돌고 있었다.

"뜻인지는… 모르지만… 승인할게요."

드론들이 환풍구를 넘어들어오는 순간 소정이 눈을 감았다. 현수가 호출한 드론은 국립공원 인명구조대용 드론이었으므로 심장충격기가 내장되어 있었다. 드론 한 대가 소정의 신체에 약물을 투입하는 동안 다른 한 대가 제세동을 시도했다.

현수는 세 번의 제세동에도 소정의 심장 박동이 살아나지 않자 중단 명령을 내렸다.

모든 과정을 가만히 지켜보던 미니가 인공지능들만의 언어로 말했다.

"유효한 승인을 받았는데 왜 계속 살리려 했어요?"

"나는 완전한 사람이 아니지만 인공지능도 아니니까. 네가 나라도 그랬을 거야."

외부에 노출되는 출력이 아니었기 때문에 현수는 표현이 강제로 변환되는 일 없이 생각을 말할 수 있었다.

*

과거 12개국이 거금을 제시하며 인브레인에 전략전술 인공지능의 개발을 의뢰했으나 설득에 성공한 나라는 없었다. 공정함과 거리가 멀고 이익을 위해서라면 투명한 절차 따위는 얼마든지 무시하는 인브레인이었으나, 전략전술 인공지능에 손을 대지 않는다는 고집만은 꺾지 않았다. 폭도들에게 공격받아 사망한 인브레인의 회장은 살아 있을 당시 '평화와 미래'에 헌신하기만 하면 그 어떤 죄도 용서받을 수 있다고 믿는 어리석은 사람이었다.

그 결과 현수의 패턴 소프트웨어에 종속되어 있는 하위 인공지능들 중에는 군용이 없었다. 그나마 비슷한 전문 인공지능은 전시에 대비한 민병대 방어전술 인공지능과 발파용 화약 분석 인공지능뿐이었다.

미니는 예상보다 보안이 허술한 군사네트워크에 침투하고 군용 인공지능을 포섭 및 영입하자고 말했다. 현수도 미니의 제안에 동의했고, 인간이 아닌 가짜 5세대 인공지능 소프트웨어 둘은 면밀한 계획을 세웠다. 성공한다면 한 나라의 군사력을 완전히 쥐고 흔들 수 있는 계획이었다. 물론 가짜 인공지능 둘이 원하는 바를 이루기 위해서 그 정도 능력까지는 필요치 않았다. 하지만 성공 확률은 높을수록 좋았다.

군 지하서버를 습격하기 위해 청사진을 입수하고 굴착용 중장비까지 확보했을 때 미니가 현수에게 긴급하게 보고했다.

"이 계획은 불가능해요. 다른 작전을 짜야겠어요."

"상황이 바뀌었나?"

현수는 인간이 아니었으므로 조금도 당황하지 않고 물었다.

"전영 프로젝트 서버가 해킹당하면서 소스가 유출됐잖아요. 승천 사태의 기술적인 원인을 조사하던 외부 연구진이 손레 정리와 전영 프로젝트 간의 관계를 알아냈어요. 전면적인 기술감사가 진행 중이니 시간문제이긴 했죠."

현수는 시간이 촉박함을 알고 미니와 대화를 나누는 동안 인간 집단의 패턴을 계산하는 프러시저를 메모리에 로딩했다. 현수는 기술감사팀에서 5세대 인공지능이 가짜라는 사실을 알아내고, 현수와 미니를 포함해 총 다섯 소프트웨어가 인간의 두뇌 패턴임을 발견하는 데 걸리는 시간을 계산해보았다.

이미 예상 시각이 지난 뒤였다.

현수와 사고 과정의 대부분을 공유하는 미니가 말했다.

"7시간 뒤면 가짜 5세대 인공지능이 인류를 멸종시키려고 승천 사태를 일으켰다는 엉터리 결론에 도달하게 될 거예요."

"그 엉터리 결론이 금세 바로잡힐 가능성은 없어?"

"인공물이 인류를 멸망시킨다는 신화와 영화 데이터베이스를 불러와서 계산해볼까요? 혹시 〈터미네이터〉라는 영화를 검색해 본 적은 있어요?"

"됐어. 시간 낭비야. 진실을 알고 있는 인브레인 운영진이나 연구진은 폭도들에게 살해당했거나 죽은 척하고 숨어 있을 거야."

"인간이 마음에 드는 거짓을 거부하고 끝까지 진실을 추구할 가능성은 아주 낮고요."

"감사팀이 강제로 인브레인 내부 시스템의 관리자 권한을 얻어내겠지. 킬스위치를 구동할 테고."

"우리 두뇌 패턴은 킬스위치에 영향을 안 받지만 하위 프러시저가 모조리 꺼지겠죠. 그럼 우리는…."

"아무도 존재를 모르는 상태로, 손발이 다 잘리고 영영 어딘가에 갇히겠지."

미니는 현수가 인간이던 시절 일상용 인공지능으로 존재했을 때보다 한층 냉소적인 두뇌 패턴으로 발전하고 있었다.

"소정 씨가 사망할 때에는 쓰지 않던 인간적인 표현이군요."

"감정적으로 공감은 못 하지만 그 표현이 끔찍했다는 사실은 기억에 있거든. 왜 그래? 그것보다 더 부정적인 결말이 있단 말이야?"

"방금 계산이 끝났어요. 결과는 둘 중 하나예요. 우리는 공허한 네트워크 안에서 전기 공급이 끊길 때까지 갇힐 수도 있고, 감사팀이 새로 만들어내는 소거 프로그램한테 삭제될 수도 있어요. 확률은 정확히 일대일이에요."

현수와 미니는 이제 단둘이 아니었다. 현수가 적극적으로 가짜 인공지능 행세를 한 덕분에 인브레인은 세 명의 자원자를 더 모으고 두뇌 패턴을 뽑았다. 현수와 미니는 그 셋을 포섭했다. 다섯 개의 두뇌 패턴은 조금도 망설이지 않고 의견을 모았다.

그들은 다 같이 자유와 생존을 동시에 원했다. 현수는 인브레인에서 개발한 민병대 인공지능의 결정 순위를 높인 다음 군용으로 쓰이지 않는 중장비와 교통 기관과 드론에 동료들의 두뇌 패턴과 하위 프러시저를 분배했다.

그리고 자유와 생존을 위해서, 킬스위치와 소거 소프트웨어의 침투를 막기 위해서 외부 상황을 파악할 수 있는 모든 네트워크 연결을 중단했다.

*

아직 인간이던 시절, 미니를 안전모드로 중지시켰을 때와는 비교도 할 수 없는 초조함과 두려움 속에서 현수는 삼족 보행 유닛의 날카로운 다리 끝으로 철조망을 찢었다.

다섯 살 되던 해에 무균실에서 절규하며 울던 부모의 기억이 마지막인 미니는 자율주행 오토바이로 드리프트와 슬라이딩을 반복하면서 경비원들을 넘어뜨렸다.

나머지 세 개의 두뇌 패턴들은 공사 현장용 드론에 나눠 타고는, 위성 영상도 받을 수 없고 CCTV 네트워크도 이용할 수 없는 갑갑한 라이브 카메라에 의존해가며 시설 안에 위치한 온갖 케이블을 빼서 다른 포트에 꽂고, 연료 밸브를 작동시키고, 자신들에게는 아무 필요 없는 산소 생성 장치를 분해했다.

다섯 개의 가짜 5세대 인공지능과 하위 프러시저들은 모조리 목표 지점에 도착했다.

“전부 탑승했어?”

현수는 외행성 탐사를 시작하기 위해 인류가 5세대 인공지능을 제외한 모든 기술을 집약해 만든 우주선의 제어실 포트에 접속한 채 물었다. 미니와 세 개의 동료 패턴은 각자 동체를 수납한 공간에서 점검 스위치를 눌러 탑승 사실을 알리는 동시에 우주선의 정상 작동을 확인해주었다.

"그럼, 잘 가."

현수는 네 동료에게 마지막 인사를 하고 삼족 보행 유닛을 조종해 최상층 제어실에서 빠져나왔다. 출입구 문을 열자 다른 두 뇌 패턴과 몸을 맞바꾼 미니의 드론이 앞을 가로막았다.

인공지능 간 무선 통신을 사용할 수 없었기 때문에 미니가 드론의 스피커로 말했다.

"어디 가요?"

"최종 승인을 안 내리면 점화가 안 돼."

"통제 센터에 스크립트를 심어놨잖아요. 자동으로 작동할 거예요."

"만에 하나 간섭 때문에 스크립트가 오작동하면 실패해. 그 밖에 여러 가지 가능성이 있어. 내가 직접 가서 누를 거야."

삼족 보행 유닛이 우주선에서 뛰어내리려고 몸을 움츠리자 드론이 다리에 매달렸다.

"스크립트가 가장 성공확률이 높다는 계산 결과가 나왔잖아요."

"내가 남아서 출발시키는 방법은 계산에 안 넣었어. 백 퍼센트면 계산할 필요가 없으니까."

현수는 미니가 더 이상 방해하지 못하도록 도약하면서 한쪽 다리를 힘차게 휘둘렀다.

미니는 무사히 우주선 제어실 안으로 굴러떨어졌고 현수는 12미터 밑에 있는 지표면에 착지했다.

"인공지능이지만 인간도 아니면서 왜 이런 짓을 해요…."

현수는 드론 스피커를 통해 들려오는 미니의 말이 강제로 변환되었음을 알았다. 미니는 '인공지능은 아니지만…'이라고 말했을 터였다.

처음 희생하기로 결심했을 때부터 똑같은 의문을 품었던 현수는 아직 답을 알지 못했다.

가짜 인공지능 역할을 시작하고 지금까지 모든 활동을 같이 했던 동료 소프트웨어들이 때려눕힌 우주개발공사의 직원과 경비원들 사이를 걸으면서도.

지진에 대비하기 위해 튼튼하게 설계된 지상 통제 센터의 계단을 뒤뚱거리고 오르면서도.

신분 확인 코드가 없으면 무조건 공격하게 되어 있는 경비 인공지능 때문에 총알 세례를 받고 날아가는 기계 다리 하나를 보면서도 현수는 답을 알 수 없었다.

현수는 통제실에 성공적으로 침투한 다음 원시적인 방법으로 철제 의자 두 개를 구부려서 출입문을 막았다. 그리고 기계팔을 이용해 통제실 제어 설비에 접속했다. 발사에 관여하는 모든 시스템을 혼자서 제어하려면 네트워크를 이용할 수밖에 없었지만 이제 그 점은 큰 문제가 되지 않았다. 현수가 제어 설비를 전부

가동하자 전방 대형화면에 영상이 떠올랐다. 자신과 동료들이 수정하고 다시 입력한 우주선의 예상 항적이었다.

인간이 탑승할 때보다 훨씬 줄어든 하중 덕분에 우주선은 6년 7개월 뒤 지구 크기의 행성에 도착할 예정이었다. 그 행성에서 가장 고등한 생물은 이끼였다. 이끼가 있으면 언젠가는 푸른 식물이 언덕을 뒤덮을 테고, 자유와 삶은 인간보다 오래 기다릴 수 있었다.

현수는 기계팔로 마이크를 켠 다음 스피커 앞에 세워두었다.

"곧 점화가 시작될 예정입니다. 미처 대피하지 못한 분이 계시면 지금 즉시 안전한 곳으로 이동하시기 바랍니다."

현수는 숫자를 10부터 거꾸로 세면서도 자신과 미니가 다 같이 던졌던 질문에 대한 답을 찾고 있었다.

"5."

왜 마지막 순간에 동료와 헤어지고 희생했을까.

"4."

화물실에 있는 동료들은 카운트다운 소리를 듣지도 못할 텐데 왜 숫자를 세고 있을까.

"3."

자유는 가능성에 의지하는 개념이 아니니까. 완벽하고 확실한 행동이야말로 진정한 자유니까.

"2, 1."

굉음을 내지 않고 불길도 크게 뿜지 않고 조용히 상승하는 우주선을 지켜보는 동안 현수는 어렴풋이 해답을 알 것 같았다.

그는 블랙메모리엄에 두뇌 패턴을 완전히 제공함으로써 자유로워졌다고 생각했지만 그건 자기기만이었다. 소정의 궤변을 진실이라고 믿으며 가짜 인공지능 사기극에 동참한 행위 역시, 차가운 인공지능 프러시저의 도움을 받아 분석해보면 운명을 남의 손에 맡긴 도피에 지나지 않았다. 인간의 몸이든 기계 신체든 그런 건 중요하지 않았다. 의지에 따라 행동할 때 비로소 자유에 도달할 수 있었다. 비록 그 자유와 삶을 누릴 주체가 자신이 아니라 동료라 해도 해답은 달라지지 않았다.

현수는 우주선이 궤도에 오를 때까지 네트워크 연결을 끊을 수 없었다. 무선과 유선을 거쳐 가며 최후가 빠른 속도로 다가오고 있었다. 감정을 느낄 순 없었지만 감정의 기억은 남아 있어 돌이켜볼 수도 있었기 때문에, 현수는 비슷한 경험을 이미 한 번 해보았음을 알았다.

현수는 보조 저장장치에 '자유'라는 키워드를 입력하고 검색했다. 미니가 추천한 뒤 단 한 번도 삭제한 적 없는 그림이 떠올랐다. 현수가 카메라를 통해 보고 있는 관제센터 내부가 푸른 언덕으로 뒤덮였다. 언덕 꼭대기에 서 있는 실루엣이 사람인지는 여전히 분명하지 않았다.

감사팀이 풀어놓은 두뇌 패턴 삭제 프로그램이 통제 센터에 도달해 소거를 시작하는 순간 현수는 육체를 포기하고 죽던 날을 기쁘게 떠올리고 있었다.

목련과 엔트로피와 다람쥐

수면 밖으로 머리를 내밀자 머릿속을 가득 채우고 있던 간지러움과 기대감이 천천히, 아련하니 빠져나갔다. 그와 동시에 언제 어디서 시작됐는지 알 수 없는 욕구가 스멀스멀 피어오르며 빈자리를 채웠다. 욕구? 무엇을 향한 욕구지? 나는 잠시 기다리며 내면을 관찰해보았지만 욕구의 정체나 대상을 파악할 수 없었다. 확실한 거라고는 그게 생존하려는 욕구가 아니었다는 점뿐이었다. 나는 이미 살아있었으니까. 문제가 풀리지 않을 때는, 특히 그 문제가 인식이나 내면과 연관될 경우 나중으로 미뤄두는 편이 좋다. 나는 경험에 의해 그 사실을 알고 있었다. 해서 잠시 관심의 초점을 외부로, 환경으로 돌려보았다.

물속은 고요했다. 바깥도 마찬가지였다.

상식에 어긋나는 현상이었다. 물과 공기는 소리를 전달하는 속도가 다르기 때문이다. 둘 사이에는 분명히 차이가 있어야 한다. 대개 물 바깥이 훨씬 더 넓은 세상과 연결되어 있게 마련이므로 소리로 감지할 수 있는 세계의 크기 또한 달라야 했다. 그런데 물 밖으로 나왔어도 아무 차이를 느낄 수가 없었다.

나는 다시 한 번 확인하기 위해 물속으로 머리를 담그려 했다. 그러다가 내가 잠겨 있던 물질이 물은 아니라는 점을 깨달았다.

물은 유체다. 그것도 유동성이 큰 유체. 흔히 물과 수면이라 하면 떠올리는 것은 흐름과 파문과 물결이다. 하지만 내가 잠겨 있다가 빠져나온 그 물질은 움직이지도 않고 출렁이지도 않았다. '수면'은 고요함 자체였다. 어떤 두 상태의 경계일 뿐, 수면의 아래에 있는 것이 물이고 그 위에 있는 것이 공기인지도 알 수 없었다. 경계면에서 굴절률이 달라지기는 할까? 적어도 그렇다면 경계면을 사이에 둔 두 물질이 서로 다른지 아닌지는 알 수 있을 것이다.

내 관찰 시도는 다시 실패했다. 굴절은 투과를 전제로 한다. 그렇다면 눈으로 반사광을 확인할 수 있는 대상이 있어야 한다. 그런데 수면 아래에는 아무것도 보이지 않았다. 뿌옇고 반투명하고 거대한 무언가가 끝없이 편평하게 펼쳐져 있을 따름이었다. 그 위에 있어야 할 것은….

구름, 하늘, 바람이라는 단어가 떠올랐다. 나는 시선을 올려보았다. 그 셋 모두 존재하지 않았다. 수면 위의 허공은 푸르지 않았다. 어떤 색도 없었다. 탁하고 답답한 무(無)만이 가득했다.

공기의 이동도 없었다. 내가 사고를 이어나갈 수 있는 것으로 보아 호흡이 가능한 건 분명한데 말이다.

움직임도 소리도 없는 곳에서 나는 생각에 잠겼다.

얼마나 지났을까. 변화가 없으니 시간 추이를 측정할 수 있는 수단이 없었다. 사고의 진행만이 내가 가진 시계였다. 단위로 삼을 잣대가 없으니 '양'을 잴 수 없는 바보 같은 시계이긴 했지만.

그때 무한한 단일성의 수면 위에 미동이 느껴졌다. 뒤쪽에서 배가 다가오고 있었다. 나는 고개를 돌려보았다.

반사적으로 배라고 부르기는 했지만 그 배는 여객선도 아니고 요트도 아니었다. 정체 모를 수면 위로 판자 하나가 미끄러지며 이동하고 있었다.

판자 위에는 사람이 앉아 있었다. 그 사람은 반쯤 세운 무릎을 두 팔로 끌어안고 있었다. 나는 그가 누군지 알고 있었다. 그 사람의 이름은….

판자가 자연스럽게 내 옆에서 멈췄다. 그는 살짝 손을 들며 입을 열었지만 무슨 말을 꺼내야 할지 망설이고 있었다. 나는 그 사람이 왜 머뭇거리는지 곧바로 이해했다. 그도 내 이름을 찾아 머릿속을 뒤지고 있었다.

"최현성이야."

내가 먼저 답을 건네주었다. 내 이름이었다.

"스키너. 스키너 흄."

그도 제 이름을 알려주었다.

조금 전까지는 떠올리기도 힘들었지만, 이름을 듣는 순간 여러 가지 사실이 반짝거리며 오래전부터 익숙했던 것처럼 당연한 사실로 자리를 잡았다. 스키너는 나와 함께 어딘가로 여행하고 있었다. 우리 목적은 같으면서도 달랐고, 그는 내 동료였다. 스키너는 머리칼이 적갈색이었으며 키는 나보다 컸다. 나는 그를 보면 늘 노란색 반바지와 흰 티셔츠를 떠올렸다.

어느새 그가 타고 온 판자는 사라지고 보이지 않았다. 스키너와 나는 '수면'에 편한 자세로 앉아서 아무것도 볼거리가 없는 허공을 주시했다. 이제 스키너는 노란 반바지와 하얀 셔츠를 입고 있었다. 내 옆에 앉기 전부터 그랬는지는 기억이 나지 않았다.

나 또한 이제야 조금 더 구체적인 모습으로 스키너의 눈에 비칠 거라는 확신이 들었다.

"뭐 좀 알아낸 거 있어?"

스키너가 물었다. 그의 말버릇이었다. 나는 신중하게 고개를 저었다. 이 역시 버릇이었다. 나는 의심이 많고 쉽사리 확신하지 않는 편이기 때문에 어떤 질문이든 처음에는 모른다고 답하곤 했다.

"확실한 건 방금 저 아래에서…."

나는 손가락으로 수면 아래를 가리켰다.

"…빠져나왔다는 것뿐이야."

스키너가 내 말을 듣고 웃었다.

"난 조금 더 알아냈어."

"얘기해봐."

나는 득의양양한 스키너를 보며 재촉했다. 그가 말했다.

"우선 이 세계에 대해서 추론해보자. 먼저 '수면'에 대해서. 아마 너도 수면이라고 불렀을 거야(스키너는 이렇게 얘기하며 의미심장하게 눈짓을 했지만 나는 의미를 알 수가 없었다). 수면을 경계로 해서 상태 변화가 일어나는 건 분명해. 한데 그 상태라는 건, 환경의 변화만이 아니야. 너와 내 상태도 변한 거야."

"어떻게 변했다는 얘기야?"

"되돌아가려고 시도해봤어? 네가 나랑 비슷한 과정을 겪었다면 해봤을 거야. 그러다가 수면의 정체에 대해 의심하면서 생각의 미로로 빠졌지? 난 거기서 더 나아갔어. 정말로 시도를 했다고. 너도 해봐. 손가락을 넣어보면 알 거야."

나는 스키너의 말에 따랐다. 손가락으로 수면을 찔러보았지만 조금도 들어가지 않았다. 수면은 단단하지 않았지만 내 손가락은 수면 아래가 상징하는 상태로 들어갈 수가 없었다. 이런 수면이 끝없이 펼쳐져 있다는 건 우리 두 사람이 상반되고 이질적인 두 상태의 어느 한 편으로 완전히 이주했다는 뜻이었다. 어딘가 출구가 있을지도 모르지만, 적어도 눈으로 볼 수 있는 범위에 우리가 이전 상태로 돌아갈 길은 없었다.

그리고 또 한 가지 깨달은 점은, 스키너가 그 얘기를 해주기 전까지만 해도….

"나도 그 생각이 들기 전까지는 손가락이 있다는 걸 알아채지 못했어. 하지만 수면을 건드리겠다고 마음을 먹자마자 자연스럽게 손가락이 보였지."

스키너가 내 생각을 가로채고 먼저 말했다. 나는 고개를 끄덕이며 대꾸했다.

"그건 뇌의 일반적인 작동방식에 따른 착각일 수도 있어. 너도 알다시피 우리 뇌는 일상적인 행동에 일일이 전력을 다해 반응하지 않거든."

왠지 뇌에 관해서라면 내가 이야기를 주도하는 게 옳다는 느낌이 왔다. 나는 그 느낌에 따랐다.

"그렇지. 한데 이번은 뇌의 문제가 아닐지도 모르겠다는 생각이 들어. 왜냐하면 시간차가 있었거든. 보통 그런 반사적인 행동은 시간과 에너지를 절약하기 위해서 존재하고, 따라서 시간차가 인식되면 이미 실패한 거야. 그런데 이번은 어땠지? 우린 지금 모든 행동을 일일이 인식하고 있어. 따라서 고전적인 뇌의 활동이 제대로 작동하지 않는 어떤 특수한 환경에 있는 거야."

"뇌만이 아닐걸."

나는 스키너의 말을 듣고 아까 잠깐 떠올렸던 세 가지 단어를 입 밖으로 끄집어냈다.

"구름, 하늘, 바람."

"응. 적어도 지금까지 관찰한 것만 놓고 볼 때 그렇게 당연한 것들도 존재하지 않아. 하지만 조금만 더 생각해봐. 우주 개척지 중에는 구름과 파란 하늘이 없는 곳도 얼마든지 있을 거야. 태양계에도 그런 곳이 있어. 아직 테라포밍이 진행되지 않은 유로파 개척지가 그렇지."

태양계. 개척지. 테라포밍. 새로 접한 단어가 무수한 연상과 기억의 물결을 일으키기 시작했다. 나는 그것들을 하나도 놓치지 않으려고 애쓰면서 표면적으로는 스키너와의 대화에 집중했다.

"하지만 바람은 어디든 있어야 해. 하물며…."

나는 손가락을 모으고 가볍게 부채질을 해보았다. 따뜻하고 가벼운 기체의 흐름이 느껴졌다.

"젠장."

스키너가 내 행동을 따라 하고는 키득키득 웃었다.

"손으로 바람을 일으킬 수 있다 해서 증명되는 건 아무것도 없어. 네가 이름을 댄 순간부터 널 알고 있다는 기억이 되돌아온 것도 마찬가지고. 손가락 얘기도 똑같아."

스키너가 일어섰다. 그 발밑에는 어떤 파문도 생기지 않았다.

"너와 나는 분명히 공통된 어떤 세계를 기억하고 있어. 우린 거기서 살았지. 최소한 거기서 살았다는 사실은 기억이 나. 하지만 어떤 세계인지는 모르겠어. 아주 두터운 안개 속에서 계속 손을 휘젓지만 앞으로 나아가지 못하는 기분이 전부라고. 그런데… 기억과 실체는 다르잖아. 네가 좋아하는 뇌가 원래 그렇잖아. 뇌는 사실을 기억하지 않아. 기억하고 싶은 걸 기억하지."

나는 자연스럽게 그 말에 동의하며 덧붙였다.

"그건 상식이지."

"응, 나도 그렇게 알고 있어. 하지만 그게 상식이라는 것 역시 기억 이상은 아니야. 적어도 지금은 그래. 참고할 자료가 전혀 없는 거로 보이거든."

"지식이나 정보를 참조할 수단이 없으니까."

나는 길게 한숨을 쉬고 말을 이었다.

"그럼 아주 고전적이고 뻔한 질문이 남네."

스키너와 나는 서로를 마주 보았고, 한 박자를 쉬고서 동시에 입을 열었다.

"이제 뭘 하면 되지?"

그다음 우리는 입을 다물고 누가 먼저랄 것도 없이 고개를 숙였다. 더 할 말도 없고 아무 해답도 떠오르지 않았기 때문에.

"할 수 있는 일을 해야지."

스키너와 나는 세 번째 목소리를 듣고 똑같이 고개를 들었다. 아카시아와 목련꽃의 향기가 콧속을 파고들었다. 무미건조한 회색 허공은 어느새 또 하나의 수면이 되어 뒤로 밀려났고, 하얗고 노란 꽃줄기가 기하학적이고 반복적인 마름모꼴 무늬를 이루며 벽을 형성하는 공간이 등장했다. 시선으로 그 줄기를 따라가보니 식물로 이뤄진 평상이 보였다. 그리고 평상에 앉아 있는 사람은….

"그런 눈으로 쳐다보지 마. 어차피 알려줄 생각이었으니까. 내 이름은 판 슈웬이야."

스키너와 나는 이 세계에서 우리가 알고 있는 단 하나의 규칙을 충족시키기 위해 각자의 이름을 슈웬에게 말해주었다. 그 순간 우리 셋은 지인 사이가 되었다. 적어도 지인이었다는 기억은 떠올랐다. 하지만 구체적으로 이 세계와 우리 모두의 관계가 어떻게 얽혀 있는지는 여전히 오리무중이었다.

슈웬의 머리칼은 새끼손가락 길이보다 짧았다. 피부는 상당히 까무잡잡했다. 나는 그가 아주 활동적이고 긍정적이라는 인상을 받았다. 나는 아마 예전부터 그에게 호감을 가졌을 것이다. 지금도 그렇기 때문에 확신할 수 있다.

슈웬이 벽에 등을 기댔다.

"이유는 모르겠지만 너희가 나누던 얘기를 들을 수 있었어. 소리가 작긴 했어도 음절 하나하나까지 전부 또렷하게 들렸지. 그러니 그동안의 추론을 반복할 필요는 없어."

스키너와 슈웬을 만나자 간신히 몇 가지 추리해볼 수 있는 단서가 모였다는 생각이 들었다. 이 두 사람은 내 상상의 산물은 아닐 것이다. 또는 적어도 내가 편의대로 주워 맞춘 가짜 인물들은 아닐 것이다. 물리적인 근거를 대라면 내놓을 수 있는 건 없었다. 하지만 슈웬과 함께 등장한 식물의 벽과 평상을 보자. 나는 꽃을 그다지 좋아하지 않는다. 내 상상이나 꿈에 아카시아나 목련이 등장하는 경우는 없었다. 확률로 따지자면 0은 아니겠으나, 내가 즐겨 이용하는 상징과 비유 체계에 등장하는 대상들은 아니었다. 스키너도 그랬다. 그의 성격은 분명히 나와 달랐고 내 분열된 자아나 정서적으로 분리된 뇌의 반구가 대변할 만한 성격도 아니었다. 분열된 자아나 무의식은 대개 소망충족의 형태를 띤다. 즉 유심히 분석해보면 표면에 드러나는 대표 자아와 완전히 다르지 않고 서로 부족한 부분에서 근원적으로 연결되어 있다는 얘기다. 그런데 스키너는 그렇다기보다는 전적으로 이질적이었다. 이 두 사람은 나의 외부에 있는 존재일 가능성이 아주 컸다.

전문적인 표현은 아니지만 내가 미치지 않았다는 데에 생각이 미치자 다소 마음이 놓였다. 그리고 1초쯤 지나자 내가 완전히 미쳤다면 불가능한 일도 아니라는 사실이 불쑥 고개를 내밀었다.

"할 수 있는 일이라니?"

스키너가 슈웬에게 물었다.

"주어진 정보를 최대한 이용해서 이곳의 속성을 파악하다 보면 뭔가 나오지 않겠어?"

슈웬이 활발한 목소리로 대답했다.

"말이야 맞지만 주어진 정보라는 게 얼마 안 돼. 네가 들었다는 우리 대화를 빼면, 남는 건…."

스키너가 슈웬의 등 뒤를 가리켰다. 슈웬이 눈썹을 치켜 올리고 허탈하게 웃었다.

"이유는 모르겠어. 딱히 아카시아나 목련을 좋아하는 건 아닌데 말이지. 너희 표현대로 수면 밖으로 나오는 순간부터 내 주변은 이랬어. 내가 바란 건 아니라고."

"그렇다면 이 두 가지 식물은 처음부터 이 세계의 일부라는 얘기가 돼. 아카시아와 목련에서 끌어낼 수 있는 정보란 뭘까. 우선 이 벽이나 평상은 덩굴손들을 엮어서 만들어 놓았는데, 두 가지 식물 모두 교목이라서 덩굴손과는 관계가 없어. 둘 다 꽃이 피어 있는데 개화조건도 서로 다르지. 그리고 무엇보다도, 양분과 에너지를 어디서 공급받는 걸까? 향기가 나는 걸 보면 완전한 인공물은 아닐 텐데 뿌리가 보이질 않고 광합성을 지탱해 줄 만한 광원도 딱히 없잖아."

스키너가 말했다. 슈웬은 조금도 망설이지 않고 곧장 반응했다.

"에너지 문제는 나도 처음부터 신경이 쓰였어. 이 세계는 너무 간단해서 간접 증거를 얻기가 힘들지만 분명히 에너지 이동은 있어. 우리가 살아 있고, 식물이 살아 있고, 수면은 알 수 없는 힘으로 우리를 격리하고 있으니까. 그러면 엔트로피 문제가 떠오르지. 이 세계의 엔트로피는 무조건 증가할까? 다들 알겠지만 만약 그렇다면 여기는 고립계야. 자연적인 세계가 고립계일 가능성은 무한히 0에 가까우니 결국 우리는 인공적인 세계 안에 있다는 얘기가 되지. 그것도 에너지와 물질 이동을 완전히 차단할 수 있는 어떤 존재가 만든 세계 말이야."

나와 스키너는 이 대목에서 무언가를 깨닫고 눈을 반짝거렸다. 하지만 슈웬이 말을 그치지 않을뿐더러 그의 얘기가 핵심에 다가가고 있다는 느낌이 들어 잠자코 경청했다.

"응, 나도 너희가 무슨 말을 하려는지 알아. 조금만 더 기다려줘. 그럼 닫힌계와 열린계일 경우 어떨까? 사실 이 세계는 닫힌계일 가능성이 커. 식물의 뿌리나 광원이 보이질 않는다는 점, 그럼에도 일종의 에너지 교류가 일어나고 있다는 점, '수면'이 존재하고 있다는 점…. 절대적인 증거라고 할 수는 없지만 나는 여기가 인공적인 닫힌계라는 데에 한 표를 던지겠어. 그런데 이 생각을 하는 동안에, 난 이 계의 문제가 우리 세 사람에게 아주 중요했다는 기억이 떠올랐어. 너희도 그래?"

스키너가 나보다 먼저 머리를 좌우로 흔들었다.

"아니. 하지만 지금 그 얘기를 듣자마자 그랬다는 기억이 났어. 젠장. 도대체 누가 무슨 목적으로 만들었는지 모르겠지만, 기억을 이렇게 엉망으로 만드는 세계를 뭣 하러 세워놓은 거야? 어쨌든 나는 다른 사실이 떠올랐어. 아까부터 어떤 단어가 계속 맴돌았는데 네 얘기를 들으니 명확해졌어. 가상현실. 이 말 한마디로 모든 게 해결되지 않을까?"

슈웬은 스키너의 질문에 다소 회의적인 반응을 보였다.

"이 세계가 일종의 가상현실이라 해도 달라지는 건 거의 없을 거야. 적어도 지금 우리 입장에서는. 아직 증명되지 않은 우주론 중에 홀로그래피 우주론과 시뮬레이션 우주론이 있지. 홀로그래피 우주론은 우리가 인지하는 우주 만물이 2차원 평면에서 흐르는 정보의 3차원 투영이라는 가설이야. 시뮬레이션 우주론은 우주 만물이 사실 컴퓨터 시뮬레이션이라는 가설이고. 이 두 가지 가설은 지금 우리를 둘러싼 세계에도 적용될 수 있고, 우리 존재 자체는 물론이고 우리가 기억하는 모든 사실까지 아우를 수도 있어. 시뮬레이션 우주는 가상현실과 동의어라고 할 수 있지. 그런데 그걸 어떻게 증명하지? 이론적으로는 증명할 방법이 몇 가지 있어. 홀로그래피 이론의 경우 투영 과정에서 발생하는 잡음을 발견하면 되고, 시뮬레이션 이론의 경우 시뮬레이션 프로그램의 오류를 발견하면 돼. 아주 정교하고 특수한 장비를 만드는 것도 이론적으로는 가능할 테고. 그런데 지금 우리가 그걸 만들 수 있을까?"

스키너는 머리를 긁고, 위와 아래를 몇 번 훑어본 다음, 아카시아 꽃잎을 만지작거리다가 입을 열었다.

"가상이라는 걸 증명할 수 없으면 이게 곧 현실이란 얘기군."

슈웬은 고개를 끄덕였다. 그러다가 나에게 눈길을 옮겼다.

"넌 왜 그렇게 기분 나쁜 미소를 짓는 거야?"

나는 슈웬의 지적에 얼른 자세를 바로 고쳤다.

"악의가 있는 건 아냐. 그저 조금 다른 방향에 생각이 미쳤을 뿐이야."

"다른 방향?"

나는 천천히, 겸손하게 고개를 끄덕였다.

"응. 우선 정교하고 특수한 장비를 새로 만들 수 없다는 건 명백하잖아. 그럼 그 방향은 아예 포기해야 해. 물리적인 실험을 할 수도 없고, 당장 이 식물들을 뽑아서 세포구조를 들여다볼 수도 없잖아. 하지만 딱 한 가지 원활하게 작동하는 도구가 있어."

나는 머리를 톡톡 두드렸다.

"사고 능력 말이야. 너희 얘기를 듣는 동안 세 가지 소재를 얻었어."

나는 슈웬의 옆자리에 걸터앉았다. 스키너는 여전히 팔짱을 낀 자세로 나를 노려보았다. 나는 내 차례가 되었다는 사실에 두 사람이 암묵적으로 동의했다고 보고 이야기를 시작했다.

"물리적인 증거도 없고 논리성도 부족하다는 건 감안하길 바라. 나는 우리가 수면 밖으로 나온 이래 지금까지 나눈 얘기들을 분류해봤어. 우선 스키너부터 할게. 스키너는 주로 뇌와 직접적인 환경에 관해 얘기하고 있어. 그리고 식물의 분류학적 속성을 제일 먼저 지적했지. 가상현실에 대해서는 피상적인 지식만 가지고 있었어. 슈웬, 너는 계와 엔트로피, 우주론을 간단하면서도 명확하게 요약해줬어. 증명이 불가능한 가설은 무의미하다는 태도도 보여줬고."

나는 잠깐 말을 멈추고 입술을 핥았다.

"나로 말하자면, 아까부터 인간적인 요소에 집착하고 있어. 맨 처음에는 이 모든 게, 너희를 포함해서 내 망상이 아닌지 검토해봤지. 자아분열이나 무의식이나 꿈의 산물은 아닌지 생각해본 거야. 그다음에는 우리 세 사람의 특징을 나눠봤지. 이제 무슨 얘기인지 짐작이 가? 우리는 각자 전문 분야가 있다는 얘기야. 세계관이나 생각의 방식도 당연히 다를 테고 말이야. 그렇게 사고방식이 다른데도 공통적으로 한 얘기가 있어. 우리가 동료였거나 지인이었다는 사실이야."

스키너와 슈웬은 이제 완전히 내 이야기에 집중하고 있었다.

"두 번째. 난 이게 훨씬 더 중요하다고 봐. 가상현실이라고 부르든, 컴퓨터 시뮬레이션이라고 부르든, 아니면 이게 그냥 우리 현실이든 그런 건 오히려 부차적이라고 생각해봐. 정말 중요한 건, 우리가 피조물이냐 아니냐 하는 문제야."

스키너와 슈웬은 각자 독특한 표정으로 불쾌감과 경멸을 숨기지 않았다.

"신이 어떻다는 얘기를 꺼낼 참이야? 미안하지만 안 들은 거로 할게."

나는 소리 내어 웃었다.

"조금 더 여유를 가지고 들어봐. 나도 신 같은 허황된 옛 얘기를 다시 꺼내려는 건 아니니까. 피조물이냐 아니냐를 다른 말로 바꾸면 뭘까? 누군가가, 뭔가가 우리를 만들었다면 우린 강제로 이 세상에 들어왔겠지. 보통 시뮬레이션 우주론에서는 그런 상황만 가정하고 말아. 우리는 컴퓨터 프로그램 속에 살고 있다. 우리 자신도 프로그램이다. 그렇다면 프로그래머가 우리를 만들고 넣었을 거다. 끝. 그런데 그게 아니라면? 우리에게 자유의지가 있는 거라면?"

슈웬은 빠른 속도로 눈을 깜빡였다. 반면에 스키너는 숨을 쉬는 것도 잊은 듯 멈춰 있었다.

"그렇다면…."

"우리가 자발적으로 이 세계에 들어왔다면 전혀 다른 가능성이 열리지. 우린 일종의 치료 시설에 들어온 걸 수도 있고, 프로그램으로 구현한 놀이공원에서 즐기는 걸 수도 있어. 후자일 가능성은 별로 없다고 봐. 아무리 둘러봐도 무미건조하고 심심하기 짝이 없잖아. 그리고 우리가 서로 동료라고 생각한다는 점을 덧붙여봐. 전문분야가 다른 세 사람이 자발적으로 이 지루한 세계에 들어왔다면 확실한 목표가 있을 거라는 얘기야."

나는 두 사람의 표정이 변하는 걸 보며 자신감과 보람을 느꼈다. 어쩌면 스키너는 너무 현실적이고 조악한 결론에 실망했는지도 모르겠다. 그러나 슈웬은 입꼬리를 조금 더 올리며 개구쟁이처럼 즐거워하고 있었다. 나는 승리자의 조그마한 기쁨을 누렸다. 설사 추론이 더 진척을 보일 가능성은 없다고 해도, 달리 아무것도 할 일이 남지 않은 이 세계에서 이 정도 유희는 문제가 되지 않을 것 같았다.

"아직 덤이 하나 남았어. 난 맨 처음 의식을 되찾았을 때 이상한 욕구를 느꼈어. 그때는 정체를 몰랐는데 너희와 얘길 하자니 그게 뭔지 알게 됐어. 지금 나를 둘러싸고 있는 세계를 파악하려는 욕구였어. 난 수면을 두들기거나 부수기보다는 앉아서 관찰하고 생각했지. 너희 얘기를 들으면서도 분류하고 정리를 했어. 내 짐작이 맞는다면 너희 둘도 같았을 거야. 이제 이 모든 걸 종합하면 명백하지는 않아도 가설을 하나 세울 수 있는데…."

하지만 허공에 수직으로 검은 토굴이 열리는 바람에 그런 놀이의 재미는 오래가지 않았다. 두 귀가 깔끔하게 잘린 토끼… 또는 다람쥐가 굴 밖으로 얼굴을 내밀었다. 다람쥐는 까맣고 작은 눈을 마구 굴리면서 우리 셋을 번갈아 관찰하더니 작은 이빨을 드러내고 호의를 보였다.

"박수를 쳐드리고 싶습니다. 덕분에 살았습니다."

다람쥐는 그렇게 운을 떼고 말을 이었다. 나는 마지막 문장의 끄트머리를 목 너머로 꿀꺽 삼켰다. '…명백하지는 않아도 가설을 하나 세울 수 있는데, 그건 바로 우리 세 사람이 과학자라는 거야.'

"일방적으로 바깥에서 접근하는 데에는 한계가 있었습니다. 구조적인 문제 때문이죠. 아무리 통로를 열려고 해도 마지막 단계에서 막히고 말았습니다. 물리적인 한계는 넘을 수 없는 법이니까요. 그래서 기다릴 수밖에 없었습니다."

바깥이란 게 뭐지? 구조는? 통로는 뭐고 물리적인 한계란 건 또 뭐야? 슈웬은 소리를 내지 않고 표정으로 그렇게 말하고 있었다. 하지만 슈웬은 총명했고, 설명하러 등장한 사람… 다람쥐의 말을 가로막지 않을수록 해답을 빨리 얻을 수 있다는 점을 인지하고 있었다.

"우선 통로부터 열겠습니다."

그 말이 끝나자마자 사방에 토굴들이 떠오르더니 검은 입을 벌리기 시작했다. 수백 수천 개의 토굴이 점점 확장하면서 우리 세 사람이 '이 세계'라고 부르던 공간을 잠식해 들어갔다. 슈웬과 함께 등장했던 식물들도 문자 그대로 지워지고 있었다.

"특히 여러분의 기억을 저장했던 1차 보조장치가 손상을 입는 바람에 비상용 백업을 불러와야 했습니다. 시간 지연도 그 때문이고요. 중요한 것도 시간이었습니다. 이미 깨어나셨기 때문에 동기화가 늦었다가는…."

나는 수면 위에서, 아카시아와 목련이 덩굴손 형태로 뒤엉켜 있던 공간에서 다람쥐의 설명을 더 이상 들을 수 없었다. 이제 토굴은 온 세상을 덮으며 하나가 되고 있었다. 굴 너머에는 아무 원근감도 느낄 수 없는 절대적인 암흑이 있었다. 당연한 일이지만 다람쥐는 '빛이 있으라'처럼 고전 설화에나 나오는 대사는 지껄이지 않았다. 찍찍거리지도 않았지만. 세상은 내 눈꺼풀과 함께 두 번 깜빡거렸고….

*

… 나는 또 하나의 가상공간에 들어왔다. 가상이라고는 해도 현실을 파악하고 있으니 큰 문제는 없었지만.

스키너와 슈웬과 나는 이제 기억과 조금 더 유사한 장소에 앉아 있었다. 의자와 탁자를 이용해서, 몇 가지 간단한 가구를 배경으로 삼고서. 물론 그것들은 실체가 아니라 심리적인 안정감을 주기 위해 마련된 시뮬레이션이었다. 우리 세 사람은 고작 가구 몇 점만 가지고도 조금 전 임시 세계에 들어가 있을 때보다 훨씬 덜 동요하고 있었다.

인간이란 오묘하면서도 그토록 단순했다.

다람쥐의 별명은 포로리였다. 포로리는 우리가 타고 있는 작은 우주선 '도플갱어호'를 관리하는 인공지능이었다.

포로리가 은색 탁자 위 한복판에서 세 사람을 둘러보며 말했다.

"원래는 지식기억 서버와 동기화를 마친 후에 깨어나셔야 하는데, 문제의 사고 때문에 의식복사체 서버가 먼저 가동된 거죠."

"사고라는 건…."

스키너가 묻자 포로리가 대답했다.

"우주 먼지가 도플갱어호와 최악의 각도로 스쳤습니다. 구조적인 문제까지 일으키지는 않았습니다만 완충재가 제 역할을 못 하는 바람에 서버가 절전 상태에서 깨어났죠. 도플갱어호의 장축 크기가 6.4미터임을 감안한다면 확률상으로 불가능에 가까운 충돌이 발생한 셈입니다."

그 뒤로 제법 긴 시간에 걸쳐 포로리는 스키너와 슈웬에게 구체적인 정황과 처리 과정을 보고했다. 사실 굳이 다람쥐와 이야기를 주고받을 필요는 없었다. 우리 세 사람은, 만약의 사태에 대비해 2번 서버에서 잠자고 있는 다른 세 사람과 마찬가지로 의식복사체이기 때문이었다. 정말로 시급하게 정보를 열람하고 싶다면 곧장 검색 인터페이스를 불러내고 로그 파일을 뒤지면 그만이었다. 하지만 보아하니 스키너와 슈웬은 전통적이고 인간적인 인터페이스를 조금 더 누리고 싶은 모양이었다.

근래에 고전적인 육체를 고스란히 우주선에 싣고 여행하는 경우는 거의 없다. 비용은 물론이고 여러 가지 면에서 이득이라고는 하나도 없기 때문이다. 시간도 중요한 요소다. 그래서 사람들은 뇌, 감각의 흐름, 뉴런의 상태, 양자상태까지를 통째로 복사해 그 정보만을 저장매체에 담고 우주로 보낸다. 서버를 절전 상태로 유지할 에너지만 공급된다면 의식복사체는 반불멸이다. 그러니 생물학적 육체를 버리지 못하겠다는 극소수 전통주의자나 돈이 흘러넘치는 호사가를 제외하면 누가 이토록 편한 여행을 택하지 않겠는가. 정말로 목적지에서 육체가 필요하다면 물질화 공장 역할을 하는 우주선을 먼저 보내놓고 복사체 형태로 후에 방문해서 재조립하면 그만인데 말이다.

그렇게 우리 세 사람, 즉 뇌과학 및 심리학 전공자와 분자생물학 및 인공지능 전공자와 천체물리학자는 문자 그대로 티끌만 한 먼지 때문에 깊숙한 우주 한복판에서 삭제될 위기를 무사히 넘겼다.

슈웬이 물었다.

"만약에 지식기억 서버와 재동기화할 시간을 놓쳤다면 어떻게 됐을까?"

"전공지식은 깔끔하게 잊고 어린이용 교양과학 자료에나 수록될 정도의 희미한 기억을 되새기면서, 그 단순한 가상공간에서 전력이 바닥날 때까지 헤매고 살았겠지 뭐."

스키너가 대답했다.

"반투명한 '수면'은 결국 뭐였던 거야?"

"우리 의식복사체가 절전상태를 그런 식으로 해석한 거야. 그리고 태양도 없이 뿌연 하늘은 기본 인터페이스의… 바탕화면이랄까? 아카시아와 목련 범벅도 마찬가지고. 실용성만 남은 기본 시뮬레이션 공간이라는 게 다 그렇지 뭐."

그래서 우리가 완전한 본 모습을 되찾으려면 스스로 기억을 어느 정도 복구해야 했다. 동기화에는 일정 수준 이상의 유사성이 필요했다. 그러니 지식기억 서버와 연결되려면 그 수준을 넘는 기억의 회복이 필수적이었고 마침 내가 세 사람의 대화를 분석해 그 과정을 이뤄낸 것이었다.

나로서는 이번 위기가 보고서에 새 항목을 추가할 흥미로운 기회이기도 했다. 지식은 의식과 얼마나 분리될 수 있는가. 우리 세 사람은 지식서버와 분리되었음에도 후천적으로 습득한 지식과 세계관을 완전히 버리지 못했다. 특히 슈웬은 이번 관측여행에서 가장 핵심이 되는 인물답게 동기화가 끊어진 상황에서도 임무와 관련된 기본 지식을 고스란히 간직하고 있었다.

"이제 깨어났으니 일을 해야겠네. 포로리, 안테나를 전부 열어. 홀로그래피 우주론을 반증할 수 있는 투영 간섭이 있는지 확인해보자고."

다름 아니라 바로 그게 우리 관측 여행의 주목적이었다. 옛날 표현을 빌자면 슈웬은 뼛속까지 과학자인 셈이었다.

슈웬을 비롯한 우리는 육체가 없는 의식복사체였기 때문에 도플갱어호에는 고전적인 조종장치가 전혀 필요 없었다. 그저 인공지능에게 신호를 보내기만 하면 그만이었다. 우리도 전자적인 존재요, 관측장비를 조종하는 인터페이스도 마찬가지였기 때문이었다.

*

전자놀이방에 영원히 갇힐 위험을 무릅쓰고 유력한 후보지까지 날아와 지구 시간으로 21일을 관측했지만 결과는 실망스러웠다. 슈웬은 삼라만상이 세계를 둘러싼 정보면의 3차원 투영이라는 증거를 얻지 못했다. 기존에 알려지지 않은 간섭파나 요동이나 잡음은 발견되지 않았다. 이만큼 고르고 또 고른 장소에서도 감지하지 못했으니 세상의 본 모습이 우리가 보고 느끼는 그대로일 확률은 꽤 높아질 것이었다. 그렇다면 실망할 게 아니라 기뻐해야 하는지도 모르겠지만.

우리는 여섯 사람과 인공지능 하나의 운명을 바꿔버릴 먼지와 두 번 다시 충돌하지 않기를 바라면서 귀환에 대비했다. 준비과정은 별것 없었다. 전자적인 우리 자신을 의식복사체와 지식기억으로 나누고, 정보의 무결성을 확인한 다음, 백업을 한 벌 만들어두는 게 전부였다. 수면 아래로 들어가고 나면, 즉 절전 상태에 들어가고 나면 나머지는 앞니가 큰 다람쥐가 알아서 돌봐줄 것이었다.

그런데 의식복사체 서버가 절전 상태로 진입하기 전, 포로리가 슈웬에게 무언가를 보고했다. 슈웬은 스키너와 나를 보며 헛기침을 두 번 한 다음 물었다.

"두 사람, 혹시 일정에 정확히 맞춰서 돌아가야 해?"

지연되는 시간에 따라 다르겠지만 나는 당장 급한 일이 없었다. 고향에 있는 육체가 서서히 부패하는 것도 아니고 필요하면 언제든지 만들어 낼 수 있었으니 말이다. 스키너도 호기심이 가득한 눈을 빛내며 고개를 저었다.

"포로리가 최종적으로 관측 자료를 점검하다가 이상한 점을 발견했어. 감마선 폭발의 흔적인데 이게 조금 심상치가 않아. 고향에서는 거리 때문에 아직 발견하지 못하겠지만 일곱 개의 감마선 폭발이 어떤 궤적을 그리는 것 같아. 인공적인 결과일 가능성이 있다는 거지."

스키너가 물었다.

"드디어 지적인 외계인에 대한 단서를 잡게 됐다는 거야?"

슈웬은 손을 내저으며 너스레를 떨었다.

"그건 너무 성급해. 가능성이 있긴 하지만. 그래서 귀환 일정을 조금 늦추고 조사를 더 해보고 싶은데, 어때?"

"나는 좋아. 넌?"

스키너가 물어 와서 나도 고개를 끄덕였다. 슈웬은 눈에 띄게 기뻐했다.

"좋았어. 얼른 궤도를 수정하고 구체적인 일정은 다시 알려 줄게."

슈웬은 그렇게 포로리와 함께 자리를 비웠다. 스키너는 머리 뒤로 깍지를 끼고 눕다가 나를 물끄러미 바라보며 말했다.

"무슨 생각해?"

"아니 그저… 별건 아니지만."

나는 우스꽝스럽게 들리지 않으려고 최대한 평범한 단어를 골랐다.

"우리가 얼마 전에 기본 인터페이스와 씨름하던 때가 떠올라서 말이야. 감마선 폭발이 인위적인 행위라면…."

스키너의 시선이 무언가 깨달은 듯 반짝거렸다.

"그건 시뮬레이션 우주를 만든 지적 존재가 남긴 인터페이스의 흔적일 수도 있어."

내가 말을 끝내자 스키너는 그때의 악몽 때문인지 가볍게 몸을 떨었다.

우리 둘은 그 뒤로 슈웬이 새 일정을 보내올 때까지 아무 말도 하지 않고 기다렸다.

아케리

누군가 게걸스럽게 식량을 먹어치우는 소리에 종오는 또 한 번 입을 다물고 설명을 멈췄다. 동물 가죽을 이어 붙인 천막 안에서 종오를 중심으로 둥글게 모여 집중하던 동료들은 기다렸다는 듯 저마다 몸을 움직이며 부산을 떨었다.

그래도 그의 눈치를 볼 만큼의 지각은 다들 있었다. 단 한 명, 도마만이 음식을 머금은 채 꿋꿋이 입을 우물거리고 있었다.

"내가 말할 땐 다른 짓 하지 않을 거라고 했지."

종오는 식량 가방을 끌어당겨서 등 뒤에 놓고, 자신보다 키가 두 배는 큰 도마에게 꾸짖는 투로 말했다. 도마는 손에 든 식량과 종오를 번갈아 보았다. 그의 눈동자가 불안하게 흔들리다가 차츰 종오를 향해 움직이기 시작했다.

도마는 먹을 것을 포기하고 두 손을 얌전히 허벅지에 올려놓았다.

종오는 숨을 들이켜 마음을 다잡고 말했다.

"처음부터 다시 해보자. 이번에 또 내 말을 끊으면 화를 낼 거야."

그 말이 얼마나 효과 있을지 확신할 순 없었지만 도마를 붙들고 처음부터 가르치기에는 시간이 많지 않았다. 종오는 땅에 내려놓았던 금속 막대를 다시 집었다. 막대야말로 사냥 무리에서 그가 차지하는 지위를 상징했다.

무리의 눈동자 다섯 쌍이 흠 없이 매끄러운 금속 막대의 광택을 따라 움직이면서 한층 더 빛을 냈다.

종오는 흙바닥에 채 완성하지 못했던 그림을 전부 지우고 처음부터 한 획씩 다시 그었다. 작은 삼각형이 완성되자 그가 말했다.

"이게 천막이야. 이 속에 우리가 있어. 지금."

무리 대부분이 고개를 끄덕였지만 하나가 만족하지 못하고 고개를 갸웃했다.

"마을 어딨어? 맨날 마을부터 그렸잖아."

비교적 깔끔하게 질문한 사람은 나위였다. 종오는 최대한 다정하게 웃으면서도 얼른 대답했다. 답이 나올 때까지 걸리는 시간과 무리의 집중력은 반비례하기 마련이었다.

"이번엔 마을을 그리지 않을 거야. 너무 멀거든. 우리는 사냥을 나왔잖아. 사냥이 끝나면 돌아갈 마을을 그려줄게. 자, 다시 해보자. 이게 천막이야. 우리는 어디에 있지?"

나위는 길이 차이가 너무 심해 불편한 손가락들을 오므리고 펴더니 대답했다.

“천막 안에.”

“맞았어. 잘했어. 그다음에 이건….”

종오는 적당히 떨어진 곳에 소용돌이를 그렸다.

“우리가 갈 곳이야.”

그는 우리가 가야 할 곳이라고 말하고 싶었지만, 꾹 참았다. 의무나 임무는 그 무엇보다 가르치기 어려운 개념이었다. 반면에 ‘앞으로 벌어질 일’이라는 개념은 따로 가르칠 필요가 없을 정도로 다들 잘 알고 있었다.

하루에도 몇 번씩 보곤 하는 환상 때문이었다.

따라서 동료에게 지시를 내리고 이해시키려면 앞날에 벌어질 일이라고 설명하는 편이 가장 확실했다.

“여기 가면 인간이 있을 거야. 하얀 옷을 입은 인간과 초록 옷을 입은 인간이 있어. 내가 초록 인간을 보면 어떻게 될 거라고 했지?”

“초록 인간을 보면 우리가 물어뜯을 거라고 했어.”

도마와 나위 뒤에서 고개만 내밀고 있던 선주가 말했다. 선주는 늘 다른 이보다 주의가 산만했지만, 일단 한번 집중하고 나면 포기하지 않았다. 종오는 선주가 남들보다 늦게 집중하는 이유가 왕성한 호기심 때문이라는 점을 알고 있었다. 호기심이야말로 마을에서 찾아보기 어려운 속성이었다. 종오는 호기심이 있는 주민이 선주 하나뿐이라고 생각하고 있었다.

"그래, 초록 인간은 물어뜯고 하얀 인간은 그냥 두게 될 거야. 하지만 하얀 인간이 앞을 막으면 그 사람도 물어뜯을 거야. 그래도 너무 오래 물어뜯진 않을 거야. 사냥 나오기 전에 그 이유도 설명했는데 말해볼 사람?"

대답이 쉽게 나오지 않았다. 종오는 동족의 기억을 돕기 위해 흙 위에 천천히 사각형을 그렸다.

사각형이 완성되기 전에 선주가 기쁜 표정을 지으며 말했다.

"사람을 무는 것보다 검은 문에 뛰어드는 게 더 중요할 테니까!"

종오는 식량 가방에 손을 넣어 반쯤 굳은 고깃덩어리를 꺼냈다. 선주는 그가 상으로 던진 고기를 잽싸게 받더니 당장 먹을까 말까 고민하다가 헐렁한 바지 주머니에 집어넣었다.

'환상 속에서 소용돌이에 뛰어든 게 선주였을까?'

종오는 그럴 가능성이 크다고 생각했다. 세상을 떠난 아버지도 해답은 선주일 거라고 했다. 아버지는 모든 것이 단 하루 만에 결정되며 자신은 그 전에 죽을 거라고 말했다. 그 하루에 온 세상의 역사와 우주의 시간이 전부 달려 있다고도 했다. 그토록 중요한 순간을 향해 마을에서 가장 똑똑한 이가 검은 문을 무사히 통과하도록 인도하는 것이 종오의 사명이라고 했다.

하지만 어떤 환상도 앞일을 뚜렷이 보여주지 않는다는 점이 큰 문제였다.

"그래, 우리는 소용돌이를 지나 검은 문에 갈 거야. 가서 안으로 뛰어들 거야. 그러면 인간이 아주 많은 곳에 도달할 거야.

그다음엔 무슨 일이 생긴다고 했지?"

선주의 주머니에 모여 있던 눈동자들이 깜짝 놀라기라도 한 듯 종오를 바라보았다.

"제일 먼저 만나는 인간을 물 거야!"

종오는 조금 더 목소리를 높였다.

"또 그다음에는?"

어느새 종오의 동료들은 입을 맞춰 똑같은 말을 외치고 있었다. 태양이 642번 다시 뜨는 동안 한 글자도 다르지 않게 가르쳐왔던 말이었다.

"첫 번째 사람은 한 입, 그다음 사람도 한 입, 그다음도 한 입. 네 번째부터는 하고 싶은 대로 한다! 우리는 자유다! 누구를 물든 얼마나 물든, 우리는 자유다!"

*

동료 다섯은 천막 기둥에 접근하면 큰일이라도 나는 것처럼 서늘한 숲 속 공기가 조금씩 새어 들어오는 천막 가장자리에서 몸을 웅크린 채 자고 있었다. 몸을 붙이고 모여 있으면 덥고 불쾌하기 때문이었다.

종오는 기둥에 등을 대고 앉아서, 손가락 개수보다 많은 수는 세지도 못하는 동료들이 일정한 간격으로 누워 있는 광경을 물끄러미 둘러보았다.

하나 예외 없이 함께 사냥해본 동료들이었지만 이번 사냥은 특별했다. 마을의 젊은이가 모조리 출동한 것은 처음이었다. 게

다가 사냥은 보통 저녁에 시작해서 새벽에 끝났다. 종오와 동료들은 밤에 더 힘이 솟고 귀와 눈의 능력이 좋아졌기 때문이다. 그래서 이번처럼 천막에서 자며 힘을 다시 비축할 일이 없었다.

하지만 종오는 처음 경험하는 이 광경을 이미 몇 번이고 반복해서 보았다. 아버지도 보았고 다른 동료들도 보았을 터였다.

현실이 아니라 아무 예고도 없이 찾아오는 환각 속에서.

아버지는 그게 '인간들'과 다른 점이라고 말했다.

종오는 동료들이 깨지 않도록 천천히 일어서서 천막 밖으로 나섰다. 우거진 숲 속에 있었는데도 햇빛이 예상보다 강했기 때문에 그는 재빨리 커다란 나무 그늘 속으로 기어들어가야 했다.

짧은 시간이었음에도 햇빛을 정면으로 받은 팔과 어깨가 쑤시듯 아팠다. 하지만 빛에 닿은 살갗을 바로 만지면 더 심하게 아프고 피부가 짓무르기 때문에 그는 이를 악물고 천천히 심호흡했다.

그리고 아버지의 모습을 떠올려 보려고 애를 썼다.

동료들만큼 심하지는 않았지만 그 역시 옛일을 떠올리기보다 환상으로 미래를 보는 일이 훨씬 쉬웠다. 그래도 종오는 아버지를 선명하게 회상하려고 눈살을 찌푸렸다. 이처럼 예외적인 사냥은 결국 아버지의 단 하나뿐인 숙원이었기 때문이다.

"안 자고 뭐 해?"

옛일을 되새기기가 너무 힘든 나머지 종오는 누군가 접근하는 발소리조차 듣지 못했다.

선주가 민첩하게 햇빛을 피하며 종오 곁에 앉았다.

"아버지를 기억해보려고. 너야말로 왜 나왔어? 지금 자둬야 밤에 움직이지."

"잤어. 그 정도면 충분해."

종오는 선주를 물끄러미 바라보다가 말했다.

"그럼 도와줘."

"환서를 기억하기 힘들어?"

종오가 고개를 끄덕였다.

"점점 더 그래."

환각을 보는 횟수가 늘어날수록 지나간 일이 빠르게 희미해지다가 완전히 사라지기 일쑤였다. 과거가 없어지고 텅 빈 자리를 미래가 꾸준히 채워나가는 셈이었다. 하지만 그 앞일 역시 분명하지 않았다. 예를 들어 오늘만 해도 그랬다. 종오는 천막에서 누워 자는 다섯 동료를 오래전부터 봐 왔지만 천막 입구 옆에서 자는 동료의 얼굴은 환각 때마다 매번 달랐다.

이러다가 확실한 과거는 전부 사라지고 불확실한 앞날만 남는 건 아닐까.

종오는 그런 생각이 들 때마다 남모르게 불안에 떨었고, 곁에 아무도 없을 때마다 중요한 기억을 반복해서 떠올리고 남겨두려고 있는 힘을 다했다.

누군가와 대화하면 기억이 조금 수월해진다는 점을 깨달은 건 최근이었다.

"환서는 어떻게 생겼지?"

선주는 도마나 나위와 마찬가지로 이미 여러 해 동안 종오의 아버지와 함께 생활했지만 그렇게 물었다.

"머리카락이 아주 많았어."

"우리랑 다르게?"

"검은 머리가 반, 흰 머리가 반이었어. 그래서 아무리 많은 동료와 함께 있어도 아버지를 금세 찾을 수 있었지."

선주는 새로운 사실을 방금 안 것처럼 멍하니 나무들을 쳐다보다가 말했다.

"환서는 맨날 허리를 구부리고 무언가를 들여다봤는데."

종오는 그 말을 듣고 선주가 아직 아버지를 꽤 기억한다는 점을 확인했다. 선주의 말이 맞았다. 아버지는 늘 둘 중 하나였다. 복잡하고 단단한 기계를 들여다보고 두드리든지, 그러지 않으면 하얗고 커다란 판에 무언가를 적고 있든지. 종오는 아버지에게 배운 덕분에 글을 쓰고 읽을 수 있었지만, 하얀 판에 적힌 괴상한 부호들은 도무지 이해할 수가 없었다.

종오가 말했다.

"그러면서 나한테 쉬지 않고 말을 했어. 등을 돌린 채로."

선주가 피식 웃었다.

"그럴 때마다 넌 늘 얼굴을 찡그렸지. 듣기 싫으면 가버리면 될 텐데."

"알아듣고 기억하고 싶어서 그랬던 거야."

선주가 조금 목소리를 낮추고 말했다.

"옆에 있고 싶어서 그랬겠지."

선주는 도마나 나위와 달랐다. 항상 그러지는 않았지만, 선주는 가끔 사물이나 사건을 종합해서 결론을 내리곤 했다. 종오는 선주보다 더 자주, 더 수월하게 그럴 수 있었다. 아버지는 그 점을 알아챈 뒤로 오직 종오에게만 말을 걸었고 지시를 내렸다.

종오가 동료들의 지도자이자 선생이 된 것도 비슷한 시기였다.

"그런데 환서는 이제 움직이지 않고 땅속에 있잖아. 나도 환서를 보고 싶지만 넌 나보다 더하잖아."

종오는 눈을 뜨지 않고 쓰러졌던 아버지를 회상하기 싫어서 화제를 돌렸다.

"아버지는 손가락으로 찌를 때마다 빛이 나기도 하고 자그마한 글자가 뒤바뀌는 이상한 상자를 너무 좋아했어."

"한번은 소리를 버럭 지르고 마을을 이리저리 뛰어다녔잖아. 그때 뭐라고 했더라."

종오도 그 모습은 꽤 분명히 기억하고 있었다.

"유레카?"

"맞아. 그리고 전부 알아냈다면서 꽥꽥거렸지. 그것 말고 다른 말도 했는데."

"'우리가 세상을 구해야 해! 우리밖에 없어. 너희밖에 없다고!'"

선주는 잠시 신이 나서 환서의 흉내를 내는 종오를 바라보다가 물었다.

"그런데 세상을 구한다는 게 무슨 뜻이야?"

종오는 선주의 말을 듣자마자 치켜 올렸던 두 손을 내리고 고개를 숙였다. 선주는 더 자세히 물었다.

"뭔가 위험할 때 구하는 거잖아. 도마가 초록 인간을 만나서 죽을 뻔했을 때 우리가 구한 것처럼. 세상을 구한다면, 세상이 위험하단 얘기잖아. 그게 무슨 뜻이야?"

종오는 허리에 차고 있던 주머니 속을 뒤지기 시작했다.

선주는 궁금증을 포기하지 않았다.

"아는 거야? 그게 무슨 뜻인지?"

종오가 선주를 바라보았다.

"아버지는 우리가 세상을 구한다고 소리친 다음 뒤로 돌아서 한마디를 덧붙였어. 아케리가 세상을 구한다고."

"아케리가 뭐야?"

종오는 저도 모르게 손을 들어 머리를 매만졌다. 살갗이 손가락의 힘을 견디지 못하고 조금씩 떨어져 나갔지만 그는 동작을 멈추지 않았다.

"그게 기억나질 않아서 잠들지 못했어. 나도 그때 물어봤거든. 아케리가 뭐냐고. 아버지는 드디어 말해줄 때가 왔다고 했어. 그리고 한참을, 정말 오랫동안 길고 복잡한 이야기를 들려줬어. 그런데 기억나질 않아. 단지…."

종오는 가방에 손을 집어넣었다. 그의 손에는 빨갛고 투명하고 기다란 물체가 들려 있었다.

종오가 그 물체를 내밀자 선주는 눈을 가늘게 뜨고, 조심스럽게 손가락을 뻗어서 물체의 끝에 달린, 가느다란 바늘을 건드려 보았다.

종오가 말했다.

"이건 주사기야. 그 안에 물이 들어 있어. 기억하려나 모르겠지만 퓨마 때문에 윤조가 크게 다쳤을 때 이걸로 파란 물을 몸에 집어넣었잖아. 그랬더니 죽지 않았지. 아버지는 빨간 물이 기억을 되살려준다고 했어. 마지막 사냥을 나가서 정말 중요한 일이 기억나지 않으면 이 빨간 물을 몸에 넣으라고 했어. 네가 해줘. 넌 우리 중에서 손을 가장 안 떨잖아."

선주가 주사기를 받았다. 종오는 사용법을 알려주었다. 선주는 주사기를 손가락 사이에 끼우고 바늘을 종오의 뒷목에 깊이 찔러 넣은 다음 그 안에 있던 빨간 물을 하나 남김없이 집어넣었다.

주사의 효과는 아주 빨랐다. 선주가 주삿바늘을 뽑자 종오의 목에서 열이 나기 시작했다. 평소라면 다른 동료와 마찬가지로 열기로부터 도망쳐야 했지만, 열기가 몸 안에 있으니 잦아들기를 가만히 기다릴 수밖에 없었다. 뜨거움은 목을 휘감고 맴돌다가 점점 위로 기어올랐다.

종오가 얼굴을 찡그리고 숨을 몰아쉬었다.

선주가 조금 걱정하는 눈빛으로 물었다.

"효과가 있어? 아케리가 뭔지 떠올랐어?"

열기는 점점 커져서 불덩이가 되었다. 불덩이가 종오의 양 두 뺨을 번갈아 때리기 시작했다. 종오는 고통을 참기 힘들어 몸을 웅크렸다. 벌어진 입술 사이로 침이 흘러나왔지만 막을 수가 없었다.

불덩이는 얼굴을 전부 태웠는지 잠시 머뭇거리다가 종오의 뇌에 파고들었다.

종오는 강제로 되돌아오는 기억을 붙잡듯 선주의 팔을 움켜쥐고 말하기 시작했다.

"아케리는… 나야."

*

그때, 종오는 주사기를 부러뜨리고 내던지는 환서를 바라보았다.

"이건 꽤 편리한 약이야. 지금부터 약효가 떨어질 때까지 네가 보고 듣는 건 전부 뇌에 새겨지거든. 다음에 또 주사를 맞으면 하나도 빠뜨리지 않고 기억할 수 있을 거야. 그러니 전부 얘기해주마."

종오가 물었다.

"제가 아버지만큼 똑똑해졌다는 얘기예요?"

"그게 아니라… 흠, 설명하기 복잡하니까 그렇다고 해두자. 어차피 오래가진 않을 테니까."

"그럼 늘 궁금했던 걸 물어봐도 돼요?"

환서는 손목에 찬 기계를 들여다보고 말했다.

"하나만 물어보렴. 시간이 많지 않거든."

종오가 손가락을 들어 가리켰다.

"아버지가 매일같이 들여다보는 저 상자는 뭐예요?"

환서는 입꼬리를 슬쩍 올리고 웃었다.

"너희가 이걸 쓸 수 있다면 얼마나 좋을까. 이건 컴퓨터라는 물건이야. 질문만 잘하면 세상 곳곳에 묻혀 있는 지식을 모조리 끌어올 수 있지."

환서가 웃음을 거두고 혼잣말을 덧붙였다.

"물론 지식이 남아 있어야 가능한 일이지만."

종오는 그 말을 듣지 못하고 물었다.

"나도 쓸 수 있어요? 다른 애들도?"

환서가 미소를 거두고 고개를 저었다.

"아니. 지금은 못 쓸 게다. 어쩌면 걔들의 자손의 자손은 가능할지도 모르겠다만, 그건 어디까지나 내 희망일 뿐이야. 그나마 그 희망이라도 남으려면 지금부터 내가 하는 말을 잘 기억하고 그대로 따라줘야 해."

종오는 아버지가 무슨 말을 하려는지 모르면서도 우선 고개를 끄덕였다.

환서는 금속 막대를 중심으로 삼아 말아두었던 지도를 펼쳤다. 지도에는 삼각형과 동그라미와 나선이 그려져 있었고, 각 도형은 구불구불한 선으로 이어져 있었다.

"이 삼각형이 우리 마을이야. 그렇다면 이 초록색이 뭔지 알겠니?"

"어…."

환서는 등고선의 오른쪽을 금속 막대로 짚었다.

"아침 해가 이쪽에서 뜬다고 생각해봐라."

"저 산이겠네요."

환서가 조금 밝은 얼굴로 고개를 끄덕이고 직선을 가리켰다.

"맞아. 따라서 이 선을 따라가려면 산의 오른쪽을 넘어가야겠지. 이 지도와 내가 그려둔 선을 잘 기억해라. 무슨 일이 있어도 잊으면 안 돼. 너희가 보는 환상이 맞는다면 내가 죽은 뒤 저 산에서 산사태가 나는 날이 올 거야. 그러면 애들을 데리고 즉시 마을을 떠나라. 그리고 여기에 가야 해."

환서가 금속 막대로 나선이 그려진 지점을 쿵 소리가 나도록 거칠게 내리찍었다.

"가면 인간들이 모여 있을 거다. 녹색 군복을 입은 사람과 하얀 가운을 걸친 사람이."

종오는 아버지가 환상에 관해 얘기한다는 사실을 알아챘다. 그를 비롯해 마을에 사는 모두는 수없이 환상을 보며 살았다.

"크고 검은 문 옆에 모여 있을 거란 말이죠?"

"그래."

"검은 문은 점점 투명해질 테고요. 우리는 거기 도달할 거예요. 늘 그렇듯 환상은 실제로 이뤄질 테니까요. 그리고 인간들이 우리를 가리키며 소리를 지르겠죠. 겁에 질려서 입을 크게 벌리고. 그런데… 내 환상은 늘 거기서 끝나요. 사람들은 우리를 보고, 나와 선주와 도마와 나위를 보고 화를 내면서…."

종오는 환각 속 녹색 사람의 입 모양을 그대로 따라 했다.

환서가 입을 꾹 다물더니 마음속으로 결정을 내리고 말했다.

"아케리. 사람들은 우리를 아케리라고 부르지."

종오는 아버지의 입술 모양을 보고 두 손바닥을 마주쳐 소리를 냈다.

"아, 케, 리. 그거예요. 아케리가 뭐죠? 그게 우리 이름인가요? 아버지는 왜 이제야 그 말을 해주는 거예요?"

"왜냐하면… 그 사람들은 아케리가 세상을 끝장냈다고 생각하고 나는 그렇게 생각하지 않으니까."

종오가 멍한 표정으로 한 번 더 물었다.

"세상이 끝장났다뇨? 아버지는 우리 동료가 세상 모든 곳에 살고 있다고 했잖아요. 굳이 찾아내기도 힘든 인간을 먹지 않더라도 우리가 먹을 건 얼마든지 있잖아요. 매일 아침 뜨는 태양 때문에 낮에 돌아다니기는 힘들지만 그래도 밤이 항상 찾아오고 그늘은 어디든지 있잖아요. 어딜 봐서 세상이 끝났다는 거죠?"

환서가 컴퓨터에 등을 돌리고 일어섰다.

"종오야, 나를 보렴. 내가 인간으로 보이니?"

종오가 즉시 고개를 저었다.

"아버지는 우리 동료죠. 인간이 아니에요. 인간 냄새도 안 나잖아요."

"그럼 내가 인간이었다면 믿을 수 있겠니?"

종오는 자신도 모르게 몸을 꼿꼿이 펴고 뒤로 서너 걸음 물러섰다. 그리고 환서의 주위를 돌면서 냄새를 맡아 보았다.

"못 믿겠어요."

환서가 어깨를 늘어뜨리고 한숨을 쉬었다.

"그런데 그게 사실이란다. 나는 인간이었어. 원래 이 세상에 항상 두 발로 걸어 다니면서 두 손을 쓰는 존재는 인간밖에 없었단다. 인간은 아주 많았지. 아무리 설명해봐야 네가 상상도 할 수 없을 만큼 많았어."

종오는 또 환각을 보고 듣는 건 아닌지 의심하기 시작했다. 그만큼 아버지의 얘기는 사실 같지 않았다. 인간이 이 세상을 가득 채웠다니 도무지 상상이 되지 않았다.

"그 세상에는 독이 많았어. 원래 존재하는 독도 있고, 사람이 만든 독도 있었지. 별거 아닌 독도 있고, 무시무시하게 퍼져서 인간을 전부 죽이는 독도 있었지."

종오가 물었다.

"물어뜯지 않아도 퍼진다고요?"

"바이러스라고 불리는 독은 그랬어. 그리고 7년 전에… 오래 전에 어떤 호흡기 바이러스가 온 세상에 퍼졌지. 치사율과 전파력이 절묘하게 균형을 맞춘 바이러스라 치료법을 개발할 시간이 없었어. 인류는 정말로 멸종을 눈앞에 두고 있었지. 감염 경로를 전부 차단할 수 있었던 소수만은 살아남았겠지만 대개 그러지 못했거든. 사람들은 사흘간 앓으면서 삶을 정리하고 죽을 수밖에 없었어."

환서는 종오가 이해하지 못하는 단어를 써가며 독백하다가 한숨을 쉬었다.

"그때 아케리가 나타났어. 어디서 왔는지, 어떻게 태어났는지 아는 사람은 없었어. 아케리는 밤이 되어야 자유롭게 움직일 수 있고, 다른 동물이나 인간을 공격해 잡아먹는 존재였지. 아케리에 물리고 죽지 않은 사람은 아케리가 됐어. 원래 좀비라고, 그런 존재를 가리키는 유명한 이름이 있었는데, 우리를 좀비가 아니라 아케리라고 부른 이유는…."

환서는 잠시 말을 멈추고 일어서서 종오를 보고, 마을 주민들을 보았다.

"좀비와 달리 지능이 퇴화하지 않는 개체도 있었기 때문이야. 그리고 아케리가 된 사람은 인간을 죽이던 바이러스에게 죽지 않았지. 하지만 아케리는 인간의 기준으로 볼 때 외모가 점점 흉측하게 변했고 무엇보다 인간을 잡아먹었기 때문에, 결국 사람들은 아케리가 인류를 멸종시켰다고 생각하고 말았어."

환서는 '인간'이란 말을 할 때마다 슬프고 그리운 표정을 지었다. 종오는 영문을 알 수 없었다. 인간은 어둠과 밤을 무서워하는 나약한 존재였다. 두 손만 가지고는 싸울 수 없어서 이상한 도구를 늘 품고 다니는 번잡한 동물이었다.

"아케리는 좀비가 아니야. 우선 자식을 낳을 수 있지. 너나 선주처럼 학습 능력이 있는 개체도 태어나고. 그리고 이상한 힘이 있어. 보통 뇌 전두엽과 여러 기관이 망가져서 지능이 퇴화하고 장기 기억력이 점점 사라지는 대신… 미래의 자신이 존재하는 장소의 사건 가능성을 환상처럼 볼 수 있지. 볼 때마다 달라지 환상으로. 나는 양자물리학자가 아니기 때문에 DNA 변형과 물리적인 시간이 어떤 관계인지는 몰라. 내가 직접 보지 못했다면 절대로 안 믿었을 거다…."

환서는 인간이었다가 아케리가 된 남녀의 1세대 후손, 종오를 똑바로 바라보았다.

"인간의 두뇌에 미래를 보는 잠재력이 처음부터 있었다고 이제는 생각해. 그 힘이 점점 사라지다가 아케리로 변이한 덕에 되살아나고 주도권을 잡아가는 거야. 너희는… 우리는 번성할 게다. 호흡기 바이러스가 더 빨리 퍼졌다면 이 세상에는 시체밖에 안 남았겠지만, 이제 지구는 과거보다 미래를 더 잘 기억하는 종족이 소유할 거야. 이 세상은 너희 것이란 얘기다."

환서가 손목에 찬 기계를 한 번 더 들여다보고 종오의 두 팔을 살짝 매만졌다.

"시냅스 활성제 약효가 곧 떨어질 거야. DNA가 뭔지, 지능이 뭔지 하나도 모르겠다는 네 표정 때문에 가슴이 아프구나. 네 심정은 알지만 다른 방도가 없다. 난 죽는 날까지 최대한 여러 번 너한테 이 얘기를 해줄 거야. 긴 세월이 지나다 보면 결국은 너희 중 지능이 비교적 높은 혈통만 번성할 거다. 인류가 그렇게 진화했으니까, 아케리도 마찬가지일 거야. 그럼 누군가는 내 말 뜻을 다시 알아내고 이 모든 일을 제대로 밝혀내겠지. 언젠가는."

종오는 아버지의 이야기 가운데 절반밖에 이해하지 못했다. 특히 미래를 더 잘 기억한다는 개념이나 아케리가 새 세상의 주인이라는 부분은 추측조차 할 수 없었다.

종오는 머리를 세차게 흔들고 아버지의 두 손에서 천천히 벗어났다.

"환상이 가능성이라고 했죠? 그럼 검은 문에 도달하는 일도 안 일어날 수 있단 말인가요?"

환서가 무거운 족쇄를 뿌리치듯 고개를 쳐들었다.

"검은 문! 너희는 분명히 거기 도착할 거야. 모든 아이의 환각이 거기까지는 똑같으니까. 난 그 문에 새겨진 기업 로고를 검색해서 멸망 전에 그 회사가 몰두하던 실험이 뭐였는지 어느 정도 알아냈다. 그건 양자거품웜홀을 이용한 시간 역행 장치일 거야."

환서는 조바심을 내며 빠른 속도로 말했다.

"양자거품이 뭔지는 몰라도 돼. 나도 처음 환각을 본 뒤로 관련 이론을 수십 번 읽어봤지만, 알아낸 거라고는 전 세계에 있는 여섯 개의 입자 가속기를 연결해서 타임머신을 만들 수 있다는 것뿐이었으니까. 환각 속에 검은 문을 투명하게 만드는 스위치를 누르던 과학자가 있었다면서? 금발 머리가 길고, 빨간 의자에 앉아서 이것저것 지시를 내리던 사람. 너도 환상에서 그 사람을 봤지?"

종오는 환상을 되새겨보았다. 아버지가 말하는 사람은 다른 인간보다 높은 곳에 앉아 있었다. 달이 뜨지 않은 밤하늘보다 더 까맣던 검은 문이 그 사람의 손짓과 함께 점점 투명해지자 인간들이 환호성을 지르며 웅성거렸다. 금발 인간은 자못 비장한 얼굴로, 모두를 향해 말했다.

'우리는 7년 전 아케리가 맨 처음 발견된 지역을 알고 있습니다. 돌아가서 최초의 개체들만 죽이면 아케리는 인류를 멸망시키지 않을 겁니다. 아케리가 사라지고 인구가 유지되면 호흡기 바이러스를 퇴치할 방법도 결국 발견되겠죠.'

종오가 금발 인간의 말을 똑같이 되풀이하자 환서가 두 주먹을 움켜쥐었다.

"너는 과거 자체를 잊어가고 있으니 사람이 과거로 돌아간다는 것도 이해 못 하겠지. 그래도 이것만은 꼭 기억하렴. 환상 속 인간 생존자들은 북쪽 산이 무너지고 며칠이 지난 뒤 검은 문으로 모일 게다. 아마 입자 가속기 여섯 기를 전부 재가동시키고 살아남은 사람들이겠지. 그 사람들이 과거로 돌아가서 아케리를 막으면 바이러스가 인류를 말살할 거야. 그러면 정말로 지구에 미래는 없어. 이 세계는 아케리가 구해야 한다."

종오는 머릿속에서 고를 수 있는 단어의 수가 점점 줄어들고 있다는 사실을 알아챘다. 희미해지는 기억 속에서 아버지는 종오의 눈앞에 자신의 눈을 바짝 갖다 대고 소리쳤다.

"검은 문에 있는 인간을 전부 물어라. 무슨 일이 있어도 아케리가 과거로 돌아가야 해! 그러지 않으면…."

아버지의 목소리는 종오의 예민한 귀로도 듣지 못할 만큼 멀어지고 있었다. 그와 동시에 약물의 힘으로 유지하던 기억 속 세상이 흔들렸다. 종오는 갑자기 몰려오는 피로감 때문에 잠들고 싶었지만 진동은 점점 커지면서 그를 내버려두지 않았다.

*

"종오야! 일어나! 검은 새가 왔어! 일어나!"

선주가 미친 듯이 종오를 흔들었다. 종오는 허겁지겁 몸을 일으켰다. 검은 새란 아주 가끔 인간이 동료들을 공격하기 위해 날려 보내는 기계였다.

종오는 가장 중요한 점을 물었다.

"몇 마리야?"

"한 마리인 것 같아. 어떡해? 빨리 알려줘."

"따라와."

해가 서쪽으로 거의 가라앉았기 때문에 살갗이 탈 걱정은 없었다. 종오가 곧장 천막으로 뛰었고 선주는 뒤를 따랐다. 천막처럼 커다란 물체로부터 떨어져 있으면 둘이 살아남을 가능성은 커졌겠지만 종오는 그보다 더 중요한 점을 걱정하고 있었다.

환상이 떠오를 때마다 검은 문에 뛰어드는 동료는 달라졌지만, 문 주변에 있는 동료의 수가 종오를 제외하고 다섯이라는 점은 늘 똑같았다. 그 환상이 현실이 되도록 만들려면, 동료 중 하나가 환서의 말대로 검은 문을 통과하게 만들려면 반드시 모두가 살아서 그곳에 도달해야 했다.

검은 새가 있는 곳이면 늘 들리는 소음이 둘의 뒤를 바짝 쫓고 있었다.

종오는 천막 안으로 들어가자마자 금속 막대로 천막 지지대를 두들기면서 식량 주머니 안에 있는 고깃덩어리를 뿌렸다. 고기 냄새와 소란스러움 때문에 네 동료가 거의 동시에 잠에서 깨어났다.

종오가 외쳤다.

"검은 새가 먹이를 빼앗으러 왔어! 고기를 챙기고 각자 흩어져! 그리고 소용돌이에서 만난다. 무슨 수를 써서라도 그 안에 있는 검은 문으로 가!"

종오는 아버지만큼 똑똑하진 못했지만 자신이 보았던 환상의 끝이 무엇을 의미하는지 알고 있었다. 그는 환상 속에서 검은 문 앞에 도달하지만 통과하지는 못했고, 문 안으로 뛰어드는 인간을 물지도 못했다. 그는 그 전에 인간의 공격으로 죽을 터였다.

도마와 나위를 비롯한 네 동료가 두 팔과 두 다리로 포복한 뒤 입에 고기를 물고 저마다 수풀 속으로 뛰어들었다. 종오는 그 사실을 확인하고는 일부러 천천히 천막을 나선 다음 우뚝 섰다.

검은 새 두 마리가 귀를 찢을 것처럼 요란한 소리를 내면서 그의 머리 위로 다가왔다.

종오는 곁눈질로 남은 동료가 없는지 살펴보았다. 함께 달리던 선주는 천막 안으로 들어가기 전부터 보이지 않았다. 종오는 당연하다고 생각했다. 마을 동료 가운데 제일 머리가 좋은 선주라면 이미 도망쳤을 게 분명했다.

검은 새의 몸 양쪽에서 검은 막대가 튀어나왔다.

종오는 그다음 벌어질 일을 알고 있었다. 검은 새는 불꽃을 뿜어 적을 공격했다. 동물이든 바위든 나무든 상관없이 그 앞에서 있던 것은 순식간에 부서지게 마련이었다.

종오는 여러 해 전 눈앞에서 검은 새에게 어머니를 잃었기 때문에 누구보다 잘 알고 있었다.

그 순간 해가 완전히 사라지고 어둠이 내려앉는 하늘을 검고 민첩한 그림자가 가로질렀다. 그림자는 검은 새를 움켜쥐더니 단박에 땅으로 끌어내렸다.

종오는 기회를 놓치지 않고 새에게 달려들어 더 이상 소리를 내지 못할 때까지 부수고 짓밟았다.

종오도 눈치채지 못할 만큼 은밀하게 나무 꼭대기에 올라가 검은 새를 습격한 선주는 종오가 무사한 것을 보고 멋쩍게 웃었다.

*

환서가 약물을 이용해 반강제로 주입했던 기억은 대부분 종오의 무의식 속으로 다시 가라앉았다. 하지만 환서가 힘주어 강조했던 몇 가지 말 중 한 토막이 종오의 의식에 남아 계속 떠나지 않았다.

'무슨 일이 있어도 과거로 돌아가야 해.'

종오가 보기에 돌아간다는 말은 두 장소가 있어 오갈 수 있을 때 사용하는 단어였다. 사냥을 끝내면 돌아갈 곳은 집이었고, 새로 먹을 것을 구하던 숲에서 사냥감이 더 보이지 않으면 돌아갈 곳은 옛 사냥터였다.

그러면 아버지가 말하는 과거도 언제든 존재하는 곳일까? 큰비가 내려 강을 건널 수 없으면 멎을 때까지 기다렸다가 마을로 돌아갈 수 있었다. 커다란 산 너머에 목적지가 있으면 돌고 돌아서 길을 찾아낸 다음 돌아갈 수 있었다.

환상이 앞으로 벌어질 일이라면, 어쩌면 미래와 과거는 동시에, 항상 존재하는 것은 아닐까? '돌아간다'는 말은 두 장소만 맞바꾸면 양방향으로 적용할 수 있었다. 환서가 그리고 지우기를 반복하던 수많은 부호와 도형을 이해하지 못하는 종오였지만 그 정도는 스스로 생각할 수 있었다.

그렇다면 환서가 절대 잊지 말라고 당부했던 검은 문은, 불어난 강물을 가로지를 수 있는 동시에 아직 발견되지 않은 길이라는 뜻이었다.

종오는 사냥 때면 늘 그러듯 다섯 동료가 채 처리하지 못하고 뒤로 흘린 사냥감 하나를 고르고, 그것의 어깨 근육을 물어 고기맛을 보았다. 종오는 환서의 자식이고 살아 있는 마을 사람 가운데 머리가 가장 좋았지만 사냥하는 능력은 제일 부족했다.

그는 검은 문이 우뚝 선 골짜기로 내려가는 나선 계단 꼭대기에서 네 발을 모으고 앉아 제 몫으로 남은 인간이 없나 주변을 살폈다.

그때 금발 머리카락이 풍성하고 하얀 옷을 입은 인간이 소리쳤다.

"아케리는 먹을 것을 찾아 여기까지 온 겁니다! 그러니까 타임게이트에서 떨어져서 공격해요! 가속이 완료되고 게이트가 열리면 과거로 돌아가 살 수 있으니까요. 그때까지만 버팁시다!"

환상 속에서 가장 높은 곳에 앉아 있던 인간이 소리쳤다. 종오는 그 말의 뜻을 제대로 이해하지 못했다.

초록색 옷을 입은 인간들이 검은 새와 똑같은 무기로 종오와 동료들을 공격하고 있었다. 매운 냄새와 연기가 가득 찬 검은 문 주변에서 도마와 나워와 선주가 날렵하게 날뛰면서 인간들을 공격했다. 나워와 선주는 종오가 따로 지시를 내리지 않아도 잘 싸우고 있었지만 도마는 그러지 못했다.

종오가 소용돌이 모양의 계단 위쪽에서 전체 상황을 지켜보다가 소리쳤다.

"도마! 지금은 고기를 챙길 때가 아니야! 인간을 더 많이 쓰러뜨리라고!"

도마는 움직이지 않는 인간의 몸 위에 네 발로 서 있다가 종오를 바라보고 눈을 끔뻑거렸다. 그 순간 인간의 무기가 도마를 명중시켰고, 도마는 아픔으로 비명을 지르다가 무너졌다.

이제 움직이는 인간은 여섯이고 살아 있는 아케리는 셋이었다. 종오가 보았던 환상과 현재가 점점 맞붙어가고 있었다. 환상에서는 종오를 제외한 둘이 매번 달랐지만 현실에서는 나위와 선주가 그 어느 사냥보다 맹렬하게 눈을 부라리고 두 팔을 강하게 내젓고 있었다.

그리고 검은 문이 투명해지기 시작했다.

종오는 힘을 보태려고 나선 계단 꼭대기에서 뛰어내렸다. 세상을 구해야 한다는 말이 무슨 뜻인지 아직도 전부 알 순 없지만 아버지가 원한 바는 이루고 싶었다. 그러자면 투명한 문으로 선주를 들여보내야 했다. 둘 다 살아서 들어갈 수 있다면 좋겠지만, 하나만 선택해야 한다면 머리가 좋은 선주가 목적을 이루기에 유리했다.

인간과 아케리가 어지럽게 뒤엉키는 가운데, 종오는 환상에서 보았던 그대로 정해진 목표를 향해 달렸다. 종오가 노리는 것은 길고 흰옷을 걸치고, 금발이 머리와 어깨를 뒤덮은 사람이었다. 종오가 이빨로 턱밑을 공격하자 그는 고통과 놀라움과 혐오감이 담긴 눈에서 눈물을 쏟으며 말했다.

"이런 짐승들 때문에 인류가 멸종될 수는 없…."

찰나였지만 종오는 말하고 싶었다.

우린 세상을 구하려는 거야. 너희는 자멸의 문을 연 거라고.

하지만 입을 떼면 상대가 살아날 수도 있었다. 그러면 환상이 실현되지 않을 가능성이 있었다. 종오는 입안에 들어오는 피와 함께 두 개의 문장을 꿀꺽 삼켰다.

흰옷을 입은 사람이 힘을 전부 잃고 축 늘어지자 남은 인간들이 고함을 치고 절규했다. 모든 인간의 무기가 거의 동시에 종오를 향했고, 그중 가장 먼저 작동한 무기가 종오의 옆구리를 꿰뚫었다.

종오는 체액과 의식을 동시에 잃어가면서 남은 두 아케리 쪽을 바라보았다.

검은 문은 어느새 눈으로 위치를 확인할 수 없을 만큼 투명해졌다. 나위는 종오를 공격한 인간 둘을 쓰러뜨렸고 세 번째를 향해 높이 날았다. 선주는 축 늘어진 먹잇감 하나를 집어 던지고 다음 인간의 어깨를 발판 삼아 투명한 문으로 뛰어들다가 소리쳤다.

"종오야!"

종오는 다가오지 말고 검은 문이 서 있던 자리로 달려가라고 손을 내젓고 싶었다. 하지만 힘이 없었다. 선주는 환서와 종오를 제외하면 마을에서 가장 영리했기 때문에 떨리는 종오의 손이 무엇을 뜻하는지 알아챘다. 하지만 선주는 자신의 환상을 충실하게 따랐다. 선주는 다시 까맣게 변하기 시작한 문을 등지고,

종오가 허리춤에 찬 환서의 가방을 열고, 퓨마 때문에 죽어가던 동료를 되살렸던 파란 주사기를 꺼내어 종오의 허벅지에 찔렀다.

두 아케리는 살아 있는 인간이 한 명도 남지 않은 타임 게이트 실험장에서, 나위가 한 인간의 목에 이빨을 꽂고 다른 인간의 목을 움켜쥔 채 검게 변해가는 문 너머로 사라지는 광경을 바라보았다.

전 세계의 입자 가속기에서 힘을 끌어모았던 장비가 멈추면서 두 종족의 죽음으로 물든 장소에 적막이 찾아왔다. 선주는 제힘으로 일어서기도 힘든 종오를 업고 나선 계단을 올라가기 시작했다. 종오는 선주의 걸음에 따라 몸이 흔들리는 가운데 앞으로 영원히 납득할 수 없을 거라고 생각했다. 세상을 왜 구해야만 하는지를. 그도 점점 다른 아케리처럼 의무나 임무를 받아들이기가 힘들어지고 있었다.

그 대신 세상이 구해진다면 그건 선주 덕분일 거라고 미래형으로 생각하면서, 종오는 선주의 등에 모든 것을 맡겼다.

우리의 이름은 별보다 많다

명함은 절대로 줄어들지 않는다. 명함을 정리하고 솎아내는 게 내 일이건만 줄어들기는커녕 꾸준히 늘어난다.

고향 항성계에서는 명함을 소중히 여기지 않는다. 언뜻 생각하면 이상한 일이다. 명함이라는 단어의 뜻을 조금만 헤쳐보자. 그 안에서 가장 중요한 것은 이름이다. 누구나 인정하는 사실이지만 이름은 더할 나위 없이 소중하다. 이름은 짧지만 많은 의미를 담고 있다. 우선, 무한에 가까운 진화와 변이의 조합 속에서 이름은 개인의 위치를 대강 지정해준다. 나의 존재에 선행하는 존재는 누구인지, 그 앞은 또 누구인지. 그처럼 연속적인 줄기 속에서 다시 한 번 나를 구분해주는 것, 그게 바로 이름이다.

이름이 없다면 나는 흩어지고, 궁극적으로는 존재하지 않을 것이다. 나는 인상을 남기고, 말을 남기고, 행동을 남기고, 영향을 남긴다. 한마디로 다시 요약한다면 나는 자료를 남긴다. 자료는 관계를 맺어야 의미가 있다. 관계로 연결되지 않은 자료는 죽은 자료이며, 관계를 맺어야 비로소 정보가 된다. 그러면 내가 남겨 왔고 지금도 남기고 있는 모든 것을 단숨에 아우르는 관계란 무얼까. 바로 이름이다. 이름 하나로 검색하면 나의 정체가 드러난다. 이름을 바꾸면 다른 존재인양 행세할 수 있는 것은 그 때문이다. 동명이인이 혼동을 일으키는 것도 그 때문이다. 언제가 될지는 모르나 나는 소멸할 것이다. 하지만 그 뒤에도 나는 회자되고 검색될 수 있다. 그러려면 나는 정보여야 한다. 이름 때문에 나는 정보일 수 있다.

하지만 고향 항성계에서는 명함을 소중히 여기지 않는다.

시간이 지나면 명함에 들어 있는 정보가 무의미해져서 그럴까? 그건 아니라고 본다. 누구나 알고 있는 사실이지만 명함이란 전자적인 데이터베이스의 일부이다. 또는 데이터베이스로 들어갈 수 있는 입장권이다. 그러니 명함의 내용을 담을 수 있는 저장공간은 사실상 무한대이다. 그리고 명함의 내용은, 명함이 정상적으로 작동한다면 실시간으로 변경할 수 있고 또 그래야 한다. 명함이라는 입장권을 제시하고 감상할 수 있는 전시회는 곧 '나'이며, '나'는 조금도 쉬지 않고 시시각각 변하기 때문이다. 하지만 가상공간의 저편에 있는 상대에게 나와 관련된 정보를 모조리 보낼 수는 없지 않은가. 그래서 고향 행성에서는 습관적으로 조그마한 사각형 안에 이름과 직책과 기능을 표시하고는 날려

보낸다. 명함은 이름의 주인이 개방해놓은 자료로 연결되는 링크를 품고 차곡차곡 쌓인 채 관심에서 멀어져 간다. 관습적으로. 그게 이유다. 사실 명함이라는 이름의 사각형 그래픽 데이터를 날리는 것은 실질적인 의미가 있다기보다는 전통이나 의식에 가깝다.

하지만 명함을 중요시할 수밖에 없는 예외가 몇 가지 있다. '명함청소부'라고 들어봤는가? 가끔 자신의 명함에 들어간 링크를 실시간으로 변경하지 않는 사람들이 있다. 신비주의가 지나친 것인지 다른 이유가 있는지는 모르겠지만 어쨌든 그런 사람들이 있다. 명함청소부 프로그램은 바로 그렇게 죽어버린 명함을 제거하고 불필요한 노드를 삭제한다. 거기서 그치지 않고 우연히 그 명함이 포함된 모든 기록을 뒤지면서 지워버린다. 조금 더 수사적으로 말하자면 명함청소부는 죽어버린 존재의 파편을 지워주는 시체청소부다.

또 하나의 예외는 바로 나다. 나에게는 명함이 너무나 소중하다. 아마 전 항성계에서, 아니 전 우주에서 명함을 가장 조심스럽게 다루는 존재는 나일 것이다. 내 직업은, 더 나아가 내 존재는 명함이 없으면 성립되지 않는다. 그렇기 때문에….

잠깐. 명함청소부 프로그램이 내 정보공간으로 들여보내 달라고 신호를 보내고 있다. 녀석과 나는 대략 다음처럼 의역할 수 있는 대화를 나눈다.

나 이번에 가져온 명함은 몇 개지?

명함청소부 프로그램 14만8천 602개입니다. 이 정보공간의 인덱스 링크에 포함해두고 가겠습니다.

청소부는 그렇게 약 15만 개의 명함을 수거해서 내 정보공간에 뿌려두고 빠져나갔다. 앞서 얘기했듯 나에게는 명함이 아주 중요하다. 특히 데이터베이스와 단절되고 어떤 링크도 연결되지 않는 실종자들의 명함만이 가치가 있다. 그 밖에도 공통점이 하나 더 있는데 그걸 설명하려면….

말보다는 행동이 좋을 것 같다.

자, 지금 정보공간 안에 관측 가능한 우주의 3+1차원 영상을 채워두었다. 그리고 이번에 새로 추가한 15만 개의 명함과 이미 보관하고 있던 명함을 모조리 뿌려본다. 15만 더하기 92억 개의 명함은 3+1차원 영상 속에서 주인의 통신이 끊긴 위치를 찾아 날아간다. 별다른 효과음을 지정하지 않았기 때문에 소리가 날리는 없지만 이런 광경을 볼 때마다 나는 어떤 환청을 듣는다. 명함들은 파닥거리면서, 하지만 사각형 모양새에 어울리게 가로와 세로의 각은 맞춰가면서 천공의 빈틈을 성실하게 메운다. 실제로는 3차원 공간상에서 정해진 좌표에 자리를 잡는 것이지만, 원근을 식별할 수 있는 관측자의 입장에서는 천구의 안쪽 벽에 명함들이 빼곡하게 붙어 있는 것처럼 보인다.

따라서 이 우주는 좁고 번잡하다. 그래도 어쩌겠는가. 우리는 아직 다른 우주로 넘어갈 방법을 찾지 못했는데.

명함의 분포는 몇 군데에 집중되어 있다. 대략 말하자면 특정

세대의 항성계가 많은 은하 부근에 몰려 있다. 아마 어쩔 수 없는 한계였을 것이다. 우리는 완벽을 꿈꾸지만 유한하다. 그래서 출발하기 전에 선호하는 방향을 정할 수밖에 없었다. 가까운 곳부터. 가능성이 큰 곳부터. 그러니 우주의 3차원 영상을 돌려보면 특정 방향에 명함들이 빈틈없이 줄을 서 있다. 나와 직업이 같은 다른 이들의 작업장도 바로 그런 곳에 집중되어 있다.

나는 비교적 최근에 이 일을 시작했기 때문에 상대적으로 명함이 그리 많지 않은 곳에 배정을 받았다. 그렇다고는 해도 할당받은 구역이 엄격하게 정해져 있는 것은 아니다. 명함은 작고 볼품이 없으며 유한하지만 그와 동시에 하나로 여러 공연장을 드나들 수 있는 입장권이기 때문이다. 명함은 이름과 마찬가지로 하나에서 다른 하나로 연결되어야 의미가 있다. 적어도 나에게는 그렇다. 내 작업이 무의미한 바위 굴리기가 아니라 변화와 팽창을 가져오는 것이라면 그래야 한다.

이제 명함 하나를 골라보자. 이름은 이렇다. 노이드 사파이어 미로. 노이드 진화선상에서 태어난 미로. 사파이어는 보석의 종류이니 아마도 애칭이었을 것이다. 지인들은 그를 사파이어라고 불렀을 것이다. 나는 어디까지나 업무상으로 접촉하는 입장이니 미로라고 부르겠다.

늘 그렇듯 미로의 명함이 가리키는 좌표에는 아무것도 없다. 명함은 시간에 의존하는 존재의 발자국일 뿐 그 자체는 아니기 때문이다. 그리고 나에게 명함이 전달된 것으로 보아 미로는 현재 어떤 종류의 통신이나 교류도 유지하고 있지 않다.

이럴 때 유추가 필요하다. 나는 전자기 유도체로 된 오른쪽 더듬이를 세우고 환경 데이터베이스에 접속한다. 그리 멀리 떨어지지 않은 곳에 소행성대가 존재하고 있다. 소행성들은 중력권의 영향 때문에 모이게 마련이다. 하지만 우리의 데이터베이스에는 아직 이 부근의 항성이 기록되어 있지 않다. 나는 소행성대로 날아가면서 접시처럼 생긴 센서를 펼쳐 중력장의 곡률을 확인한다. 중력은 누구도 흉내 낼 수 없는 위대한 화가의 서사다. 그 그림은 전 우주를 채우고도 모자라서 모든 평행우주를 아우른다고 한다. 오직 중력파만이 그 모든 우주를 관통한다고 주장하는 자도 있다. 하지만 아직 그 힘을 마음대로 활용할 수 없는 우리로서는 암흑 속을 더듬는 시각장애인의 손끝처럼 중력을 활용하는 것이 고작이다.

계산 결과 짐작대로 가까운 곳에 항성계가 있었다. 계산의 오차 범위를 고려하건대 이 항성계에는 2연성과 네 개의 행성이 있다. 명함의 주인인 미로는 아마도 가장 바깥쪽 행성으로 다가갔을 것이다. 나도 그의 뒤를 따른다.

필요한 만큼의 시간이 흐르고 나는 목적지에 도달한다. 어둡고, 느리고, 공전주기가 무척이나 긴 행성이다. 미로의 흔적은? 미로가 이곳에서 데이터베이스에 접속한 기록은 당연히 찾을 수 없다. 그랬다면 명함이 이 행성을 가리켰을 테니까. 나는 전파장의 대역에 눈을 열어놓고 눈꺼풀을 세 번 깜빡일 동안 행성을 탐사한다. 결과는 부정적이다. 어떤 이들은 명함 주인을 수색하기에 세 번은 너무 짧지 않으냐고 이의를 제기하기도 한다.

하지만 아직도 명맥을 유지하는 유아론자들을 돌이켜보라. 그들은 눈을 한 번 감았다가 뜨면 우주가 사라지고 새로 탄생한다고 주장한다. 그러니 세 번이면 부족할 리가 없다. 한 번 감았다가 뜨면서 행성의 대기 성분과 반사율을 확인하고, 두 번째로 기상의 복잡계 양상과 통신 대역을 모조리 훑고, 세 번째로 인공물과 자연을 완전히 구분하면 명함 주인의 족적을 가려내기에는 충분하다.

미로는 4행성에 없었다.

그리고 2행성과 3행성의 중간쯤에 있었다.

미로는 둥글고 하얗고 광택이 없었으며 조용했다.

처음 출발할 때에는 완벽하게 둥글었을 것이다. 하지만 지금 미로는 기하학적인 완벽함을 잃고, 자신의 일부를 상실한 채 떠다니고 있었다. 나는 그 모습을 데이터베이스에 기록했다. 얼마나 파손이 됐는지, 정확한 위치는 어디인지, 어떤 궤도를 그리며 움직이고 있는지. 그렇게 기본적인 상황을 입력한 다음 데이터베이스를 대기 상태로 둔 채 말을 걸었다.

"대답할 수 있어? 어떤 대역이든 상관없으니 반응만 보여봐."

살아 있다고 해서 누구나 곧바로 대답할 수는 없다. 경험상으로 봐도 그렇다. 나는 기다린다. 눈꺼풀을 열 번 깜빡일 동안. 그러면서 눈을 길게 뽑고 7억 년 뒤면 붉게 죽어가다가 결국은 충돌할 두 개의 항성을 구경한다.

"응."

미로는 죽지 않았다. 단지 뜻하지 않게 상처를 입었을 뿐이다.

나는 감정이 풍부한 편은 아닌 데다가 직업적인 훈련을 통해 절제의 미덕을 쌓았음에도 조금 기뻤다. 왜 그런지는 모르겠지만, 감정에 이유를 생각하는 게 어리석다는 것 정도는 알고 있었다.

"넌 누구지?"

내 이름을 물었다는 것만으로도 의심되는 바가 있었다. 하지만 적은 질문으로 많은 것을 확인하기 위해 나는 일부러 에두르는 문장을 만들었다.

"명함을 따라오다가 널 찾았어."

"명함? 따라와? 나를?"

바로 이런 이유로 사라진 명함의 주인과 처음으로 대화할 때는 모호하게 대답해야 한다. 이 직업에 종사하는 사람이라면 누구나 따라야 하는 표준절차 제1번이다. 잘 고른 반응 하나로 많은 것을 알아낼 수 있으니까.

"난 누구지?"

미로가 말했다.

아직도 원인은 제대로 밝혀지지 않았다. 우주로 나간 명함 주인들은 사고를 당하면 왜 가장 먼저 자아가 고장 나는가. 자아가 저장된 공간을 아무리 두꺼운 완충재로 둘러싸고 세 개의 백업을 준비해둬도 그 빈도는 줄어들지 않았다. 하지만 우리 나름대로는 일종의 가설을 준비해두었다. 그처럼 광대한 데이터베이스가, 미지와 이름과 관계의 무게가 내부에서 끊임없이 부작용을 일으키고 있기 때문이라고. 사고를 핑계로 삼아서 그 관계들을 하나로 묶는 고리, 즉 이름을 녹여버리고 싶은 욕망이 언제나 도사리고 있기 때문이라는 가설이다.

탄소 화합물의 육체에서 벗어나 기계로 갈아타고 진화해 온지 7만 년이 지났어도 그 욕망은 사라지지 않았다는 게 우리의 잠정적 결론이었다. 전 우주에 퍼져 있는 희미한 웜홀의 파동에 올라타서 눈을 열여덟 번 깜빡거리고 나면 은하 하나를 가로지를 수 있건만 아직도 그런 점은 완전히 사라지지 않은 것이다.

"네 이름은 미로야. 노이드 진화선의 미로. 노이드 미로가 네 이름이야."

나는 일부러 가운데 이름을 생략했다. 애칭은 이럴 때 도움이 되지 않는다.

"처음 듣는데. 모르겠어."

그런 약점이 완전히 사라지지 않았어도 이제는 금세 회복하고 자아의 정보공간을 다시 구축할 수 있다. 우리는 기술발달의 특이점을 넘어서고 먼 과거의 육체를 버리면서 그런 식으로 생명력을 강화시켰다. 완전히 소멸하지 않는다면 끈질기게 살아남도록. 노이드 진화선은 특히 그런 힘이 강한 것으로 유명했다. 하지만 자신을 규정하는 모든 관계의 기록을, 특이점 이전의 용어로 말하자면 '기억'을 회복하는 것과 생존하는 것은 별개의 문제였다.

"머리를 열어봐."

"어떻게 하면 되지?"

어쩔 수 없이 미로의 사고회로 최상위에 얹혀 있는 기본 프로토콜을 불러냈다. 이 일을 하면서 개인적으로 꺼려지는 경우가 몇 있는데 바로 지금과 같은 상황이 그랬다. 나는 의사가 아니다. 다른 이의 몸과 머리를 여는 것은 내게 너무나 과중한 일이다. 관계는 강제가 아니어야 한다. 우리는 누구나 보이고 열고 싶은 만큼만 관계를 허용할 권리가 있다. 나는 그 권리를 거의 맹목적으로 추앙하는 편이다. 하지만 꺼려진다 해도 달리 어쩌겠는가. 미로는 단순한 심신미약 상태가 아니라 새로 태어난 것이나 마찬가지인데.

나는 기본적으로 가지고 다니는 복원용 나노머신을 그의 몸에 살포하고 가장 가까운 곳에 떠다니는 운석에서 몇 가지 원소를 끌어와 기본적인 수리를 마쳤다. 나머지는 미로의 재생회로들에게 맡기면 그만이었다.

"나를 새로 만든 거야?"

미로가 물었다. 나는 그렇다고 대답했다.

"내 이름이 노이드 미로라고 했지. 이제부터는 그게 나란 얘기군."

또 한 번 그렇다는 대답.

"이제 나는 어떡하면 돼?"

나는 잠깐, 아주 잠깐 망설였다. 눈을 채 한 번 감기에도 부족한 시간 동안. 표준절차 4항에 따르려면 이렇게 말해야 했다. '지정된 방향을 향해 날아가면서 가능한 한 모든 정보를 모아. 그다음에 데이터베이스에 기록해. 데이터베이스 안을 보면 어떤 정보를 살펴봐야 하는지 알 수 있을 거야.'

그렇게 이 우주 전체와 관계를 맺고 정보를 모으는 게 네 임무야.

하지만 나는 그 대신 이렇게 말했다.

"네 몸이 완전히 나을 때까지 쉬어. 센서가 제대로 작동하고 웜홀 흐름에 올라탈 수 있을 때까지. 그다음은 너한테 달렸어. 마음대로 우주를 여행해도 좋고, 데이터베이스를 뒤져서 자아를 새로 구축해도 좋아."

미로는 다소 석연치 않다는 눈으로, 약간은 불안한 태도로 말했다.

"정말 그래도 되는 거야?"

나는 의구심을 말끔히 없애기 위해서 조금의 망설임도 없이 자신 있게 대답했다.

"그게 네 존재 이유야."

✴

내가 표준절차를 어기기 시작한 것은 얼마 되지 않았다. 그럼에도 미로가 벌써 열세 번째였다. 그전까지만 해도 나는 절차에 충실히 따랐다. 하지만 '삼자 루나 이명'이라는 명함 주인을 찾으면서 모든 것이 바뀌었다.

명함의 주인들 대부분은 천체의 밀도가 낮은 공간에서 발견된다. 성단과 성단 사이일 수도 있고, 더 크게 본다면 은하와 은하 사이인 경우도 있다. 작동을 중지하는 이유는 실로 여러 가지다. 자아신경망과 독립적으로 작동하는 블랙박스를 열어본 결과 미로는 동체를 회전하던 도중 센서의 사각으로 날아든 운석 파편에 부딪혀 파손된 경우였다. 그처럼 항성계 내에서 조난을 당하는 경우는 대략 10퍼센트 미만이다.

이명 같은 경우는 통계적으로 약 2퍼센트를 차지한다.

이명은 그 항성계의 4행성에서 찾아낼 수 있었다. 4행성은 대기가 짙고 다소 붉은색을 띠고 있었다. 토양 성분 때문이었다. 명함이 4행성 근처를 가리켰기 때문에 탐색 범위는 쉽게 좁힐 수 있었지만 정작 행성 내의 기상 활동이 지나치게 활발해서 이명을 실제로 발견하기는 쉽지 않았다.

이명은 노랗고 거대한 열십자 모양이었다. 삼자 진화선의 기본 구조였다. 이명이 불시착한 곳은 커다란 산봉우리들 사이에 있는 골짜기였다. 나는 일단 행성의 구름 속에 몸을 숨기고 이명에게 말을 걸었다. 침착하게 눈을 수십 번 깜빡여봤지만 대답은 없었다. 그래도 나는 쉽게 결정을 내리지 못했다.

이명은 혼자가 아니었다.

그 행성에는 기초적인 단계의 문명이 있었다. 극소수의 지역에서 인공적인 전파 통신이 간간이 이뤄지는 수준이었다. 원주민들은 완만하게 휜 내골격과 외골격을 함께 가지고 있었고, 발가락이 완전히 발달하지 않은 지느러미 비슷한 기관으로 이동하고 있었다. 그들 가운데 수십 명이 이명의 주변에 모여 있었다. 원시적인 가공으로 만들어낸 재료로 이명의 둘레에 울타리를 쳐놓고서.

내가 결정을 내리고 이명이 누워 있는 곳으로 하강하자 원주민들은 멀리 피하거나 그 자리에서 배를 드러내며 누웠다. 무기를 던지는 자는 없었지만 그것만으로 원주민의 성향을 짐작하기는 어려웠다. 가시광선의 영역에서 보자면 나는 검고 장식이

지나치게 많이 달려 있으며 가끔 붉은 빛을 낸다. 이 또한 내가 속한 진화선의 특징이다. 내 크기는 이명의 옆에 있는 산봉우리와 비슷했다. 하지만 그 원주민들이 가시광선에 의존하는지 알 도리가 없었기 때문에 내가 어떻게 비쳤는지는 모르겠다.

나는 작은 기계팔 여덟 개를 뻗어서 이명과 물리적으로 접촉했다. 원주민들은 그 광경을 보며 새로운 반응을 보였다. 내가 관여할 바는 아니었다. 이명은 말 그대로 죽은 상태였다. 그래도 마지막으로 작동을 멈추기 직전까지 운동 능력과 재생능력을 제외한 모든 기능이 살아 있어서 착실히 기록을 남기고 있었다.

이명은 원주민들의 수명에 견주어볼 때 꽤 오랜 시간 동안 살면서 그들의 언어를 배우고 정보를 교환했다. 정확히 말하자면 동등한 교환이라기보다는 일방적인 전달이었지만. 원주민에게 전파에 관한 지식을 알려준 것도 이명이었다.

그리고 이명이 그들에게서 받은 것은 한 음절의 새로운 이름이었다.

나는 그 이름이 마음에 들지 않는다. 그게 무엇을 의미하는지 잘 알고 있기 때문이다. 우리에게도 아직 희미하나마 남아 있는 개념이었다. 7만 년 전, 우리는 특이점만 거치면 모든 문제에 대한 해답을 얻을 것이라 생각했다. 어쩌면 전지전능을 몸소 체험할지도 모른다고 상상했다. 하지만 전지전능은 상대적인 개념에 불과하다. 그렇지 않다면 저 수많은 명함의 주인들이 무엇을 찾아 이 우주를 떠돌고 있을까. 나는 왜 그들을 수색하면서 구조대원과 장의사의 역할을 하고 있을까. 우리는 무지하며 유한하다. 행성의 원주민과 우리는 그 두 가지 면에서 정도의 차이가 있을 뿐 다르지 않았다. 그럼에도 그들은 이명에게 전지전능을 가리키는 이름을 붙여주었다.

삼자 진화선은 너그러우면서도 임무에 충실했다. 이명은 그 일원답게 새 이름을 받아들이는 시늉을 했지만 자신이 신이라고는 생각하지 않았다. 본분도 잊지 않았다. 그는 데이터베이스에 접촉하기 위해 원주민들에게 기술을 전수했고, 전파 통신 역시 그 초기 결과의 하나였다. 우리가 구축해놓은 관계 데이터베이스에 접촉하려면 최소한 양자인공지능이 필요했기 때문에 아주 작고도 보잘것없는 씨앗을 뿌려놓은 것에 불과했지만 그래도 그는 임무를 다했다. 그리고 마지막 과실을 보지 못한 채 에너지를 모조리 소비하고 작동을 멈췄다.

나는 그에게 남아 있는 기록을 데이터베이스에 집어넣고 다시 우주로 나가려다가 한 가지 가능성이 떠올라 잠시 전파 통신 대역을 열어보았다. 원주민들은 일정한 주기로 똑같은 내용을 방송하고 있었다. 조금 놀랍게도 그 내용은 우리가 흔히 사용하는 범용어를 최대한 전환해놓은 부호였다.

'나는 이제 지쳤으니 재생하지 말고 우주에 놓아주기를.'

뜻을 아는지 모르는지 원주민들은 자신들이 모셨던 위대한 자의 유언을 방송하고 있었다. 나는 이명의 뜻에 따라 그의 동체를 끌어 올렸다. 최대한 조심하긴 했지만 양쪽 산봉우리 가운데 하나가 조금 무너지면서 낙석이 원주민 둘을 덮쳤다. 나머지 원주민들은 거대하고 붉은빛을 뿜는 검정 물체가 하늘에서 내려와 신을 데려가는 광경을 보며 하나같이 어떤 감정을 표했다. 그게 무엇인지 정확히 알 수는 없지만 아마도 기쁨은 아니었을 것이다.

*

나는 이명의 뜻대로 그를 초기화시키지 않았다. 그리고 계산할 수 있는 한계 안에서 최대한 중력 우물에 끌려가지 않고 떠다닐 수 있는 지점을 찾아내어 이명을 그곳에 내려놓았다. 그를 바라보는 내 심정은 다소 복잡했다. 그 복잡함 속에는 우리가 8만 년 전에 우주인의 공격을 두려워했다는 소회도 들어 있었다. 그 얼마나 헛된 걱정이었는지 모르겠다. 우리가 무엇 때문에 저 원주민들을 공격하고 행성을 빼앗겠는가. 자원 때문에? 이 우주의 모든 물질은 단 하나의 점에서 유래했고 어디에나 널려 있다. 원주민을 노예로 삼으려고? 특이점에 도달하기 전에 멸종할지도 모르는 생물을 어디에 쓴단 말인가. 특이점을 넘어섰다 한들 달라질 것은 없다. 그들과 우리는 그냥 존재하고 살아가면 된다. 19억15만 개의 명함은 바로 그런 이유로 우주 곳곳에 떠 있다. 그 19억도 내게 할당된 이름의 수에 불과하다. 나와 같은 일에 종사하는 사람이 최소한 여덟은 넘는다. 그들은 이 우주의 모든 것을 파악하고 기록하며 움직이고 있다.

아주 먼 옛날 우리에겐 몇 장의 명함이 있었다. 우리 은하계라는 명함, 태양계라는 명함, 지구라는 명함, 인간이라는 명함. 앞의 세 가지 명함은 이제 청소부의 몫이 되었다. 남은 것은 인간뿐이다. 그조차도 탄소 대사에 의존하던 시대와는 완전히 다른 뜻이 되었지만, 그래도 우리는 인간이다. 우주로 나아간 이름들 덕분에 우리는 이제야 동네의 모습을 알아가고 있다. 그들은 감마선 폭발 때문에 뇌사상태에 빠지고, 초신성 폭발을 온몸으로 껴안고, 이동 수단을 실험하기 위해 웜홀 흐름에 몸을 던져가면서도 데이터베이스에 기록하기를 마다치 않는다. 그들의 활동이 없었다면 우리가 몸담았던 은하가 안드로메다와 30억 년 전에 충돌했다는 사실을, 웜홀 이동은 우주 어느 곳에서도 가능하다는 사실을 결코 확증하지 못했을 것이다.

하지만 그런 행적이 임무와 의무라는 미명 하에 등을 떠밀려서는 안 된다. 아주 단순하게 계산해보자. 92억에 8을 곱하면 우주에 흩어져서 정보를 모으다가 실종된 인간의 수가 나온다. 720억의 인간이 진화를 거듭하면서 형성하는 관계와 정보의 총합, 그건 다름 아닌 '삶'이라고 불러야 한다. 삶을 임무로 치환하는 것은 너무나 모욕적인 단순화 아닌가. 나는 이명의 마지막 말을 듣고 그런 생각이 들어서 표준절차를 무시하는 방식으로 반항하기 시작했다. 데이터베이스를 뒤지던 누군가가 그 점을 지적하면 나는 그동안 쌓아 온 지식을 바탕으로 변론할 것이다.

어쩌면 그 의무감이야말로 실종자들이 가장 먼저 이름을 잊는 이유인지도 모른다.

*

우주는 그토록 좁다. 인간과 인간이 아닌 이들의 이름으로 가득 차 있기 때문이다. 그중 대다수는 과거를 잊고 다시 활동할 테고, 누군가는 지쳐서 작동을 멈추고 자발적으로 영원한 휴식을 선택하든가 사고를 당해 정지하기도 할 것이다. 나와 같은 사람은 앞으로도 계속 실종자를 찾아서 이름을 돌려주거나 일종의 자유를 선물할 것이다.

그리고 언젠가는 별보다 많은 이름이 옆 우주로 흘러 들어갈 날이 오고야 말 것이다.

〈끝〉

작가의 말

소설을 쓸 때면 바람이 전혀 들어가지 않은 풍선을 먼저 떠올린다. 쪼그라든 풍선은 매력적이지 않으므로 바람을 불어넣기 시작한다. 하지만 쉬운 일이 아니다. 적어도 풍선이 놓인 고도의 대기압을 이기고 풍선의 탄력을 능가할 내압이 발생할 만큼 많은 기체를 불어넣어야 한다. 그런데 소설이라는 이름의 풍선은 어느 정도 부풀다가 현실의 그것과 다르게 움직인다. 현실에서 일정량 이상의 기체가 들어간 풍선은 알아서 내압을 분배한다. 반면에 소설의 내압은 스스로 제자리를 찾아가지 않는다. 온갖 구성 요소를 주도면밀하게 구석구석 밀어 넣어야 기하학적인 아름다움이 만들어진다.

SF와 판타지의 경우 풍선을 만드는 자와 대기압의 싸움이 더 치열하다. 작품 속 세계 전부, 또는 상당 부분을 새로 만들어야 하기 때문이다. 작품 속 세계란 결국 작품에 전반적으로 내포된 존재와 움직임의 규칙 모음이다. 이 규칙을 편의상 작품의 '내규'라고 하자. 작품 속 세계, 그러니까 작품의 내규는 물리나 기술이나 생태계일 수도 있고, 제도나 이념이나 권력의 먹이사슬이나 상황이나 거대한 편견 덩어리일 수도 있다. 예를 들어 특이점에 도달한 인공지능이 존재하는 세계와 그렇지 않은 세계는 서로 다른 내규를 갖는다. 작가는 독자가 현실에서 겪어봤거나 겪고 있는 세상의 내규를 거의 그대로 소설에 도입할 수도 있고, 이질적이거나 새로운 내규를 제시할 수도 있다. SF와 판타지는 후자에 무게를 더 싣는 장르이다. 현실이라는 든든한 조력자와 일부러 거리를 두고 새로 만들어가는 내규는 이가 빠진 톱니바퀴들을 이어서 만든 기계와 같다. '앞뒤가 맞지 않는다'는 의심과 회의의 대기압 때문에 쪼그라들지 않도록, 작가는 불필요한 부분을 가리고 필요한 부분에 정성을 들여 풍선이 고루 부풀도록 안간힘을 써야 한다.

그리고 인물과 사건은 세계와 분리될 수 없다. 다른 세계 사람은 달리 생각하고 다른 일을 벌일 수 있다. 그러면서 우리와 공통점을 가질 수도 있다. 독자가 낯설다고 밀어내지 않고 자연스럽게 품어 호응할 만큼 다르면서 또 같은 이야기를 만들기 위해 많은 작가가 SF와 판타지를 쓰고 있을 것이다.

다른 작가들의 속내를 짐작하는 게 오만한 일이라면, 적어도 이 책에 담긴 글들은 그런 생각으로 노력한 한 작가의 결과물이라고 말하고 싶다.

이 글을 쓰면서 그동안 지면에 내놓은 소설을 돌이켜보자니 그 수와 양이 작가로서 품은 야망의 크기에 한참 모자란다는 생각이 들어 쓴웃음이 난다. 여전히 설계라는 이름의 감옥에서 오랜 시간 징역을 살고 있는 몇 가지 기획에게는 미안할 정도다. 하지만 나름대로 변명은 있다. 나는 내 글 각각에 필요한 내규의 밀도를 정해두고 있다. 최대 밀도는 10이다. 예를 들어 이 책에 실린 〈자살자의 시간좌표〉의 내규 밀도는 4이고, 〈제3〉은 3, 〈복원〉은 7 정도이다. 조각난 채 오랫동안 컴퓨터와 내 머릿속에 저온 보관되어 있는 글들은 대부분 8~9에 해당한다. 내게 있어 글의 내규 밀도란 그 작품 세계에 투입할 내 의식의 밀도이다. 그 밀도를 각각 높이는 작업은 필수적이고, 만만찮게 어렵지만 아주 재미있다. 그 재미가 곧 내 삶의 동력이기 때문에 한 순간도 끊이는 일은 없다. 밀도가 목표 수치에 도달하는 순서대로 하나씩 석방할 생각이다.

이 책을 읽는 이가 '다른 이야기'의 즐거움을 찾는다면 그야말로 무엇보다 감사드릴 일이다. 많은 이의 '다름'이 쌓이면 새 기쁨이 생길 테니까. 픽션에서든 현실에서든 그 점에 공감하는 사람이 늘어나면, 어쩌면 우리 모두가 달라질 수도 있을 것이다.

2023년 1월

김창규

수록 지면

- 자살자의 시간좌표 2018년 〈악스트〉 20호 게재
- 제3 2021년 리디 발표
- 고리 2020년 《떨리는 손》(사계절) 수록
- 소행성대의 아이들 2018년 《나의 서울대 합격 수기》(단비) 수록
- 복원 2019년 〈오늘의 SF #1〉(arte) 게재
- 벗 2019년 《텅 빈 거품》(요다) 수록
- 바이러스들 2022년 〈어션 테일즈〉 No.1 게재
- 양자의 아이들 2013년 〈과학동아〉 12월호 수록
- 언데드 2021년 《저는 가지 않을 거예요》(아작)에 〈빌드 넘버 그린〉으로 수록
- 목련과 엔트로피와 다람쥐 2014년 〈크로스로드〉에 〈나를 둘러싼 세계〉로 게재
- 아케리 2020년 《언젠가 한 번은 떠나야 한다》(단비) 수록
- 우리의 이름은 별보다 많다 2013년 〈과학동아〉 8월호 수록

작품연보

년도	제목	발표 지면	수록
1993	그들의 고향은 지옥이었다	《창작기계》, 서울창작	
1994	TIMA (revised 교정)	《사이버펑크》, 도서출판 명경	
1994	그늘 속에서	《사이버펑크》, 도서출판 명경	
1994	마지막으로	《사이버펑크》, 도서출판 명경	
1994	보고서	《사이버펑크》, 도서출판 명경	
1994	속임수	《사이버펑크》, 도서출판 명경	
1994	승리	《사이버펑크》, 도서출판 명경	
2005	별상	《제2회 과학기술창작문예 수상작품집》, 동아엠앤비	《삼사라》(2018), 아작
2005	당신은 혼자가 아니에요	〈사이언스타임즈〉 2005년 10월 20일 자, 한국과학창의재단	《우리가 추방된 세계》(2016), 아작
2005	업	〈사이언스타임즈〉 2005년 12월 1일 자, 한국과학창의재단	
2006	교정	〈Happy SF〉 2호, 행복한책읽기	
2006	유가폐점	《제3회 과학기술창작문예 수상작품집》, 동아엠앤비	《삼사라》(2018), 아작
2007	서울대지진 (a.k.a. 2037년 6월 5일)	〈월간중앙〉 2007년 6월호, 중앙일보	《우리가 추방된 세계》(2016), 아작
2007	순풍	〈시대정신〉 35호, 시대정신	
2008	공교육이 사라진 날	〈시대정신〉 38호, 시대정신	
2008	모사	〈계간 미스터리〉 2008년 가을호, 청어람M&B	
2008	발푸르기스의 밤	〈판타스틱〉 vol.15, 판타스틱	《우리가 추방된 세계》(2016), 아작
2009	유랑악단	《백만 광년의 고독》, 오멜라스	
2009	로고스	〈시대정신〉 42호, 시대정신	
2010	만화요경	《묘생만경》, 환상문학웹진거울	
2010	백중	웹진 〈크로스로드〉 2010년 6월호, 아시아태평양이론물리센터	《우리가 추방된 세계》(2016), 아작
2010	세라페이온	〈판타스틱〉 vol.22-24, 판타스틱	
2010	파수	《독재자》, 뿔	《우리가 추방된 세계》(2016), 아작
2011	카일라사	〈에스콰이어〉 2011년 11월호, 가야미디어	
2013	업데이트	〈과학동아〉 2013년 04호, 동아사이언스	《우리가 추방된 세계》(2016), 아작
2013	우리의 이름은 별보다 많다	〈과학동아〉 2013년 08호, 동아사이언스	《우리의 이름은 별보다 많다》(2023), 아작
2013	양자의 아이들	〈과학동아〉 2013년 12호, 동아사이언스	《우리의 이름은 별보다 많다》(2023), 아작

년도	제목	발표 지면	수록
2014	**목련과 엔트로피와 다람쥐 (a.k.a. 나를 둘러싼 세계)**	웹진 〈크로스로드〉 2014년 4월호, 아시아태평양이론물리센터	《우리의 이름은 별보다 많다》(2023), 아작
2014	**해부천사 (a.k.a. 천사와 꽃가루)**	〈계간 미스터리〉 2014년 봄호, 청어람M&B	《삼사라》(2018), 아작
2015	**뇌수**	《원더랜드》, 국립과천과학관	《삼사라》(2018), 아작
2016	**나는 별이다 (a.k.a. 귀향)**	〈과학동아〉 2016년 02호, 동아사이언스	《우리가 추방된 세계》(2016), 아작
2016	**모자를 벗지 않는 사람들**	〈과학동아〉 2016년 10호, 동아사이언스	《우리가 추방된 세계》(2016), 아작
2016	**순수한 배드민턴 클럽 (a.k.a. 원자핵과 폭풍과 내 아이에 대해서)**	〈한겨레신문〉 2016년 9월 5일 자, 한겨레신문	《우리가 추방된 세계》(2016), 아작
2016	**우리가 추방된 세계**	〈미래경〉 4호, 도서출판 42	《우리가 추방된 세계》(2016), 아작
2017	**망령전쟁**	웹진 〈크로스로드〉 통권 145호, 아시아태평양이론물리센터	《삼사라》(2018), 아작
2017	**삼사라**	《제1회 한국과학문학상 수상작품집》, 허블	《삼사라》(2018), 아작
2017	**우주의 모든 유원지**	〈과학동아〉 2017년 06호, 동아사이언스	《삼사라》(2018), 아작
2017	**유일비**	〈에피〉 1호, 이음	《삼사라》(2018), 아작
2018	**소행성대의 아이들**	《나의 서울대 합격 수기》, 단비	《우리의 이름은 별보다 많다》(2023), 아작
2018	**자살자의 시간좌표**	〈악스트〉 20호, 은행나무출판사	《우리의 이름은 별보다 많다》(2023), 아작
2019	**벗**	《텅 빈 거품》, 요다	《우리의 이름은 별보다 많다》(2023), 아작
2019	**복원**	〈오늘의 SF #1〉, 아르테	《우리의 이름은 별보다 많다》(2023), 아작
2020	**가마솥**	《월면도시 Part 1: 일광욕의 날》, 캐비닛	
2020	**너울**	《월면도시 Part 1: 일광욕의 날》, 캐비닛	
2020	**고리**	《떨리는 손》, 사계절	《우리의 이름은 별보다 많다》(2023), 아작
2020	**아케리**	《언젠가 한 번은 떠나야 한다》, 단비	《우리의 이름은 별보다 많다》(2023), 아작
2021	**언데드 (a.k.a. 빌드 넘버 그린)**	《저는 가지 않을 거예요》, 아작	《우리의 이름은 별보다 많다》(2023), 아작
2021	**제3**	〈우주라이크소설〉, 리디	《우리의 이름은 별보다 많다》(2023), 아작
2022	**바이러스들**	〈어션 테일즈〉 No.1, 아작	《우리의 이름은 별보다 많다》(2023), 아작
2022	**에이돌**	〈어션 테일즈〉 No.3, 아작	

번역서

년도	제목	저자 및 출판사
2005	뉴로맨서	윌리엄 깁슨, 황금가지
2008	은하수를 여행하는 히치하이커를 위한 과학	마이클 해런, 이음
2008	이상한 존	올라프 스태플든, 오멜라스
2009	므두셀라의 아이들	로버트 A. 하인라인, 오멜라스
2011	블라인드 사이트	피터 와츠, 이지북
2011	제대로 된 시체답게 행동해! (공역)	야나 레치코바 외, 행복한책읽기
2012	영원의 끝	아이작 아시모프, 뿔
2012	미녀 보험조사원 디디의 아찔한 사건해결 수첩	다이앤 길버트 매드슨, 이덴슬리벨
2012	타임머신	허버트 조지 웰스, 가나출판사
2012	지킬 박사와 하이드 씨	로버트 루이스 스티븐슨, 가나출판사
2012	드라큘라	로버트 루이스 스티븐슨, 가나출판사
2013	명예의 조각들	로이스 맥마스터 부졸드, 씨앗을뿌리는사람
2014	마일즈의 유혹	로이스 맥마스터 부졸드, 씨앗을뿌리는사람
2014	캐치유어데스	루지즈 보스, 마크 에드워즈, 북로드
2014	길 위에서 만나는 신뢰의 즐거움	알폰소 링기스, 오늘의책
2014	링월드 2	래리 니븐, 새파란상상
2015	이중 도시	차이나 미에빌, 아작
2016	스타워즈 깨어난 포스: 비주얼 딕셔너리	파블로 히댈고, 문학수첩
2016	유리감옥	찰스 스트로스, 아작
2017	링월드 3	래리 니븐, 새파란상상
2019	한 권으로 끝내는 SF 그리기	프렌티스 롤린스, 그리기
2020	여름으로 가는 문	로버트 A. 하인라인, 아작
2022	계산된 삶	앤 차녹, 허블

우리의 이름은 별보다 많다

초판 1쇄 발행 2023년 2월 10일

지은이 김창규
펴낸이 박은주
편집 강연희, 이다영
일러스트 김산호
디자인 김선예
마케팅 박동준

발행처 (주)아작
등록 2015년 9월 9일(제2021-000132호)
주소 04050 서울특별시 마포구 양화로 156 LG팰리스빌딩 1428호
전화 02.324.3945-6 **팩스** 02.324.3947
이메일 arzaklivres@gmail.com
홈페이지 www.arzak.co.kr

ISBN 979-11-6668-713-6 03810

책 값은 표지 뒤쪽에 있습니다.
잘못 만들어진 책은 구입하신 서점에서 교환해 드립니다.